옛 원칙은, 새로운 원칙이 돼.

옛 원칙의 마법기사

The fairy knight lives with old rules

기사는 진실만을 말한다.
A Knight Tells Only the Truth

그 마음에 용기의 불을 밝히어.
Their Bravery Glimmers in Their Hearts

그 검은 약자를 지키고.
Their Swords Defend the Defenseless

그 힘은 선을 지지하며.
Their Power Sustains Virtue

그 분노는— 악을 멸한다.
And Their Anger...Destroys Evil

옛 원칙의 마법기사

The fairy knight lives with old rules

V

히츠지 타로 지음
토사카 아사기 일러스트
송재희 옮김

13 서장 옛 기사들의 지난날

21 제1장 파멸을 고하는 겨울

53 막간

71 제2장 빛이 없는 세계의 빛

111 제3장 혈혈단신의 결전

151 제4장 옛 기사와 새 기사

195 제5장 옛 진실

229 제6장 운명의 쌍둥이

265 제7장 섬광의—

327 종장 기사는—

347 작가 후기

The fairy knight lives
with old rules

앨빈

캘바니아 왕국의 왕자. 기사가 되어 왕위 계승권을 얻고 사양길인 조국을 구하기 위해 시드에게 가르침을 받는다.

시드

「전설 시대 최강의 기사」라고 칭송받았던 남자. 현대에 되살아나 낙오자가 모인 블리체 학급의 교관이 된다.

이자벨라

반인반요정족 여성. 옛 맹약에 따라 캘바니아 왕가를 수호하며 반인반요정의 힘을 빌려주는 「호반의 여인」들의 수장.

텐코

귀미인이라고 불리는 아인족 소녀. 앨빈의 아버지에게 거둬져 앨빈과는 자매처럼 자랐다.

STUDENT

크리스토퍼

변방 시골 농가의 아들. 스스로 아군의 방패가되는 등 터프한 싸움 방식이 특기이다.

일레인

명문 기사 집안 출신의 귀족 영애였다. 검격은 최하위지만 이론이나 검술은 학교 내에서 정상급.

세오도르

슬럼가의 고아원 출신으로 지적인 외모와 어울리지 않게 상당한 불량소년. 실은 소매치기가 특기이다.

리네트

가난한 몰락 귀족의 장녀. 동물에게 사랑받는 타입으로 승마 실력은 블리체 학급 제일.

요정검

옛 맹약에 따라. 사람의 좋은 이웃인 요정(굿 펠로)들이 검으로 화신한 존재. 기사는 이 요정검을 손에 들어서 신체 능력과 자기 치유 능력을 향상하고 다양한 마법의 힘을 행사할 수 있다.

블리체 학급

캘바니아 왕립 요정기사 학교에 존재하는 기사 학급 중 하나. 자유와 양심을 존중하며 자기 자신이 믿는 정의와 신념을 중시한다. 막 신설된 학급이라 학생의 경향은 논할 수 없지만, 굳이 따지자면 개성이 풍부하다. 《야만인》 시드 블리체의 이름을 따왔다.

캘바니아성과 요정계

왕국을 세웠을 때 호반의 여인들과 거인족 장인들이 힘을 합쳐 건축했다고 한다.
사람이나 동물 같은 물질적 생명이 사는 《물질계》와 요정이나 요마와 같은 개념적 생명이 사는 《요정계》라는 두 세계가 존재하고, 캘바니아성은 그 사이에 있다.

서장 옛 기사들의 지난날

　눈을 감으면— 지금도 선명하게 떠올릴 수 있다.

　그것은 세상이 지금보다 아주 조금 더 잔혹하고 냉엄했을 적의 이야기이자.

　지금은 돌에 새겨져, 시인들이 노래하는 설화 속에만 존재하는 이야기.

　사람들의 아픔과 한탄과 통곡이 뒤섞여 소용돌이치던 혼돈의 도가니 같은 세상에서.

　그래도 「원칙」을 가슴에 품고, 친구를 위해, 가족을 위해, 사랑하는 사람을 위해 검을 휘두르는 나날.

　혼이 타는 듯한 나날.

　그래.

　사람의 아픔도, 슬픔도. 기쁨도, 분노도, 한탄도.

　그 무렵에는 모든 것이 뜨거웠다.

　아득한 지평선 끝까지, 시야를 가득 채운 창을 든 기사들.

　검과 화염, 시체와 피, 재…… 그것들이 수북이 쌓이는 전장에, 우리의 청춘이 있었다.

　"—내가 혈로를 열겠어. 뒷일은 맡길게, 주군."

"잠깐! 시드 경! 기다려! 죽을 셈이야?!"

———.

"칫! 네놈 혼자 공을 세우게 둘 것 같아?!"
"으하하하! 역시 시드 경이야! 다들 뒤처지지 마라! 이 사자를 따르라!"
"홋. 재미있네요, 섬광. 이 루크 앤서로가 당신의 등을 지키겠어요."

———.

"역시 대단한 책략이야, 리피스. 네가 같은 편이라서 다행이야."
"……흥. 네놈은 변함없이 손이 많이 가는 남자야."

———.

"언젠가 귀공과 전력으로 맞붙어 보고 싶군, 섬광."
"나도 그래, 사자."

————.

"지금도 아주 조금 몽상해요. 만약 제가 기사가 아니라 여자로서 살 수 있었다면…… 당신은 저를 어떻게 봐 줬을까, 하고요. 그건…… 당신과 어깨를 나란히 하고서 검을 휘두르는 지금보다 더 행복했을까요……?"

"……루크."

"루시예요. 지금만큼은."

————.

"잘 들어, 시드 경! 네놈을 도운 건 어디까지나 존경하는 우리 주군을 위해서야! 착각하지 마! 왜 웃어?! 이 《푸른 올빼미》를 모욕하려는 거냐?!"

————.

"이번 싸움은 전에 없던 격전이 될 거야. 서쪽 야만족 연합의 침공…… 이걸 막지 못한다면 우리 캘바니아 왕국은 끝이야. 나는 왕으로서 명한다. 모두의 그 목숨을…… 나에게 맡겨 다오!"

"훗, 이 왕은 새삼 무슨 말을 하는 거지."

"그러니까 말이야."

"우리 캘바니아의 기사 총세 1만! 지옥 끝까지 왕과 함께 하리!"

""""""오오오오오오오오오오오오오오오오오오오오오오오—!"""""

———。

———。

———。

—동료들과 함께하던 둘도 없는 나날을, 지금도 선명하게 떠올릴 수 있다.

빈말로도 행복한 나날이었다고 말하기는 어렵다.

가슴 떨리는 기쁨이나 명예가 있었으나, 가슴이 찢어지는 듯이 슬픔이나 굴욕도 있었다.

친했던 동료와 사별하는 것은 일상다반사였고.

마음이 통했을 터인 친구와 서로 검을 겨누는 것도 늘 있는 일이었다.

사람은 때로 잔혹하고, 세상은 한없이 비정하여, 기사의 원칙 따위 무의미한 조문이지 않을까, 의심한 적도 있다.

하지만.

그래도.

그런 나날이었어도.

나는 당당히 말할 수 있다.

벗과 함께 지평선 끝까지 전장을 뛰어다녔던 그 나날은—.

—분명 「즐거웠다」.

……그날까지는.

————————.

그것은— 어떤 싸움을 끝낸 뒤.

점령한 성 안에서 전후 처리로 정신없이 바빴을 때의 이야기다.

"시드 경."

"무슨 일이야? 주군. ……음? 그 아가씨는 누구야? 작세르 왕의 딸……은 아니지?"

탑에 유폐되어 있던 어떤 아가씨를 보호한 아르슬이 내게 데려온 것이다.

"아아, 이 사람은 작세르가 멸망시킨 망국의 공주인 것 같아. 용찬(龍餐) 의식에 쓰일 제물로서 쭉 갇혀 있었다고 해."

"……."

여자는 시선을 내린 채 말없이 고개를 끄덕였다.

아주 얇은 옷을 입은 그 여자는 로브를 깊이 눌러쓰고 있었다.

오싹하리만큼 요염하고 아름다운 여자였다.

"그랬군. 작세르 왕이 그 폭룡을 어떻게 길들였나 했더니. 여인들을 제물로 먹여서 폭룡을 사역했던 건가. 소문대로 쓰레기네."

"맞아. 하지만…… 이제 괜찮아, 공주. 우리가 그대를 보호하겠어. 더는 괴로운 일을 겪게 하지 않을 거야."

"아르슬…… 님……."

"시드 경. 이 사람의 조국은 이미 멸망했어. 우리나라로 데려갈 생각이야. 괜찮을까?"

가타부타 할 일도 아니었다.

나는 기사고, 아르슬은 주군이다.

주군이 그러겠다고 하는 데다가, 기사로서도 여인을 버리고 갈 수는 없었다.

하지만— 솔직히 말하면.

이때, 나는 안 좋은 예감을 느꼈다.

힘들지만 즐거운 이 나날이 사양길로 접어들 것 같은.

우리의 청춘이 끝날 것 같은…… 그런 예감을.

"……공주. 외람되지만 이름을 여쭈어도 되겠습니까."

그러자.

그 공주는 꽃잎 같은 입술을 천천히 열어서 이렇게 말했다.

"플로렌스…… 플로렌스 틴베리카라고 해요, 용맹한 기사님."

섬뜩하리만큼 요염하며 아름다운 용모.

그 입가가…… 요요하게 웃은 것 같았다.

제1장 파멸을 고하는 겨울

"나는— 엘마. **너의 쌍둥이 동생이야, 앨빈……** 아니, 알마 언니."

"……?!"

성령 어전 투기장에 있는 모두가 숨을 삼켰다.

관객들도.

기사들도.

텐코를 비롯한 블리체^{클래스} 학급의 학생들도.

이자벨라도.

다들 엔데아의 선언이 무슨 뜻인지 이해하지 못하고 그저 멍해질 수밖에 없었다.

"……."

시드만이 뭔가를 깨달은 듯, 상공의 엔데아를 응시하고 있었다.

그리고—

이해하지 못하여 생긴 그 정적과 정체를 깨부수듯.

"네가…… 내 쌍둥이 동생이라고……?"

앨빈이 도저히 믿을 수 없다는 얼굴로 나직이 중얼거렸다.

그러자 그걸 용케 들은 엔데아가 귀신 같은 형상으로 내씹듯 말했다.

"그래, 맞아, 앨빈. 즉, 나랑 너는 자매—."

"거짓말!!!"

부정하는 외침이 울려 퍼졌다.

그 목소리의 주인은— 관객석에서 앨빈 옆으로 달려온 텐코였다.

"텐코……."

"거짓말하지 마세요! 당신이 앨빈의 쌍둥이 동생이라고요?! 그럴 리가 없어요!"

"네가 어떻게 그걸 단언할 수 있어? 텐코."

이상하다는 듯 내려다보는 엔데아에게 텐코가 계속 소리쳤다.

"그야…… 앨빈의 아버지인 아르드 님의 피를 이은 사람은 앨빈 한 명뿐이니까요! 아르드 님은 제게 말씀하셨어요! 앨빈을 부탁한다고! 앨빈은 혼자니까…… 왕가의 피를 이은 사람은 앨빈 한 명뿐이니까…… 그러니까……! 그리고 저는 앨빈이 어렸을 때부터 함께 있었어요! 앨빈에게 당신 같은 동생이 있는 건 본 적도 없고 들은 적도 없어요! 당신이 앨빈의 동생이라니, 말도 안 된다고요!"

그런 텐코의 서슬 퍼런 기세를 보고서.

"……"

엔데아는 일순 짜증 난 것 같으면서도 슬픈 눈으로 침묵했고.

"그럼 이 얼굴은 어떻게 설명할 거야?"

증거라도 들이대듯 그렇게 말했다.

"그, 그건……"

텐코는 말문이 막혔다.

앨빈과 판박이인 엔데아의 얼굴.

앨빈과 관계없다고 단언하기에는…… 너무 똑 닮은 그 외모.

"그, 그래! 분명! 으, 으음~! 환혹 마법 같은 걸 써서 앨빈의 얼굴을 흉내 내어 저희를 속이려는 거예요……! 예전에 당신이 검정 요정검으로 저를 꼬드겼을 때부터, 쭉 그렇게 저희를 속이려고 했던 거죠!"

"하아…… 네 머리로는 그 정도가 한계인 것 같네, 텐코."

어이없다는 듯 엔데아가 텐코에게서 눈을 돌렸다.

"너무 모질게 말하지 마. 텐코에게 수수께끼 풀이나 두뇌 노동 같은 건 애초에 무리야."

"흥! 어떤가요, 엔데아! 스승님도 이렇게 말씀하시잖아요! 두 손 두 발 들었나요?!"

어째선지 의기양양하게 구는 텐코를 무시하고, 엔데아가

시드를 흘낏 보았다.

"시드 경…… 이자벨라여도 좋아. 내가 마법을 써서 외모를 위조했는지…… 당연히 알 수 있지?"

"……."

"……."

시드와 이자벨라는 침묵했다.

엔데아가 말한 대로, 두 사람 모두 알고 있었다.

시드는 영적인 시각으로, 이자벨라는 마법 탐지로, 현재 엔데아가 아무런 마법도 두르고 있지 않다는 것은 헤아리고 있었다.

오히려 예전에 엔데아와 대치했을 때부터, 엔데아가 가진 마나는, 색은 새까맣지만, 자신이 잘 아는 누군가와 파장이 똑같다고 어렴풋이 느끼고 있었다.

그 누군가는 당연히— 앨빈이었다.

쌍둥이라고 해서 오히려 납득했을 정도였다.

그런 두 사람의 속마음을 알아차렸는지, 엔데아는 의기양양하게 웃었다.

"즉, 그런 거야. 왕가의 계승자는, 이 나라의 옥좌는, 앨빈만의 것이 아니야. 이 나라도, 백성도, 앨빈만의 것이 아니야. 알겠어? 내 것이기도 해. ……아니."

엔데아가 고개를 젓고서 앨빈을 노려보았다.

이 세상에서 가장 미운 자를 시선으로 찔러 죽일 듯 무시무시하게 노려보았다.

"이 나라는…… 이 세계는 내 거야, 앨빈. 너 따위에게 안 넘겨! 넘길 것 같아……?! 생각해 보면 항상 그랬어! 갖고 싶은 걸 너만 전부 손에 넣어! 여자라는 사실을 폭로해서 너의 전부를 깨부숴 주려고 했는데! 그것조차 뒤집고 너는 또 원하는 걸 손에 넣었어! 웃기지도 않는다고! 치사해! 치사해! 치사해! 언제나, 언제나, 언제나, 언제나 너 혼자만! 어째서 나랑 너는 이렇게나 다른 거야?!"

"에, 엔데아……?"

어린아이처럼 짜증을 내는 엔데아를, 앨빈은 멍하니 올려다볼 수밖에 없었다.

"그래서 말이지, 앨빈! 나는 이 세계를 부숴 버리기로 했어! 너의 소중한 것을 전부 다 부숴 버리기로 했어! 내게 상냥하지 않은 이딴 세계는 필요 없어! 나를 무시하고 앨빈만 아끼는 이딴 세계 필요 없어! 필요 없다고! 그래서 멸망시키기로 했어! 너를! 이 나라를! 이 세계를! 그리고 내가 이 세계의 진정한 왕이 될 거야! 아하! 아하하하하하하하하하하하하하──!"

그런 특상의 원한과 매도를 한 몸에 받은 앨빈은.

이윽고 나직이 반문했다.

"이유가 뭐야? 엔데아."

"……!"

"생각해 보면 너는 처음부터 나를 심하게 미워했어. 네

말이 진실이라면, 나랑 너는 쌍둥이 자매인 거잖아? 즉, 서로 단 한 명뿐인 육친이야. 원래 같으면 손을 맞잡고 살아가야 할 존재일 터."

"……."

"그런데 왜…… 너는 그렇게나 나를 미워하는 거야?"

그러자.

"네가…… 네가, 그걸 나한테 묻는다고?"

오싹.

엔데아의 증오가, 분노가, 어둠의 마나가, 존재감이─ 팽창했다.

압도적으로, 절망적으로 팽창하여, 이 자리에 있는 모든 인간의 간담을 서늘하게 했다.

"에, 엔데아……?!"

"내가 왜, 널 미워하냐고……? 당연한 거 아니야……?! 네가…… 네가 나를 배신하고, 내 모든 걸 뺏었기 때문이잖아……!"

"내가 널 배신했다고……?"

"그래! 언제까지 시치미를 떼려는 거야? 알마 언니!"

그 격정과 분노에 호응하듯이.

확! 하고.

엔데아의 전신에서 폭발적으로 어둠의 마나가 치솟아 사방팔방으로 휘몰아쳤다.

그 폭풍 같은 위세가 앨빈을 덮쳤다.

"—윽?!"

그때였다.

엔데아가 발산한 분노의 마나가.

앨빈을 덮친 장절한 어둠의 마나가.

딱 마주친 앨빈과 엔데아의 시선을 통해, 앨빈에게 남몰래 걸려 있던 어떤 마법을 무너뜨렸다.

그것은…… 어느 위대한 반인반요정이 어린 앨빈에게 걸었던 마법.

기억 봉인 마법. 시드와 이자벨라조차 눈치채지 못한 은폐성과, 온갖 해주(解呪)를 막는 완강함을 자랑하는 마법이었다.

하지만 엔데아의 장절한 증오가 그 마법에 틈을 만들었다.

마법 술식에 한번 금이 가니 그 이후는 쉬웠다.

마치 모래 위에 세운 누각처럼.

그 봉인은 앨빈 안에서 차례차례 무너졌다.

그렇게 열린 봉인의 문 너머에서 앨빈이 본 광경은—.

"으, 아아아아아아아아아아아아아아아아아아아아아—?!"

갑자기 투기장에 날카로운 비명이 울려 퍼졌다.

앨빈이 양손으로 머리를 부여잡고 외친 것이다.

"앨빈?!"

"텐코…… 머, 머리가…… 머리가 아파……! 윽…….”

"저, 정신 차리세요! 큭, 엔데아…… 당신, 대체 무슨 짓을……?!"

"……글쎄? 딱히?"

노려보는 텐코를, 엔데아는 관심 없다는 듯 흘려 넘겼다.

"뭐, 사랑하는 동생을 깔끔하게 잊어버린 매정한 알마 언니 따위는 내버려 두기로 하고. 있지, 플로라…… 슬슬 시작하지 않을래?"

엔데아가 즐겁게 뒤돌아보니.

"네, 그렇죠. 시작할까요, 귀여운 주인님."

평소처럼 요요하고 요염한 미소를 지은 검은 마녀…… 오푸스 암흑교단의 수장인 대마녀 플로라가 그곳에 서 있었다.

"의식은 이미 전부 완벽하게 준비되었어요. ANTHE-TASITHE의 세계 전람 제물. 이면 성령 강림제 의식…… 그리고 물질계와 요정계의 경계인 신령한 땅, 캘바니아성 최심부— 성령 어전 투기장. 모든 조건이 갖춰졌어요. 이제 사랑하는 주인님이 그걸 바란다면, 원한다면, 모든 것이 주인님의 뜻대로 이루어지겠죠."

"우후후, 고마워, 플로라. 이 세상에서 내게 친절한 사람은 너뿐이야, 플로라. 사랑해."

엔데아는 엄마에게 어리광 부리듯 생긋 웃고서.

자신의 검— 검정 요정검 《황혼》을 뽑았다.

"귀환하라, 귀환하라, 귀환하라, 내 안으로, 나의 그릇으로 귀환하라……"

에스피리시

그리고 검을 들고서 고대 요정어로 불온한 울림을 지닌 주문을 외우기 시작했다.

"저, 저 주문은……?!"

그걸 듣자마자 이자벨라가 사색이 됐다.

"마, 막아 주세요! 저 주문이 완성되면 안 돼요! 아무나—."

그 말에 가장 빨리 반응한 사람은 시드였다.

섬광이 용솟음쳤다.

하늘로 솟구친 번개가 춤추며 무수한 길을 형성했다.

—《신뢰각》.

그 번개의 길을 따라, 섬광으로 변한 시드가 엔데아를 향해 신속하게 날았다.

"……!"

주문을 외우는 엔데아에게 섬광이 일직선으로 육박했다.

"엔데아—."

"……웃?!"

하지만 엔데아에게 육박한 섬광은, 도달하기 직전에, 엔데아 주위에 갑자기 생긴 어둠의 마나 장벽에 막혔다.

번개와 어둠이 정면으로 격돌하여 세차게 터졌다.

그 어둠 장벽을 전개한 사람은— 플로라였다.

플로라가 엔데아를 감싸듯 시드 앞에 끼어들어 있었다.

지팡이 끝에 전개한 어둠 장벽으로 시드의 돌진을 훌륭하게 막았다.

"멋없는 짓은 하지 마세요,《섬광의 기사》."

"플로라……!"

빛과 어둠이 명멸하는 가운데.

시드와 플로라가 지척에서 서로를 노려보았다.

"오늘 밤은 탄생제예요."

"……뭐라고?"

"세상에 버려지고, 외면당하고, 거부당하고— 누구의 돌봄과 시선도 받지 못했던 불쌍한 소녀…… 지금 이 세상에서 멋지게 꽃피우며 다시 태어나는 거예요. 저희는 그저 조용히 그걸 지켜보면 돼요. 이 세계의 모든 원초인 근원 세계의 탄생. 영원히 죽음과 정적에 갇힌 겨울 세계를 통치하는— 진정한 마왕이 탄생하는 순간을."

"설마, 너……!"

시드와 플로라가 장절한 마나로 싸우고 있는 와중에—.

"그대는 세계를 지배하는 겨울의 왕, 죽음과 정적으로 영원을 통치하는 자!"

"나는 그 의지를 잇는 자, 그대의 혼을 받는 그릇이 될 자이니!"

"때가 되고, 계절이 왔노라!"

"봄은 끝나고, 여름은 사라지고, 가을은 잊히고!"

"진정한 겨울이 지배하리!"

"지금이야말로 귀환하라, 실로 위대한 옛 왕, 실로 무서운 겨울의 왕이여!"

"나와 함께 영원한 겨울의 시대를 새기기 위해!"

"바로 지금, 이곳에 오라아아아아아아아!"

다들 아무것도 하지 못한 채……. 우두커니 서 있는 사이에. 엔데아의 주문은…… 간단히 완성되어 버렸다.

그리고—.

세상의 파멸을 알리는 종이 울렸다.

쿠구구구궁…….

마치 지옥 밑바닥에서 울리는 듯한 소리가 투기장에 퍼
지더니…… 이윽고 대지가 흔들리기 시작했다.

"이, 이게 어떻게 된 거죠……?!"

텐코가 허둥지둥 주위를 둘러보았다.

"……윽!"

두통으로 괴로워하는 앨빈의 어깨를 감싼 이자벨라가 분
한 듯 이를 갈았다.

"……칫."

땅에 내려선 시드가 상공의 엔데아를 응시했다.

허둥거리며 술렁거리는 주위의 기사들.

대혼란에 빠진 관객들.

투기장에 모인 모든 사람이 동요하고 당황하는 가운데,
지진은 점차 세져서…… 이윽고 서 있을 수 없을 만큼 심
해졌다.

벽과 천장, 바닥에 금이 가며 무너지기 시작했다…….

"도망쳐! 무너진다!"

누가 그렇게 외쳤는지는 알 수 없지만.

그 말을 계기로 대광란이 투기장을 지배했다.

다들 앞다투어 비명과 고함을 지르며 투기장의 출구를 향해 도망쳤다.

"아하하하하하하! 아~하하하하하하하하하하하하하하하하—!"

그 광란과 붕괴의 협주곡 속에서 엔데아의 떠들썩한 웃음소리만이 울려 퍼졌다.

────.

이변은 성령 어전 투기장에만 머물지 않았다.

그 위에 우뚝 솟은 캘바니아성을 중심으로, 진동은 왕도 전체로 퍼졌다.

진동의 세기도 점차 강해졌다.

세게, 더 세게.

마치 한계를 모르는 것처럼 강해졌다.

비명. 소란. 매도. 고함.

새봄을 기리는 성령 강림제로 들떠 있던 왕도 시민들의 모습은, 이제 없었다.

지금은 그저 혼란과 곤혹과 광란 속에서 도망치는 모습

만이 있었다.

그런 시민들을 비웃듯이 진동— 아니, 천재지변급 대지진은 더 강해졌고…….

이윽고 버티지 못한 성이, 왕도가, 단말마의 비명을 질렀다.

캘바니아성을 중심으로 왕도 전체에 방사형으로 균열이 생겼다.

낭떠러지처럼 깊고 어두운 나락을 담은 균열에 휘말려 건물이 차례차례 넘어지고 붕괴되었다. 성벽이 파괴되고, 무너지며, 모든 것이 평평해졌다.

왕도가.

캘바니아 왕국 초대 왕, 성왕 아르슬이 쌓아 올리고, 왕국 유사 이래 오랫동안 그곳에 사는 사람들을 지켜본 역사와 전통이 있는 왕도가.

……무너져 갔다. 붕괴되어 갔다.

마치 농담 같은, 꿈 같은, 믿을 수 없는 광경이었다.

왕도 사람들은 최후의 희망에 손을 뻗는 기분으로 대지진의 중심— 캘바니아성을 매달리듯 보았다.

왕도 시민의 정신적 지주이자, 왕국 번영의 상징.

성왕 아르슬의 슬하에 있음을 보여 주는, 왕도 시민의 마지막 희망.

하지만— 그런 희망이 무색하게.

쩌적.

마침내, 불락의 캘바니아성에까지 커다란 균열이 생겼다.

성은 지금까지 무한히 강해지는 대지진을 필사적으로 버텼지만…… 마침내 굴복하여, 그 위용에 돌이킬 수 없는 상흔이 새겨졌다.

그리고 한번 흠집이 생기니.

이후로는 물이 낮은 곳으로 흘러가듯 쉬웠다.

쩌적. 쩌적. 쩌적…….

거듭하여. 연거푸.

캘바니아성에 거대한 균열이 여러 개 생겼고…… 그 균열은 마치 그물코처럼 성의 표면에 퍼져서…….

성이…… 무너지기 시작했다.

성왕 아르슬이 지은 불락의 성이.

반인반요정과 거인족과 인족이 힘을 합쳐 건축한 평화와 안녕의 상징이.

모든 기사의 집이자, 긍지가 있는 곳이.

속수무책으로 무너져 갔다.

붕괴의 비명을 지르며 무너져 내렸다.

————.

"세상에…… 맙소사……."

앨빈이 여전히 격통이 이는 머리를 부여잡고서 신음하듯 말했다.

눈앞의 광경을 믿을 수 없었다.

눈에 보이는 왕도 전체가, 붕괴되어 있었다.

완전히 쓰러지고 무너져서 잔해 더미가 된 성.

그리고 그런 왕도에 거미줄처럼 퍼져 있는 나락 같은 균열.

조금 전까지 아름답게 번영해 있던 왕도가, 지금은 흔적도 찾아볼 수 없었다.

"선조님들이 쌓아 올린 것이…… 이렇게…… 간단히……?"

앨빈은 우두커니 서 있을 수밖에 없었다.

투기장에 있던 사람들은 다행히 무사했다.

이곳이 원래 《호반의 여인》들의 의식 장소였기 때문이다.

이자벨라와 무녀들이 순간적으로 탈출 전이 마법을 발동해서, 성의 붕괴에 휘말리지 않고 다들 무사히 밖으로 탈출할 수 있었다.

하지만— 이 파멸과 절망의 광경을 보는 것과, 그걸 보지 않고 지하에 생매장당하는 것 중에서 대체 어느 쪽이 더 행복했을까?

"엔데아……! 너는……!"

앨빈이 여전히 격통이 이는 머리를 부여잡고서 위를 올려다보았다.

아득한 상공에…… 이 파멸을 연출한 증오스러운 동생과 그 종자가 있었다.

"뭐야, 화내는 거야? 알마 언니. 나야말로 화났거든?"

저주해 죽일 듯한 시선으로 서로를 노려보는 똑같이 생긴 두 소녀.

플로라만이 그 뒤에서 즐겁게 지켜보고 있었다.

"말해 두는데…… 아직 끝이 아니야, 언니. 이제부터 시작이야."

"뭐라고……?!"

"그, 그게 무슨…… 이 이상 대체 뭘 하려는 거죠? 엔데아!"

겁을 집어먹고 허둥거리는 텐코의 외침이 만족스러웠는지.

엔데아가 활짝 웃으면서 말을 이었다.

"세계를 끝낼 거라고 했잖아?"

그렇게 선언한 순간.

왕도에 한층 더한 이변이 일어났다.

성터를 중심으로 왕도 전체에 거미줄처럼 종횡무진 퍼진 균열.

깊은 어둠을 머금은 모습이 마치 나락 밑바닥까지 떨어질 듯한 그 균열에서…… 별안간 대량의 어둠이 피어올랐다.

흡사 연기 같았다. 어둠의 연기였다.

왕도 여기저기서 무수한 어둠의 연기가 피어오르더니…… 뭔가에 이끌린 것처럼 상공으로 올라갔다.

그리고…… 그 어둠의 연기는 엔데아에게 모였다.

엔데아의 몸이 어둠의 연기를 모조리 흡수해 나갔다…….

"후후…… 왔어…… 마침내……! 내가 이 세상의 진정한 왕이 되는 때가, 마침내 온 거야……!"

흥분한 기색으로 외치는 엔데아가— 달라졌다.

모습은 그대로지만, 다른 무언가로 존재가 바뀌어 갔다.

엔데아가 어둠을 삼킴과 동시에, 엔데아의 등에서 거대한 얼음 날개가 성장해 나갔다.

그리고 무엇보다도.

엔데아의 검이— 달라졌다.

검정 요정검 《황혼》이, 다른 차원의 무언가로 승격했다.

더 강하고, 더 아름답고, 더 꺼림칙하게, 형상이 바뀌어 나갔다.

동시에— 이변은 하늘에도 일어났다.

따사로운 봄 햇살을 머금고 있었던 푸른 하늘에 먹구름이 빠르게 퍼졌다.

그 먹구름 때문에 낮인데도 밤처럼 주변이 캄캄해졌다.

동시에 기온이 급격히 내려갔다.

쌀쌀한 수준이 아니었다. 오히려 격통이었다.

봄옷으로는 도저히 버틸 수 없는, 한겨울 같은 추위가 갑자기 왕도를 덮쳤다.

그리고— 그런 추위에 호응하듯이.

부슬부슬…… 때아닌 눈이 내리기 시작했다.

동시에 차가운 바람도 불기 시작했고.

눈과 바람은 점차 한없이 거세져서.

순식간에 왕도 전체에— 아니, **온 나라에 맹렬한 눈보라가 휘몰아쳤다.**

"이, 이게 어떻게 된 거죠……?! 이, 이런 건 이상하—."

세차게 윙윙 휘몰아치는 눈보라 소리가 텐코의 비명을 지웠다.

방심하면 붕 떠오를 것 같은 거센 눈보라에 다들 당황하여, 몸을 옹송그리고 버틸 수밖에 없었다.

"이, 이건…… 설마【황혼의 겨울】……?! 그렇다면 역시—."

이자벨라가 경악과 절망이 담긴 표정으로 주위의 이변을 둘러보았다.

다들 혼란과 추위를 버티지 못하고 소란을 피우는 가운데.

"……."

시드는 말없이 어두운 상공을 그저 올려다보고 있었다.

그 시선 끝에는 엔데아와 플로라가 있었다.

시드의 날카로운 두 눈은— 두 사람 너머에 있는 아득한 지난날의 누군가를 보고 있었다.

그리고 이 세계에 때아닌 한겨울이 찾아옴과 함께.

엔데아는— 달라져 있었다. 다시 태어나 있었다.

단순한 외형은 이전과 다르지 않았다.

하지만 전신에 압도적인 어둠을 두른 얼음 갑옷과 등에 난 얼음 날개는 그야말로 겨울의 왕이라고 해야 할 위엄과 관록, 존재감이 있었다.

그리고 손에 든 장엄한 흑검. 위엄, 품격, 품위, 힘…… 전부 다른 급으로 승화된 새로운 왕검.

또한 느껴지는 절대적인 마나량. 마나압.

이 세상에 존재하는 것만으로도 세계 전체에 영향을 미치고 압살하는 절대왕의 현현.

자연 개념의 구현체인 요정이 신격화된 신령조차 초월한 존재.

그건 다름 아닌—.

「마왕」.

"후후후. 바로 맞혔어, 시드 경."

시드의 중얼거림을 들은 엔데아가 싱긋 망가진 미소를 지었다.

"플로라한테 들었어. 당신이 이렇게 「마왕」과 대치하는

건 두 번째지? 어때? 지금의 나와 이전 「마왕」…… 어느 쪽
이 더 위야?"

"……."

시드는 아무 대답도 하지 않았다. 난생처음 장난감을 선
물받은 아이처럼 신난 모습인 엔데아를 묵묵히 바라보았다.

그리고 시드가 보고 있는 가운데, 플로라가 뒤에서 엔데
아를 껴안았다.

"마침내…… 마침내 뵙게 됐네요, 사랑하는 주인님……."

마치 사랑하는 연인이라도 끌어안는 것처럼.

그런 플로라에게 시드가 말했다.

"**또냐.**"

고요한 분노를 담아, 플로라를 향해 엄하게 말했다.

"또 반복하는 건가. **플로렌스.**"

그런 시드의 말을 듣고.

플로라는 놀란 듯 눈을 살짝 깜빡이고서 대답했다.

"어머…… 잃어버렸던 과거의 기억이 아무래도 돌아온
모양이네요?"

"덕분에."

시드는 먼 옛날을 보는 듯한 눈으로 조용히 말을 이었다.

"그래, 겨우 떠올렸어. 내 머릿속에 끼어 있던 안개 너머
의 기억을……. 엔데아의 그 모습을 보고 지금 겨우 떠올렸
어. 그때와 외모는 다르지만, 너의 그 마나는 기억나. 플로

렌스…… 너는 또 반복하려는 거지? 이번에는 그 아이를^{엔데아}
이용하는 건가……. 아르슬 때처럼."

"……네?"

이해할 수 없는 시드의 말을 듣고, 옆에 있던 텐코가 눈을 깜빡였다.

"……."

플로라는 대답하지 않고서 시드를 향해 웃을 뿐이었다.

"그렇게는 못 할 거다, 플로렌스."

"어머? 지금의 당신이 뭘 할 수 있죠? 시드 경."

「그건 입이 아니라 검으로 이야기하겠다」.

그렇게 말하듯 시드가 흑요철검을 뽑고— 그 도신에 장절한 번개를 담았다.

그리고 상공에 있는 플로렌스에게 달려들고자 온몸에 힘을 모으기 시작한 바로 그때였다.

한층 큰 중압이 세상을 덮쳤다.

"……!"

시드조차 도약을 단념하고 그 자리에서 물러날 수밖에 없었다.

어느새 엔데아와 플로라 앞에 두 기사가 있었다.

한 명은 검은색 전신 갑옷과 외투를 걸치고, 투구의 면^{망토}

갑에 십자 흠집이 나 있는 암흑기사였다. 갑옷의 전체적인 디자인이 어딘가 사자를 연상시켰다.

다른 한 명도 검은색 전신 갑옷과 외투를 걸친 암흑기사였지만, 투구의 이마 부분에 일각수 같은 뿔이 있었다. 갑옷의 디자인도 준마처럼 세련되어 아름다웠다.

두 사람 모두 풀 페이스 투구를 쓰고 있어서 얼굴이나 표정은 엿볼 수 없었다.

시드 블리체나 리피스 오르토르를 연상시키는 절대적 존재감과 지대한 마나압에 모두가 두려워했다.

이쯤 되면 말하지 않아도 알 수 있었다.

이 두 사람은 전설 시대의 기사. 시드에 필적하는 강대한 기사임을.

그리고—.

"저, 저, 저 기사는……?!"

십자 흠집이 난 기사를 본 순간, 텐코의 안색이 달라졌다. 추위가 아닌 다른 무언가에 의해 얼굴이 새파래져서, 경기라도 일으키듯 온몸을 덜덜 떨기 시작했다.

가쁘게 호흡하며 떨리는 손으로 머뭇머뭇 검을 뽑으려고 했지만, 손에 힘이 들어가지 않아서 칼자루를 긁어 댈 뿐이었다.

그래도 텐코는 자신의 긍지를 걸고 혼을 질타하여 외쳤다.

나를 보라는 듯이 외쳤다.

"그 십자 흠집! 너는, 그때의……! 그때의 그 기사아아아―!"

하지만.

"모시러 왔습니다, 폐하. 플로렌스 공."

십자 흠집의 기사는 그런 텐코 따위 안중에 없었다.

그 존재를 눈치채지도 못했다.

당연한 일이었다. 용의 발밑에서 개미가 아무리 힘껏 울어도, 그 소리가 용에게 전달될 리 없다.

십자 흠집의 기사에게 텐코는 그런 존재였다.

"어머, 수고했어. 사자 경, 일각수 경."

아니나 다를까, 플로라 일행은 텐코 따위 신경도 쓰지 않고 대화하기 시작했다.

"주군께서 비원을 달성하셔서 기쁩니다."

"맞습니다. 훌륭해지셨습니다. 이전의 주군 못지않은 그릇입니다."

"네, 정말 훌륭해요, 귀여운 주인님."

"어머? 정말?"

"이제 남은 건― 지고한 왕으로서 이 세계의 정점에 서서, 이 세계에 진정한 안녕과 정적을 가져오고 영구히 통치하는 것뿐이에요. 하지만―."

거기까지 말한 플로라가 시드를 흘낏 보았다.

사자 경과 일각수 경도 시드를 보았다.

"일찍이 우리의 경애하는 주군조차 완수하지 못했던 패

업— 그걸 거부한 장본인이 여기 있군요."

"우리를 배신하고, 주군을 배신하고, 심지어 검을 겨눴던 용서받지 못할 기사. 대죄의 기사."

"《야만인》 시드 블리체."

"……"

시드는 말없이 그들의 시선을 한 몸에 받았다.

"홋…… 그 불경한 눈…… 그때도, 지금도, 너는 우리 주군의 진정한 패도를 막으려 들 거야. ……그렇지?"

"말할 것도 없어."

마침내 나온 시드의 말은 짧았지만, 절대적인 신념이 단단히 담겨 있었다.

"어째서?"

"그게 나의 기사도니까."

일각수 경의 말에 시드가 즉답했다.

즉각 사자 경과 일각수 경이 모멸을 드러냈다.

"역시 네놈은 《야만인》이군. 한두 번 다시 태어나도 그점은 바뀌질 않아."

"구제할 길이 없네요. 역시 우리가 끝을 내 줘야겠어요. 구태여 당신의 말을 빌리자면…… 그게 우리의 기사도이므로."

"그래. 마음껏 너의 길을 가도록 해, 옛 벗이여."

시드, 사자 경, 일각수 경이 서로를 노려보았다.

세계 최강의 세 기사가 각자의 무기를 잡았다.

일촉즉발의 분위기가 냉기를 한층 더 차갑게 얼렸다.

세 사람만의 세계가 그곳에 생겨나서, 다들 그걸 그저 바라볼 수밖에 없었다.

그리고 텐코는 보았다.

십자 흠집의 암흑기사— 사자 경이 보고 있는 것은 시드뿐이다.

그 시야에 텐코의 모습도 들어가 있을 텐데, 지금 사자 경의 세계에는 시드밖에 없었다.

'큭…… 저는 안중에 없는 건가요! 일개 병력으로도 인식되지 않는다니…… 이래서야 마치 패잔병 같잖아요……!'

텐코가 분한 듯 이를 갈았으나, 어쩔 방도가 없었다.

그러는 사이에, 서로를 노려보는 최강 3기사의 위압감과 존재감, 마나압이 점차 커져서…… 곧 격전이 시작될 것을 예감한 모두가 몸을 떨었다.

그리고 눈보라 치는 붕괴된 왕도를 무대로 전설 시대 기사들의 싸움이 바야흐로 시작되려던 때였다.

"자중해. 사자 경, 일각수 경."

엄정한 품격을 지닌 말이 상황을 제지했다.

그 목소리의 주인은 엔데아였다.

"오늘 밤은 내가 진정한 왕으로서 이 세계에 군림한 대관식이야. 그 축하할 자리를 투박한 싸움으로 더럽히는 건 절대 용납할 수 없어."

"……존명."

"주제넘은 짓을 했습니다."

엔데아의 말에 사자 경과 일각수 경이 공손히 인사하고 물러났다.

"……"

시드도 지금 일을 키울 생각은 없는지 얌전히 검을 거뒀다. 싸움의 예감에 떨며 긴장되었던 분위기가 무산되었다…….

그런 가운데, 엔데아가 시드를 향해 말했다.

"마지막으로 한 번만 더 묻겠어, 《섬광의 기사》 시드 경."

"뭐지?"

"나를 섬겨. 당신의 주군으로 걸맞은 사람은 바로 나, 엔데아 한 명뿐이야. 지금이라면 이제껏 당신이 보인 무례함을 불문에 부치고, 내 흑원탁의 말석에 끼워 주겠어."

"그러면 다시금 답하지."

시드가 엄숙히 대답했다.

"거절하겠어. 내 이번 생의 주군은 단 한 명. 성왕 아르슬에게만 검과 혼을 바치겠다는 맹세를 깨고, 이번 생에 섬길 것을 맹세한 왕은 단 한 명. 앨빈 노르 캘바니아 왕, 단 한 명이야."

"……그래."

그럴 줄 알았다는 깨달음의 탄식일까.

아니면 말해도 모르는 어리석음을 조롱하는 탄식일까.

혹은 이제 절대 자신의 손이 닿지 않을 것을 안 체념의 탄식일까.

엔데아는 조용히 눈을 감고…… 딱 한 번, 깊디깊은 한숨을 쉬었다.

"─그렇다면."

그리고 시드에게 등을 돌리고서.

"거짓된 왕을 모시며, 평범하고 어리석은 기사도와 함께, 영원한 겨울에 안겨서 죽어 버려."

그렇게 말을 내뱉자.

엔데아의 주위에─ 갑자기 어둠이 서리더니 「문」이 열렸다.

플로라가 요정의 길^{페어리 로드}을 연 것이다.

"그럼 다들 잘 지내시길. 저희는 새로운 왕과 함께 북쪽 마도로 개선하여, 이 세계에 높이 깃발을 들겠어요. 예전에 그랬듯이. 북쪽 대지로부터 이 세계 전체가 겨울의 왕에게 통치되며, 죽음과 정적에 지배되어, 세계는 하나로 통일될 거예요. 신시대인 영원 왕조의 개벽─「겨울의 세기(世紀)」가 시작되는 거예요."

사람들은 플로라가 무슨 말을 하는 건지 이해하지 못했다.

결국 뭘 하고 싶었던 건지도 이해하지 못했다.

다만 한 가지는 본능적으로 알 수 있었다.

이상할 정도의 한파와 눈보라와 어둠이 **그것**을 예감하게 했다.

생명의 숨결이 흘러넘치는 봄은 두 번 다시 이 세계에 찾아올 수 없다.

이 세계를 가두는 것은 영원히 어둡고 추운 죽음의 겨울.

세계는— 끝났다.

그리고 일동이 보는 앞에서 플로라가, 사자 경이, 일각수 경이, 엔데아가, 열린 요정의 길 속으로 사라져 갔다.

앨빈은 더 격심하게 아파지는 머리를 부여잡고서 엔데아에게 손을 뻗었다.

"기, 기다려…… **엘마**……!"

그러자 엔데아가 등을 돌린 채 발을 멈췄다.

엔데아는 잠시 그렇게 말없이 있다가, 이윽고.

"……안녕, 알마 언니."

무언가와 결별하듯 그렇게 말하고서.

한 번도 돌아보지 않고, 문 안으로 사라졌다.

엔데아가 사라진 순간, 어둠이 닫혔다.

처음부터 아무것도 없었던 것처럼, 그곳에는 허무만이 있었다.

다만 비정상적으로 주변에 휘몰아치는 눈보라와 겨울이, 전부 사실이었음을 이야기했다.

"엘마…… 나, 나……는……."

그리고 마침내 힘이 다했는지.

앨빈은 머리를 부여잡은 채 털썩 무릎 꿇고 정신을 잃었다.

"앨빈?! 앨빈! 저, 정신 차려요! 앨빈!"

황급히 달려오는 텐코의 목소리도, 이제 앨빈에게는 들리지 않았다.

주위가 소란스러워지기 시작했다.

"앨빈!"

"정신 차리세요!"

"왕자님!"

마침내 결박에서 벗어난 블리체 학급의 학생들…… 크리스토퍼, 일레인, 세오도르, 리네트, 유노 등이 앨빈 곁으로 달려갔다.

한편—.

"……."

시드는 엔데아가 사라진 곳을 가만히 바라보고 있었다.

그리고 누구에게랄 것도 없이 중얼거렸다.

"마침내…… 이해했어. 내가 이 세계에 다시 불려 온 의미를. 네가 나를 이 세상에 붙들어 둔 이유를."

그리고 시드는 자신의 오른쪽 손등을 보았다.

"좋아, 아르슬. 너에게 받은 큰 은혜를 생각하면 이 정도는 별것 아니지. 나의…… 최후의 일이야."

시드의 오른쪽 손등에는 시드와 앨빈을 영적으로 연결하는 기사의 문장이 있다.

하지만 그 문장이 아주 조금, **흐릿해져** 있었다.

막간

어째서 지금까지 잊어버리고 있었을까?

내게는…… 확실히 쌍둥이 동생이 있었다.

내가 아직 어렸을 때의 얘기다.

앨빈이 아니라 알마였을 때의 이야기.

텐코와 만나기도 전의 이야기.

사리를 분별하게 됐을 때부터 동생은 언제나 나와 함께 있었다.

쌍둥이는 이 세상에 삶을 얻은 혼을 반으로 나눠 가진 존재라고 한다.

그렇다면 나와 동생은 일심동체. 서로가 자기 자신이나 다름없다.

하지만 대체 무엇이 우리를 나눴는지.

무엇이 알마와 엘마로 나눴는지.

한쪽은 따뜻한 빛으로 축복받고.

한쪽은 어둡고 차가운 어둠에 안겨서.

운명은 잔혹하게 반쪽들을 갈라놓았다.

왜 일이 이렇게 되어 버렸을까…….

"언니! 알마 언니!"

부르는 소리를 듣고, 나는 퍼뜩 얼굴을 들었다.

그곳은— 내가 항상 몰래 가는 장소.

나와 아바마마와 호반의 여인의 무녀장님 말고는 아무도 모르는 장소.

캘바니아성의 어떤 탑에 있는 비밀의 방이었다.

당시의 무녀장님이『그 비밀의 방은 반이계(半異界)라서, 한정된 사람 외에는 아무도 어디 있는지 모른다』라고 했던 것 같지만, 자세히는 모르겠다.

정신 차리고 보니, 서로의 숨이 느껴질 만큼 가까운 곳에 나와 똑같이 생긴 얼굴이 있었다.

"엘마……."

나는 동생의 이름을 중얼거렸다.

내 반쪽, 쌍둥이 동생의 이름은— 엘마.

똑같은 얼굴, 똑같은 머리색, 똑같은 눈색, 똑같은 피부색, 똑같은 체격, 똑같은 목소리.

거울에 비친 것처럼 모든 것이 똑같은 존재.

유일하게 두 사람을 구별하는 것이라면…… 나는 이 무렵부터 남장을 강요받았고, 반대로 엘마는 딱 봐도 남루한 옷을 입고 있다는 점이었다.

어린 나는 이유 따위 몰랐지만…… 엘마는 이 비밀의 방에 줄곧 갇혀 있었다.

방을 둘러보면 침대, 테이블, 의자, 옷장…… 최소한의 가구밖에 없었다. 카펫도 깔리지 않은 차가운 돌바닥과 벽. 단단한 쇠창살을 댄 창문으로 보이는 아득히 먼 왕도와 산들의 능선만이 바깥세상과의 유일한 접점이었다.

……흡사 감옥 같았다.

나에게 이곳은 쉬어 가는 횃대나 마찬가지였다. 자유롭게 이곳과 바깥을 오갈 수 있지만, 엘마는 그럴 수 없었다.

신기한 힘이 엘마가 밖으로 나가는 것을 허락하지 않았다.

이 비좁은 공간만이 엘마의 세계였다.

하지만 평범한 아이라면 미쳐 버릴 만큼 숨 막히는 이 세계에서—

"왜 그래? 언니. 얼굴이 어두워."

엘마는, 늘 웃고 있었다.

"아! 혹시 언니…… 피곤해서 그래? 그렇겠지, 언니는…… 으음~「임금님」? 이 되기 위해 늘 바쁘잖아. 미안해, 언니…… 피곤한데 항상 엘마한테 와 주고……."

그리고 엘마는 착한 아이였다.

엘마에게 주어진, 너무나도 불합리한 처우.

엘마가 이 세상을 저주하며 원망하더라도 전혀 이상하지 않았다.

그런데도 엘마는 본인보다도 나를 걱정해 주는 정말 착한 아이였다.

"나는 괜찮아……. 나보다 엘마가 더 힘들잖아?"

"아냐, 난 괜찮아. 언니가 있는걸."

그러면서 엘마는 환하게 웃었다.

나는 동생의 그런 씩씩한 모습을 보고 참을 수 없어져서 엘마를 끌어안았다.

"……언니?"

"미안해…… 정말 미안해……. 어째서…… 무녀장님은 엘마에게 이런 심한 짓을 하는 걸까……? 엘마를 여기서 꺼내 달라고 아무리 말해도, 무녀장님은 전혀 들어주질 않아……. 아주 무서운 얼굴로 화내…… 아바마마도…… 아주 슬픈 얼굴로, 아무 말도 안 해 주셔……."

"괜찮아…… 나는 괜찮아……. 나보다 언니가 훨씬 더 힘들잖아? 언니는 여자인데…… 쭉 남자로 살아야 한다니…… 그런 건…… 너무 괴로워……."

"엘마……."

"그 무녀장님, 진짜 싫어……. 날 여기에 가두고, 언니한테 남자 옷을 입히고…… 진짜, 진짜, 너무 싫어……."

"에바 님을 나쁘게 말하면 안 돼……. 분명 뭔가 생각이 있는 걸 거야……."

"모르겠는걸……. 그런 거, 몰라……."

"……."

"……."

우리는 한동안 서로의 처지를 생각하며 끌어안고 위로했다.

……이윽고.

"……즐거운 얘기를 할까. 평소처럼."

마음을 다잡은 나는 포옹을 풀고 그렇게 제안했다.

나와 엘마가 이렇게 이 비밀의 방에서 해후할 수 있는 시간은 짧다.

1초도 낭비할 수 없었다.

최소한 조금이라도 즐거운 한때를 함께 보내는 것. 그게 지금의 내가 엘마에게 해 줄 수 있는 유일한 일이자……이 부조리한 세계에 대한 사소한 저항이었다.

"응, 그러자, 언니."

"그럼 무슨 얘기를 할까? 음……."

나는 엘마에게 얘기할 내용을 고민했다.

엘마는 사리 분별이 가능해졌을 때부터 이 방에 갇혀 있었기에 바깥세상에 관해 하나도 몰랐다.

그래서 조금이라도 알 수 있도록, 나는 밖에서 경험한 여러 가지 일을 얘기해 주곤 했다.

하지만 최근에는 바깥세상에서 있었던 일보다도, 엘마의 유일무이한 관심 대상이라고 할까, 유행이 있었다.

그건 바로—

"그럼 언니! 또 그 얘기 해 줘! 《섬광의 기사》님 이야기!"

엘마가 가장 좋아하는 이야기는 《섬광의 기사》 시드 블리체 경의 전설이었다.

그것도 이 방에 구색 갖추기 수준으로 있는 책에 적힌⋯⋯ 일반적으로 유포된 《야만인》 시드의 일화가 아니라.

왕가에 비밀스레 전해 내려오는, 진정한 영웅기사인 시드의 이야기.

대대로 왕족에게만 전해져서, 내가 아바마마에게 구전으로 배운 시드의 무용담.

그게 바로 엘마가 가장 좋아하는 이야기였다.

"아하하⋯⋯ 또 시드 경 얘기야? 엘마는 정말로 시드 경을 좋아하는구나?"

"응! 그치만 멋있는걸! 대단한걸!"

조금 전까지의 어두운 얼굴은 어디로 갔는지.

엘마는 금세 꽃이 피어나듯 활짝 웃었다.

하지만 생각해 보면 당연한 일이었다.

아바마마가 전해 준 《섬광의 기사》 시드 블리체의 전설은⋯⋯ 내가 가장 좋아하는 얘기니까.

그렇다면 나와 영혼을 나눈 반쪽인 엘마도 좋아하는 게 당연하다.

내가 당시부터 이야기 속의 시드 경을 사랑했던 것처럼.

분명 엘마도 이야기 속의 시드 경을 사랑했을 것이다.

"그럼 오늘은 시드 경의 어떤 에피소드를 얘기할까?"

"드래곤이라는 아주 크고 무서운 마물을 퇴치한 얘기!
그리고 탑 위에 유폐되어 있던 공주님을 구해 내는 얘기를
듣고 싶어!"

"알았어. 그럼 오늘은 그 얘기를 하자."

그리하여. 나는 한정된 시간 속에서 시드 경의 이야기를
했다.

어느 나쁜 나라의 임금님이.

거대한 용을 조종하여 다른 나라들을, 백성들을 괴롭히
고, 공주님을 납치하여 유폐했다.

하지만 그때 바람처럼 나타나는 정의의 기사, 시드 경.

올바른 왕, 아르슬의 하명을 받아, 백성을 구하기 위해,
공주를 구하기 위해, 검을 휘두른다.

그 검에 넘실거리는 것은 정의의 번개.

용맹하고 과감하게 싸우는 그 모습은 그야말로 「섬광」.

나쁜 나라의 병사와 기사들을 무찌르고, 혼자서 용을 타
도하고, 나쁜 왕을 해치운다.

그리고— 마침내 갇혀 있던 공주를 구해 낸다.

하지만 시드 경은 누구에게도 아무런 보답을 바라지 않
는다.

그저 자신이 믿는 기사도에 몸을 바칠 뿐…….

그건…… 전부 아바마마가 가르쳐 준 이야기를 그대로 말한 거였지만.

역시 엘마에게 몇 번을 얘기해 줘도 시드 경은 멋있었다.

엘마는 황홀한 얼굴로 듣고 있었고.

나도 무심코 도취되어 이야기에 평소보다 더 열이 들어갔다.

그때, 나와 엘마는 시간을 초월하여 그 전설 시대의 세계 속에 있었다.

단순한 망상이나 상상이라고는 생각할 수 없는 현실적인 광경이 눈앞에 펼쳐졌다.

나와 엘마는 《섬광의 기사》가 검을 휘두르며 대활약하는 광경을, 함께 손을 맞잡고서 정신없이 지켜보았다…….

~~~~~.

"하아…… 역시 시드 경은 멋있어."

이윽고 내 이야기가 끝나고.

상상 속 세계를 떠돌던 의식이 현실로 귀환함과 함께, 엘마는 황홀하게 한숨을 쉬었다.

"응, 정말로 기사 중의 기사야……."

"응응! 시드 경은 절대 거짓말하지 않는걸! 한다면 하는 사람이야! 아무리 어려운 일이어도, 목숨을 걸어서라도!"

"「기사는 진실만을 말한다」?"

"맞아! 맞아! 꺄아~!"

엘마는 얼굴이 새빨개져서 즐겁게 꺅꺅거렸다.

이야기 속의 시드 경이 아주 좋은 듯했다. 당연히 나도 이해했다.

"아아…… 지금 시대에도 시드 경 같은 기사가 있다면 좋을 텐데……."

"그러게……."

이윽고 흥분이 식었는지, 엘마가 쓸쓸하게 미소 지었다.

결국 시드 경은 이야기 속 존재다.

《야만인》인지, 《섬광의 기사》인지, 어느 쪽이 시드 경의 진실인지는 알 수 없지만.

시드 경에 관해 확실히 말할 수 있는 것은…… 이미 옛날 옛적에 죽은, 전설 시대의 사람이라는 것.

절대 만날 수 없는, 이야기 속에서만 볼 수 있는 등장인물이라는 것이다.

"시드 경이 있었다면…… 언니가 왕이 됐을 때, 분명 옆에서 언니를 보좌해 줄 거고…… 갇혀 있는 나도…… 분명……."

"……."

무심코 입을 다물어 버렸다.

조금 전까지의 고양이 단숨에 식으며 슬퍼졌다.

그 말에, 동생의 본심과 운명이 있었다.

절대 있을 수 없는 기적의 망상.

이야기 속 등장인물에게 구원을 바랄 만큼.

지금의 엘마에게 구원은, 그리고 미래는, 전혀 없었다.

아무리 내가 신경 써서 이렇게 조금이라도 엘마의 외로움과 괴로움을 덜어 주고자 뻔질나게 찾아와도, 새 발의 피만큼의 도움밖에 안 된다.

엘마는, 내 앞에서 미소를 지우지 않은 채.

남몰래, 조용히, 절망하고 있었던 거다. 절망할 수밖에 없었던 거다.

그래서—.

"희망을 버리지 마, 엘마."

나는 엘마의 손을 잡고 필사적으로 호소했다.

"난 언젠가 반드시 훌륭한 왕이 될 거야! 그러면 엘마를 이딴 곳에서 데리고 나가 줄게! 아무도 뭐라고 못 할 거야! 내가…… 내가 엘마를 구해 줄 거니까! **약속할게……**!"

엘마는 한동안 눈을 깜빡거리며 나를 바라보다가.

이윽고.

"언니는…… 마치, 시드 경 같아."

눈꼬리에 눈물을 매달고서 웃었다.

"「기사는 진실만을 말한다」?"

"맞아! 「기사는 진실만을 말한다」야!"

"하지만 언니는 기사가 아니라 왕이잖아?"

"괘, 괜찮아! 어어, 분명, 이 나라의 왕은 기사왕? 이라고 했던가? 아무튼 왕이면서 기사이기도 하다는 것 같으니까!"

그런 말을 주고받으며.

둘이서 한바탕 쑥스러워하고, 눈물 흘리고, 여러 감정에 뒤범벅이 되어 함께 웃고.

"언니…… 나한테 잘해 줘서 고마워."

"엘마……."

"나 기다릴게……. 계속 기다릴게. 언젠가 이 새장에서 언니가 날 데리고 나가 줄 날을…… 계속…… 기다릴게……. 믿을게……."

———.

어린, 너무나도 어린 날의 마음과 결의였다.

언젠가 엘마를 구하기 위해.

훌륭한 왕이 되기 위해.

많은 사람 앞에서 여자임을 숨기고, 힘들고 괴로운 수업을 견디는 나날.

그런 하루하루의 괴로움을 엘마와의 한때로 치유하고, 서로를 위로하는 나날.

둘도 없는 나의 반쪽…….

그런 나날은— 너무나도 갑작스럽게 끝을 고했다.

"죽었습니다."
"뭐?"

어느 날, 평소처럼 몰래 엘마가 있는 비밀의 방으로 가고 있을 때.

갑자기 내 앞에 나타난 당시의 무녀장— 에바 님이 별안간 그렇게 알렸다.

"……지금, 뭐라고?"

"말씀드렸을 텐데요. 엘마 님은 이미 죽었습니다. 병으로요."

너무 충격적이라서 한동안 말뜻을 이해할 수 없었다.

하지만 이윽고 뇌가 점차 그 말을 이해해서—.

"거짓말!!!"

나는 꼴사납게 부정할 수밖에 없었다.

"엘마가 죽었다니…… 그런 건 거짓말이야!!!"

"아아, 정말…… 큰 소리 내지 말아 주십시오. 엘마 님의 존재는 나라의 최고 기밀입니다. 누가 듣기라도 하면—."

"병으로 죽었다는 걸 어떻게 믿으란 거야?! 불과 일주일 전까지…… 일주일 전까지 씩씩하게 웃고 있었다고!"

확실히 요 일주일은 왕자로서 교육받느라 바빠서 엘마를

만나러 갈 수 없었지만.

고작 일주일 만에 엘마가 급사했다니, 도저히 믿을 수 없었다.

내 눈으로 보기 전까지는 도저히 믿을 수 없었다.

"엘마! 엘마!"

나는 마구 소리치며 엘마의 방으로 달려갔다.

하지만 그런 내 팔을 에바가 잡았다. 엄청난 힘으로 잡아서 만류했다.

"같은 말을 또 하게 하지 마십시오. ……엘마 님은 돌아가셨습니다."

"놔! 놔 줘!"

나는 팔을 잡은 에바를 보았다.

그리고 묘한 것을 알아차렸다.

"어……? 에바……?"

뭔가 모습이 이상했다.

소름 돋을 만큼 아름답고 고상한 호반의 여인들의 수장— 무녀장 에바가, 왠지 묘하게 쇠약해진 모습이었다.

에바야말로 죽을병에 걸린 게 아닐까, 하는 의심이 들 만큼 숨이 거칠었고, 그 몸에는 오싹하리만큼 열이 없었다. 마치 죽은 사람처럼, 죽어 가고 있는 것처럼.

그런데도 내 팔을 잡은 힘만큼은 무시무시했다.

마치…… 마지막에 세차게 타오르는 생명의 등불처럼.

"다행이다……. 당신은…… 아무래도 진짜 알마 님인 것 같군요……."

"뭐? 대체 무슨 소리를……?"

"설마 제가 이런 수법에 속을 줄이야……. 아아, 전부…… 전부 틀렸어요……. 전부 저의 안일함이 초래한 일……."

에바의 눈에는 내가 담겨 있지 않았다.

이해할 수 없는 말을 중얼중얼 반복할 뿐이었다.

"그날…… 알마 님과 엘마 님이 태어난 그날…… 그날, 저는…… 무녀로서…… 전부 결단해야 했어요……! 살려 둬선 안 됐어……! 구전대로……! 하지만…… 아아…… 아르드 님…… 사랑하는 당신이 그러길 원했으니까……. 절대 이루어지지 않을 마음 때문에…… 나는, 잘못을…… 잘못된 일을……!"

"에바…… 대체, 무, 무슨 소릴 하는 거야……?"

"그래도…… 잘못은…… 바로잡아야 해……."

덥석!

아름답게 생긴 에바가 귀신같은 표정을 짓고서 내 얼굴을 잡았다.

힘이 엄청나서 도저히 저항할 수 없었다.

"큭……?!"

"알마 님…… 잊으십시오……! 잊어야 합니다……! 엘마 님은…… 어쩔 수 없어요……. 어쩔 수 없습니다……! 그 아이는 재앙이니까—!"

에바가 소곤소곤 주문을 외웠다.

그러자 내 머릿속에 안개가 낀 것 같은 느낌이 들었다.

잠기운과 비슷한 그것이 급속도로 내 의식을 갉아먹었다.

세상이 어두워지고. 정신이 한없이 아득해졌다.

"전부 잊는 겁니다…….."

"뭐를…… 무엇, 을…….."

"잊으세요…….."

"…….."

————.

머지않아 무녀장 에바는 급사했다. 원인은 불명이었다.

나를 돌봐 주던 《호반의 여인》의 반인반요정 이자벨라가
그 뒤를 잇게 되었고.

그 무렵부터 아바마마의 병환도 점차 악화되어, 텐코를
데려오고 얼마 안 있어서…… 돌아가셨다.

왕가의 장래를 생각하여 블리체 학급을 개설하는 구상도
이때부터 본격적으로 시동되고.

이후로는 전부 순식간에 지나가는 격동의 나날이었다.

어지러운 변화에 대응하느라 바빴다. 힘껏 달리느라 필
사적이었다.

……그래서.

줄곧 마음에 걸렸다.
나는 정신없이 달리느라 뭔가 중요한 것을 잊지 않았나.
뭔가…… 흘려서는 안 되는 소중한 것을.
어딘가에 흘려 버린 게 아닐까, 하는 생각이.
줄곧— 마음 한편에 희미하게 자리하고 있었다.

제2장 빛이 없는 세계의 빛

……추웠다.

뼛속까지 얼어 버릴 만큼 추웠다.

그 추위가, 진창을 떠도는 것 같은 잠에서 깨어나게 했다.

"응……, 으…….."

눈을 뜬 앨빈이 침대에서 몸을 일으켰다.

주위의 광경은 생소하지 않았다. 그곳은 왕가가 보유한 왕도 내 별장의 일실이었다.

붉은 카펫과 흑단 옷장, 호화로운 테이블과 의자 등, 왕족이 지내기 걸맞은 품위 있는 가구들이 놓여 있었다.

하지만 창문은 깨졌고, 벽이 일부 무너졌고, 바닥이 군데군데 함몰되어 있었다.

실내에 생긴 틈을, 천을 붙여서 막았지만, 그런 것으로 압도적인 한기가 들어오는 걸 막을 수 있을 리도 없었다.

난로는 빨갛게 타고 있는데…… 실내는 얼어붙을 만큼 추웠다.

"여긴……?"

"일어났어? 앨빈."

목소리가 들린 곳을 돌아보니 시드가 있었다.

머리 뒤로 깍지를 끼고, 다리를 꼬고, 소파에 떡하니 앉아 있었다.

"네……."

앨빈이 침대에서 내려와 천이 붙어 있는 창문으로 다가갔다.

천을 슬쩍 거둬서 바깥을 보았다.

휘오오오오오오오…….

안 그래도 한기가 새어 들고 있었는데, 막던 것을 제거하니 그것은 단숨에 가속했다. 밖에 휘몰아치는 거센 눈보라가 틈새로 사납게 들이쳤다.

새하얀 눈이 실내에서 날아올랐다.

하지만 앨빈은 그것에 눈길도 주지 않고, 바깥 광경에서 시선을 떼지 못했다.

하늘은 두꺼운 먹구름에 덮였고, 주변 일대는 하얀 일색. 은세계.

쌓인 눈이 반쯤 붕괴된 왕도를 뒤덮고, 눈보라가 유린하는 세계.

지금은 따뜻한 햇빛과 생명의 숨결이 흘러넘치는 봄일 텐데, 마치 한겨울 같았다.

아니, 한겨울도 이렇게까지 혹독하지는 않을 것이다.

이건 그야말로 온갖 생명의 탄생을 거부하는, 죽음의 겨울이 내리는 축복이었다.

"……"

앨빈은 그렇게 완전히 변해 버린 왕도의 모습을 보고…… 조용히 탄식했다.

"역시…… 그건 꿈이 아니었던 거네요. 엘마가…… 제 쌍둥이 동생이…… 이 나라를, 이렇게 만들었어요."

"맞아."

시드가 일어났다.

"가자, 앨빈. 다들 널 기다리고 있어."

"네……?"

"일단은 상황을 확인해. 네가 앞으로 왕으로서 어떤 결단을 내리든지 간에…… 어쨌든 그것부터 시작해야지."

"……"

그리하여.

앨빈은 시드에게 재촉받아 방을 나갔다.

그리고 홀을 향해, 반쯤 붕괴된 저택 내 복도를 걷기 시작했다.

────.

홀에 즉석 회의장이 개설되어 있었다.

캘바니아 궁정의 각 대신, 캘바니아 요정기사단의 각 기사단 단장 대리…… 번즈, 아이기스, 카임.

《호반의 여인》의 무녀장 이자벨라, 그 보좌관인 리베라와 무녀들.

캘바니아 왕립 요정기사 학교의 교관, 크라이스, 마리에, 자크.

그리고 유력한 기사 후보생들…… 텐코와 루이제 등도 있었다.

이제부터 국가 존망의 위기에 대처하고자 회의가 열리는데, 기사 서훈을 받지 않은 학생들까지 참석해 있는 것만 봐도…… 현재 상황이 얼마나 곤궁한지를 알 수 있었다.

이 방도 난로가 빨갛게 타고 있지만, 역시 몸이 떨릴 만큼 추웠다.

벽과 천장에 커다랗게 금이 가 있고, 완전히 막지 못한 그 틈으로 한기가 가차 없이 새어 들고 있었다.

"그럼 바로 시작하죠."

앨빈이 소정의 자리에 앉자, 이자벨라의 말로 회의가 시작되었다.

"솔직히 말하자면…… 사태는 최악입니다. 이 나라는…… 아뇨, 세계는 멸망할 겁니다."

느닷없이 꿈도 희망도 없는 말을 듣고, 일동이 술렁거렸다.

"오푸스 암흑교단의 대마녀 플로라, 그리고 북쪽 마국의 맹주…… 아뇨, 지금은 구태여 이렇게 부르기로 할까요. 마왕 엔데아. 그 두 사람은 성령 강림제의 의식을 강탈하여, 빛의 요정신^{에클레르}에게 올리는 기도를 어둠의 요정신^{오무스}에게 올리는 기도로 바꿨습니다. 그럼으로써 왕도와 성이 봉인하고 있었던 「무언가」를 해방하는 데 성공한 것 같습니다. 그게 대체 무엇인지? 왜 그런 것이 왕도와 성의 이면에 봉인되어 있었는지는 아마 전대 무녀장 에바 님이라면 아셨을 테지만…… 이미 고인이신 데다가 그 구전이 끊긴 이상, 아쉽지만 저희는 알 수 없습니다. 하지만 그 「무언가」를 엔데아가 자신의 몸에 담으면서 어떤 옛 금주(禁呪)가 발동했다는 것만큼은 엄연한 사실입니다. 그리고 그것이 바로— 지금 이 나라를 뒤덮은 【황혼의 겨울】입니다."

이자벨라가 창밖의 하얀 광경을 내다보고서 신음하듯 말했다.

"이 【황혼의 겨울】의 힘은 단순하고 명쾌합니다. 「세계에 겨울을 가져오죠」. 다만 「영원」한 겨울입니다. 그리고 「절대적」인 극한 지옥의 겨울입니다. 이 【황혼의 겨울】이 찾아오면 끝이에요. 세계에 생명이 움트는 봄, 생명이 빛나는 여름, 결실이 많은 가을은 영원히, 절대로 오지 않습니다. 이 세계가 끝날 때까지 겨울입니다. 아뇨, 이 세계에서 생명이 하나도 남김없이 사라져서 세상이 끝난 후에도 겨울입니다. 영원히, 영구히, 절대적인 겨울이 이 세계를 지배합니다. 사람이나 동물은 물론이고, 마나도 얼어붙고, 요정과 정령조차 이윽고 절멸합니다. 그리고 이 얼어붙는 겨울에 의해 목숨을 잃은 모든 생명은 얼어붙은 망자로 전락하여 어떤 왕을 모시게 되겠죠. 이 겨울의 지배자인 왕— 「마왕」을."

"""""…………"""""

순식간에 절망이 회의장을 지배했다.

생각하면 할수록 희망이 없었다. 미래도 보이지 않았다.

예로부터 가장 많은 인간을 죽인 것은 무엇인가?

질병? 기근? 전쟁?

아니— 정답은 「겨울」이다.

겨울의 추위는 온갖 생명을 부정한다.

생명으로부터 체온을 빼앗고, 식량을 빼앗고, 그리고 쉽게 목숨을 빼앗는다.

겨울에 강한 생물도 있지만, 그건 봄이 올 때까지 「버텨내는」 것을 전제로 한 성질이다. 겨울의 세계에서 영원히 살 수 있는 생물은 이 세상에 존재하지 않는다.

사람이 설경의 정취를 즐길 수 있는 것은 추위를 견딜 문명과 문화가 있기 때문이다.

예로부터 겨울은 절대적인 죽음의 상징이었다.

"전설이 사실이라면…… 【황혼의 겨울】은 이제 막 시작됐을 뿐입니다. 정보에 의하면, 이 겨울은 아직 캘바니아 왕국 전토만을 덮었다고 하고, 한기도 평소의 한겨울보다 다소 강한 정도입니다. 하지만…… 앞으로 천천히. 시간을 들여서. 겨울은 이 세계 전체로 퍼져 온 세상을 뒤덮고…… 눈이나 얼음의 요정조차 얼어붙는 동결 지옥이 형성될 때까지 한기는 한없이 강해질 겁니다. 그 정도 수준까지 가지 않아도, 이 추위는 쉽게 사람을 죽입니다. 이 페이스로 가면 한 달도 못 가서 캘바니아 왕국의 모든 백성이 동사할 겁니다. 이 나라는…… 세계는, 지금 존망의 위기에 처해 있는 겁니다."

"그, 그럴 수가……."

"그건…… 그야말로 전설 시대의…… 「마왕 강림」이잖아……!"

누군가의 중얼거림에 일동이 입을 다물었다.

그랬다.

이 상황은 전설로 내려오는 어떤 구전과 흡사했다.

「마왕 강림」. 전설 시대 최대 최악의 재앙.

지금까지 줄곧 침묵하던 시드가 이 타이밍에 입을 열었다.

"맞아. **그때도 이랬어.**"

"시드 경……?"

"내가 기사로서 황야를 뛰어다니던 전설 시대에…… 어

느 날 갑자기 마왕이 이 세계에 강림했어. 마왕은 오푸스에게 홀린 겨울의 마인(魔人). 우리가 숭배하는 에클레르의 영원한 숙적…… 세계를 증오하여 멸망시키려고 하는 오푸스의 총애를 받은 대행자야. 그렇기에 마왕은 이 세계를 죽음의 겨울에 가두고. 이 세계를 종언으로 이끄는…… 그런 존재야. 전설 시대에도 마왕이 일으킨【황혼의 겨울】이 이 세계를 뒤덮었어. 많은 인간이 겨울의 품에 안겨 죽었지. 아마도 현재 전해져 내려오는 전설대로…….”

“그래서…… 어떻게 했죠? 그때는.”

앨빈의 그런 물음에.

“글쎄…… 어땠더라. 그 부분은 영 기억이…….”

그렇게 머리를 누르는 시드를 대신하여.

“……전승에 의하면.”

이자벨라가 담담히 대답했다.

“그 시대에는 그때까지 무수한 부족, 민족, 국가가 패권을 두고 격렬하게 싸우고 있었지만…… 마왕과【황혼의 겨울】앞에서 다들 두려워하고, 절망하고, 무릎을 꿇었다고 합니다. 그러던 때에 왕국의 시조, 성왕 아르슬이 일어났습니다. 절망에 떠는 사람들을 질타하고, 수많은 기사가 모인 성왕군을 이끌어…… 마왕의 얼어붙은 망령군과 싸웠습니다. 그리고 다 같이 북쪽 마국에 쳐들어가서…… 마침내 아르슬이 마왕을 무찌른 겁니다. 이 시대의 인간이라면 모두가 아는 대로."

"""".............""""

한층 더 무거운 침묵이 회의장을 지배했다.

이자벨라의 이야기는— 이 자리에 모인 사람들에게 새로운 절망을 새기기 충분했다.

성왕 아르슬은 이제 없기 때문이다.

성왕 아르슬의 슬하에 모였던 강건한 최강의 기사들은 이제 없다.

이제 그들은 이야기 속에만 존재했다.

회의장에 있는 많은 사람이 이미 이해하고 있었다.

시드라는 존재가 증명했다.

전설 시대의 인간과 달리…… 현대의 인간은 비교도 안 될 만큼 약하다.

전설 시대에는 수많은 영웅이 있었다.

성왕 아르슬, 《홍련의 사자》 로거스 뒤란데, 《벽안의 일각수》 루크 앤서로, 《푸른 올빼미》 리피스 오르토르.

그리고—《야만인》 혹은 《섬광의 기사》 시드 블리체.

그 외에도 전설 시대의 이야기들을 살펴보면, 지금으로 서는 믿을 수 없을 만한 위업을 이루고 활약한 이름난 기사가 수두룩했다.

당연히 현대 사람들은 그게 전설이기에 과장된 일화라고 생각했었다.

하지만— 현대에 되살아난 전설 시대의 기사인 시드를 보건대 그것들은 전부 사실이다.

전설은 정말로 전설이었다.

그렇다면 전설 시대에는 이름 없는 말단의 기사조차 이 시대 최강급 기사의 실력을 가지고 있었다는 말이 된다.

현저히 약해져 버린 기사단. 현저히 약해져 버린 인류.

무엇보다 인류 사상 가장 위대한 왕은 이제 없다.

그렇다면— 대체 어떻게 사람이 마왕에게, 북쪽 마국에 맞서 싸울 수 있을까?

하지만 그런 무력감과 절망에 휩싸인 일동 앞에서.

"그렇다면, 우리가 해야 할 일은 정해졌군."

단 한 명, 늠름하게 말하며 일어나는 자가 있었다.

앨빈이었다.

"지금 당장 캘바니아 왕, 앨빈 노르 캘바니아의 이름으로 거병하겠다. 현재 왕국이 모을 수 있는 모든 전력을 들어서 북쪽 마국에 쳐들어가도록 하지. 그리고— 엔데아를……."

일순.

앨빈은 아주 잠깐 고뇌에 찬 표정을 지었지만.

금세 그것을 왕의 얼굴로 덮고서 엄정하게 단언했다.

"마왕 엔데아를— 치겠다. 이건 성전이다."

술렁술렁……

회의장에 곤혹과 동요가 일었다.

없는 것을 원해 봤자 소용없다.

성왕 아르슬은 없고, 그를 따랐던 영웅들도 과거의 존재다.

하지만…… 완전히 약해진 지금의 인류가, 기사단이, 재강림한 마왕과 그 군세에 도저히 맞설 수 없다는 것도 알았다.

"시드 경. 나를 따라와 주겠지?"

"존명."

"이자벨라. 북쪽 마국을 공략할 책략을 세우겠다. 협력하라."

"……예! 온 힘을 다하겠습니다."

"대신들. 지금 당장 전쟁을 준비한다. 주변 각국에 원군을 요청하고, 백성들에게—."

앨빈이 각 방면에 척척 왕명을 내리기 시작했다.

하지만 바로 그때.

"그런 건 무리야!!!"

갑자기 부정하는 외침이 홀에 울려 퍼졌다.

잠잠히…… 바깥의 눈보라 소리에 스며들듯이 외침의 여운이 사라지며, 회의장이 정적에 잠겼다.

자리에서 일어나 외친 인물에게 일동의 시선이 모였다.

그건— 캘바니아 요정기사단, 빨강 기사단의 번즈 뒤란데 경.

얼마 전 볼프 황자의 일건 때 앨빈을 배신하고 제국 측에 붙었던 뒤란데 공의 아들……. 죽은 아버지를 대신해 대리 단장을 맡은 특급 기사.

천기사 결정전 때 대중 앞에서 시드에게 철저히 패배한 기사였다.

"……무리라니, 그게 무슨 말이지?"

앨빈은 그런 번즈를 조용히 바라보았다.

"말 그대로야……. 그런 건 무리일 게 뻔해! 앨빈 왕자의 지휘로 군대를 재편하고, 북쪽 마국에 쳐들어가서 마왕을 쓰러뜨린다……. 그런 건 절대로 무리라는 말이야!"

앨빈은 한동안 침묵하다가 이윽고 결연하게 말했다.

"귀공들이 내게 검을 바치지 못하는 건 이해해. 지난번 볼프 황자의 일건 때는 내가 모자라고 부덕하여 귀공의 부모들을…… 3대 공작들을 눈앞에서 잃는 실책을 범하고 말았어. 하물며 나는 여자지. 귀공이 나를 왕으로 인정하지 못하는 것은 이해해. 하지만 지금은 국난의 때, 세계의 위기야. 이러고 있는 동안에도 귀중한 시간은 계속 흘러가고, 세계는 죽음으로의 초읽기를 시작했어. 지금 이때만큼은 과거의 모든 원한과 응어리를 버리고, 마왕 타도를 위해 함께 손을 맞잡아야 하지 않겠어?"

"아니야, 그런 게 아니야……. 우리도 이런 상황에서까지 권력 투쟁을 벌이거나 원한을 말할 생각은 없고, 그런 소리를 할 때가 아니라는 것도 알아……."

"좀 더…… 근본적인 문제가 있어요……."

절망적인 얼굴로 침음을 흘리는 번즈에 이어서 말한 사람은 아이기스 오르토르…… 파랑 기사단 단장 대리. 뒤란데 공과 마찬가지로 요전번 사변으로 죽은 오르토르 공의 딸이었다.

"근본적인 문제? 뭘 말하는 거지?"

"눈치채지 못하셨습니까? 귀공이 가진 요정검의 이변을."

이어서 초록 기사단 단장 대리이자, 요전번 사변으로 죽은 앤서로 공의 아들…… 카임 앤서로가 그런 말을 했다.

"요정검……?"

앨빈이 허리에 찬 요정검의 칼자루를 잡았다.

뭔가가 바뀐 것 같은 느낌은 들지 않았다.

하지만 회의장에 있는 일동은 그게 바로 가장 큰 문제이자 절망이라는 것처럼 입을 다물고서 고개를 숙여 버렸다.

대체 어떻게 된 건지 알 수 없어서 앨빈이 의아해하고 있으니.

"너는 일어난 지 얼마 안 됐으니 모를 만도 해."

그 의문에 시드가 답했다.

"현재, 왕국의 요정기사들이 가진 요정검은…… 그 힘을 거의 잃었어."

"뭐…… 뭐라고?!"

요정검. 사람의 좋은 이웃인 요정들이 사람을 돕고자 검으로 모습을 바꾼 것.

신체 능력 강화와 치유 능력, 그리고 마법. 요정검은 요정기사에게 다대한 힘을 준다.

요정기사가 보통 사람보다 몇 배나 강한 힘을 발휘하여 요마나 암흑기사들과 싸울 수 있는 것은 전적으로 요정검 덕분이었다.

반대로 그 요정검이 힘을 잃어버리면…… 요정기사는 그저 무력한 인간이다.

"그게…… 정말인가?!"

"네, 사실이에요."

눈을 부릅뜨는 앨빈에게 이자벨라가 답했다.

"아마…… 이 세계를 서서히 뒤덮고 있는 【황혼의 겨울】 탓이겠죠. 요정은 이 세계를 채우는 원초의 생명인 마나…… 대지와 바다와 하늘, 그런 자연계를 관장하는 화신이에요. 하지만 현재, 세계는 죽음의 겨울에 뒤덮여 죽어 가고 있어요. 세계가 죽어 가고 있는데, 그 세계의 화신인 요정들이 어떻게 힘을 발휘할 수 있겠어요?"

"……!"

생각해 보면 당연한 이야기였다.

빛의 요정신의 이름하에 옛 맹약으로 맺어진 사람과 요정검의 계약.

하지만 시대가 바뀌면서 사람은 그것을 잊고 요정검을 그저 편리한 무기로만 인식하게 되었기에 종종 깜빡하지만, 요정검은 이 세계에 살아 있는 존재다.

세계에 죽음을 가져오는 정적의 겨울 속에서는 그 힘을 발휘할 수 없다. 굳이 말하지 않아도 알 수 있는 일이다. 하지만…….

"이해가 안 가는데. 정말 그런가? 정말로 요정검은 힘을 잃었나?"

앨빈이 자신의 요정검을 뽑아 머리 위로 들었다.

단장 대리들의 이야기가 사실이라면, 앨빈의 요정검도 힘을 잃었을 터다.

하지만―.

앨빈의 요정검은 그 힘을 전혀 잃지 않은 상태였다.

앨빈은 검에서 이전과 다름없는 힘을 느꼈다.

그 도신은 이 죽음의 겨울 속에서도 생명의 빛으로 가득 차 있었다.

"나는, 나의 검에서 가호와 힘을 느껴. 이전과 다름없이 싸울 수 있을 것 같아. 대체 왜……?"

거기까지 말하고서.

앨빈은 문득 한 가지 짐작을 떠올렸다.

번즈와 같은 고참 기사의 요정검이 힘을 잃고.

앨빈의 요정검이 힘을 유지하고 있다.

그 차이. 그 이유. 그건―.

"월이야."

―그 답을 시드가 대변했다.

"월 사용자는 호흡으로 세계에서 마나를 모으고, 자신의 체내에서 승화 연성하여 검한테 줄 수 있어. 그러면 세계 자체가 죽어 가는 【황혼의 겨울】 속이어도 상관없지. 문제 없이 요정검의 힘과 마법을 발휘할 수 있어. 검의 사용자가 살아 있는 한, 요정검도 죽지 않아."

술렁술렁, 일동이 서로를 마주 보았다.

"어렵게 생각할 것 없어. 입장이 살짝 역전했을 뿐이야. 지금까지는 사람이 요정검에게 의지했지만. 이제는 요정검이 사람에게 의지하고 있는 거지. 그런 사소한 차이야. 딱히 상관없잖아? 서로서로 돕는 것은 양호한 신뢰 관계의 기본이야."

소리 없이 웃는 시드에게, 상관없을 리가 있겠냐며 노여

위하는 감정이 모였다.

앨빈은 이런 상황에서도 변함없이 뻔뻔한 태도를 유지하는 시드를 보고 살짝 쓴웃음을 지으면서도, 마음을 다잡고 조용히 물었다.

"텐코. 루이제. 방금 나온 얘기가 사실인가?"

서훈을 받지 않은 기사 후보생들이 왜 이곳에 많이 불려와 있는지.

그 의문이 풀리는 것을 느끼며 답을 기다렸다.

그러자 아니나 다를까—.

"사실입니다, 왕자님."

텐코가 엄숙하게 답했다.

"저희 블리체 학급의 멤버…… 요컨대 지금까지 줄곧 시드 경의 훈련을 받아 끊임없이 월을 단련해 온 자들은 전혀 문제없이 요정검의 힘을 발휘할 수 있다는 것을 이미 확인했습니다."

"아니…… 다행히 블리체 학급만 그런 건 아니야."

루이제도 텐코의 말을 보충했다.

"나나 앤서로 학급의 요한, 뒤란데 학급의 올리비아를 비롯해, 예의 그 합숙 이후로 시드 경에게 지도받길 원하여 월을 습득한 자들도 요정검을 쓸 수 있어. 어쨌든 월이 【황혼의 겨울】의 영향 속에서 싸우는 데 열쇠가 될 것은…… 틀림없을 거야."

그리고 그 사실 때문에 회의장에 모인 일동은 절망한 것이었다.

확실히 시드와 앨빈의 활약으로 캘바니아 왕립 요정기사학교 학생들의 의식은 바뀌고 있었다.

시드가 말한 대로, 요정검에만 의지해선 안 된다고 생각하여, 다른 학급 학생이면서 블리체 학급의 문을 두드리는 학생도 늘어나고 있었다.

하지만— 그걸 다 더해도, 현재 월 사용자는 너무나도 적었다.

지금까지 나라의 상층부를 지탱한 요정기사단은 물론이고, 요정검의 검격에 안주해 온 상급생들도, 월이라는 새로운 기술을 싫어하며 받아들이지 않았다.

검격이 가져오는 절대적인 상하 관계를 흔들지도 모르는 기술— 월.

그걸 받아들이지 못하여, 높은 검격의 요정검이 발휘하는 강대한 힘에 안주하는 것을 포기하지 못하고, 자신을 단련하는 것을 게을리했다.

그 교만과 태만의 대가를 지금 치르게 되었다.

즉…….

"지금은 기사조차 아닌 일부 종기사^{스콰이어}들만 제대로 싸울 수 있다는 건가…….."

"그런 거야, 왕자."

그 말을 하고 싶었다는 것처럼.

번즈가 침음을 흘렸고, 아이기스와 카임이 원통하다는 듯 고개를 숙였다.

무거운 공기가 회의장에 모인 일동의 머리를 짓눌렀다.

"고작 그 정도 전력으로 북쪽 마국의 군세를 이길 수 있을 리가 없어. 전설 시대의 기사 시드 경이 있다지만, 저쪽에도 동격의 존재가 여럿 있어. 게다가 북쪽 마국에 득시글거리는 얼어붙은 망령 군단과 암흑기사들…… 그리고 이【황혼의 겨울】까지……. 전 세계가 떼로 몰려가도 맞설 수단이 없어. 처음부터 패배한 싸움이라고……. 이제 다 끝이야, 전부 다……."

더 할 얘기는 없다.

그렇게 자포자기하여 전부 내던진 번즈에게.

"끝나지 않았어."

앨빈이 의연하게 반론했다.

"세계는 아직 끝나지 않았어. 우리는 아직 살아 있어. 그렇다면 검을 들고 일어나서 싸워야 해. 이 나라에…… 이 세계에 사는 모든 사람을 위해서도."

"귀공은 아무것도 몰라!"

그런 앨빈에게, 번즈가, 아이기스가, 카임이 저마다 악담을 퍼부었다.

"이길 수 있을 것 같나요?! 상황을 모르겠어요?!"

"우리가 제대로 싸울 수 없는데, 학생들만으로 진짜 어떻게든 되리라고 생각합니까?!"

"자만하고 있어! 귀공에게 시드 경이 있다고 너무 과한 꿈을 꾸고 있지 않나?! 조금은 현실을 보는 게 어때!"

하지만.

"시드 경이 있는 건 관계없어."

앨빈은 대항하듯이 강하게 대꾸했다.

"설령 내 슬하에 시드 경이 없었더라도, 나는 이 국난에 싸울 의지를 내세우고, 그 의지에 호응해 주는 자들과 함께 싸웠겠지.「기사는— 진실만을 말한다」."

"""" ......?!""""

"어떤가? 이곳에 나와 함께 싸워 줄 자는 없나?"

침묵하는 일동 속에서.

"말할 것도 없어."

시드가 씩 웃으며 그렇게 큰소리쳤다.

"저도 싸우겠어요, 앨빈. 물론 블리체 학급의 학생들도 같은 마음이에요. 언제든 북쪽으로 떠날 준비가 되어 있어요!"

텐코도 용맹하게 일어나 경례했다.

"나도 마찬가지야, 왕자. 아니, 주군."

루이제도 단정하게 일어나 앨빈을 향해 예를 취했다.

"앉아서 죽음을 기다리며 백성이 죽는 걸 바라보다니……
내 아버지의 이름에 먹칠을 하는 그런 짓은 죽어도 할 수
없어. 이제 파벌도 원한도 관계없어. 나는 너에게 검을 바
치겠어."

그리고.

"물론 우리도 갈 거야, 앨빈."

"여기서 검을 들지 않는다면 기사라고 할 수 없죠!"

"뭐, 우리의 주군은 너고."

"같이 싸워요, 앨빈! 무, 무섭지만!"

"왕자님을 위해서라면 불속이든 물속이든 어디든 가겠어
요!"

크리스토퍼, 일레인, 세오도르, 리네트, 유노 등 블리체
학급의 멤버들도.

"나도 싸우겠어……! 같이 데려가 줘……!"

"나도! 낙오자 학급이 싸우는데 빠져 있을 순 없지!"

앤서로 학급의 요한도, 뒤란데 학급의 올리비아도.

회의장에 와 있던 다른 종기사들도.

시드에게 월을 배우고 시드의 삶을 피부로 느꼈던 학생
들이, 절망적인 싸움에 임하겠다는 의지를 차례차례 내보
였다.

하지만— 뒤집어 말하자면.

그게 다였다.

"거봐."

번즈가 업신여기듯 말했다.

"고작…… 고작 그것뿐인 전력으로 대체 뭘 할 수 있는데?! 뭘 이룰 수 있는데?! 끝이야! 이제 끝이라고! 전설 시대의 영웅을 너무 가까이서 본 탓에 우쭐해진 거야! 대체 너희가 뭘 할 수 있어?!"

"기사도를 행할 수 있어."

시드의 그 짧은 한마디가.

일동을 완전히 침묵시켰다.

"기사는 본래 대단한 존재가 아니야. 왕이 내세우는 길을 자신의 검으로 깔고, 자신의 시체로 포장하는…… 그저 그뿐인 존재야. 거기에서 의미를 발견하여 숭상하는 별난 녀석들이 바로 우리야. 돈이나 명예, 명성을 원한다면 용병이나 모험가가 되면 돼. 그리고 전장에서 마음껏 무공을 올리고, 위대한 모험을 하고, 마음껏 요마를 퇴치하면 돼. 그게 훨씬 더 많은 돈을 벌고, 후세에 오랫동안 회자될 서사시^{사가}로 남을 거야."

"그, 그건……!"

"하지만 너희는 명색이나마 기사라는 삶을 택했어. 굳이 이런 수지가 안 맞는 삶을 택했어. ……왜지?"

"……."

"확실히 시대가 변했는지. 이 시대에는…… 판단력이 흐려진 녀석들도 많아. 하지만 애초에 기사라는, 전혀 수지가 안 맞는 멍청한 삶을 선택한 것만 봐도…… 본성이나 영혼에 뭔가 굳은 심지가 있는 거라고. 기사라는 존재의 근본은 예나 지금이나 달라지지 않았다고…… 나는 그렇게 믿고 싶어."

"……."

이제 보니 번즈처럼 떼를 쓰는 기사들은 앨빈의 안중에 없었다.

앨빈은 이자벨라에게, 대신들에게, 텐코와 루이제에게 차례차례 지시를 내리며, 다가올 결전을 분주히 준비하고 있었다.

"그럼 나도 이것저것 준비를 시작할까. 하하하, 앨빈 도련님을 돌보는 건 큰일이라니까."

그렇게 일어나 발길을 돌리는 시드의 뒤에서.

"나도…… 우리도…… 싸울 힘이 있었다면…… 너희처럼……."

"요정검이 힘을 잃지 않았다면…… 싸울 힘만 있었다면……."

누구에게랄 것도 없이 중얼거리는 그런 말이 들려왔다.

그러자 시드는 성실하게 발을 멈추고서, 돌아보지 않고

말했다.

"싸울 수 없다고? 흠…… 내 눈이 삐었나? 너희에게는 훌륭한 팔이 두 개 있는 것 같고, 대지를 밟은 다리가 두 개 있는 것처럼 보이는데. 그렇다면 검은 마음껏 휘두를 수 있잖아?"

"……!"

"기사도란 삶의 태도야. ……요정검의 힘이 있느냐 없느냐는 문제가 되지 않아."

그런 말을 남기고서, 시드는 그대로 회의장을 떠나갔다.

그리고 마지막으로 홀을 나서기 전에.

"……."

시드는 앨빈을 돌아보았다.

앨빈은 역시 텐코와 루이제, 월을 쓸 수 있는 종기사들, 전쟁을 준비하는 왕가파 대신들에게 척척 지시를 내리고 있었다.

테이블 위에 마국까지 가는 지도를 펼치고서, 전의를 상실한 선배 기사들 따위 거들떠보지도 않고, 이자벨라와 함께 군의를 시작하고 있었다.

시드가 보기에 그런 앨빈의 어떤 점이 가장 마음에 드느냐 하면.

지금, 앨빈이 **시드를 안 보고 있다**는 것이었다.

물론 시드를 무시하는 것은 아니었다.

앨빈이 보고 있는 것은, 자신이 이끌어야 할 동료들과 가신들.

그리고 다 같이 도달해야 할, 쟁취해야 할 승리와 미래뿐이었다.

그것이 아무리 멀리 있어도, 앨빈은 한 명의 왕으로서 그 아득한 저편을 응시하고 있었다.

그리고 그런 앨빈에게 이해를 표하고, 검을 들고, 충성을 맹세하는 우국의 열사들.

기사 학교의 젊은이들을 중심으로, 작지만 굳센 하나의 기사단이 그곳에 생겨나 있었다.

"사람은 달라지고자 하면 달라지는 법이지."

시드는 픽 웃었다.

처음 만났을 때의 병아리 같았던 앨빈 도련님은 어디로 갔는지.

그때의 앨빈이었다면 이 국난에 허둥지둥 어쩔 줄을 몰라 하고, 뭘 해야 할지 몰라서, 시드나 이자벨라에게 매달리는 눈빛을 보냈을 것이다.

지금 여기 있는 앨빈의 모습은 어떤 남자를 강렬하게 상기시켰다.

일찍이 시드가 생애의 유일무이한 주군으로 받들며 검을 바치겠다고 맹세했던 왕이자, 동시에 시드의 절친한 벗이었던 남자— 성왕 아르슬.

어딘가 성왕 아르슬의 모습이 보이는 앨빈을 보고, 시드는 진심으로 안도했다.

"왕은 자랐어. 기사도 육성됐고, 나라도 하나로 뭉쳤어. 이제 후환은 없어. 그렇다면— 나머지는 **내 역할이야**. 미안, 앨빈……. 나는, 기사의 원칙을…… 처음으로 깨겠어."

누구에게랄 것도 없이 그렇게 중얼거리고서.

시드는 살며시 회의장을 뒤로했다.

─────.

—그날 밤.

시드는 기사들의 숙영지를 벗어나 왕도를 걷고 있었다.

휘몰아치는 맹렬한 눈보라가 시드의 몸을 하얗게 물들여 나갔다.

하지만 시드는 전혀 신경 쓰지 않고 걸어갔다.

저벅. 저벅. 저벅…….

시드가 눈을 밟는 소리가 눈보라 저편으로 휩쓸려 갔다.

"……."

하얬다. 어딜 봐도 하얬다.

왕도에 늘어선 건물은 대부분 쓰러지고 금이 가서 보기에도 무참했다.

사람들은 필사적으로 천막을 펴고, 간이 야외 난로에 불을 지피고, 서로 몸을 붙이고 덜덜 떨며 추위를 견디고 있었다.

실질강건하면서도 어딘가 화사했던 기사들의 낙원— 왕도 캘바니아의 경관은 이제 찾아볼 수 없었다.

문득, 그리운 얼굴과 목소리가 시드의 뇌리를 스쳤다.

~~~~~.

『시드 경, 봐.』

『이게 바로…… 내가…… 우리가 쌓아 올린 도시야.』

『봐, 시드 경. 다들 웃고 있어.』

『아픔과 슬픔이 많은 이 전란의 세상에…… 여기서는 다들 웃고 있어.』

『지킬 거야. 나는…… 모두를 지키겠어.』

『그러니까 시드. 이런 나에게…… 부디 앞으로도 힘을 빌려줬으면 해…….』

~~~~~.

"……"

이제는 눈 속에 묻혀 버린 지난날 왕도의 모습과 기억, 그리운 주군의 얼굴과 목소리.

그것들이, 붕괴된 왕도를 걷는 시드의 머릿속에서 수없이 되풀이되었다.

저벅. 저벅. 저벅…….

시드가 눈을 밟는 소리가 눈보라 저편으로 휩쓸려 갔다.

─────.

왕도를 걸어간 시드는 이윽고 성터에 다다랐다.

성터라고는 해도 성이 완전히 무너진 것은 아니었다.

부분적으로 구조물은 남아 있어서, 오히려 반파되었다고 말하는 게 맞았다.

시드는 툭 건드리면 당장에라도 무너질 것 같은 정문을 지나, 부서진 도개교를 도약으로 뛰어넘어, 부지로 들어갔다.

그리고 반파된 성 내부에 발을 들였다.

당연히 아무도 없었다.

절반이 넘는 벽이 무너져서 바람이 거의 그대로 들어오는 상태인지라, 성안인데도 눈이 쌓여 있었다.

성벽은 거의 무너졌고, 첨탑은 전멸했다고 해도 될 만큼 거의 다 쓰러져서, 목적지로 가려면 길을 크게 우회해야 했다.

그렇게 부지 내의 캘바니아 왕립 요정기사 학교가 있던 곳을 지났다.

이 시대에 부활한 시드가 학생들과 함께 많은 시간을 보낸 곳. 시드에게는 그런대로 애착이 있는 장소였다.

하지만 그곳은 완전히 잔해 더미로 변해 옛 모습을 찾아볼 수 없었다.

"……."

완전히 무너진 블리체 학급 기숙사 옆을 말없이 지나 성의 본관에 들어갔다.

뚜벅, 뚜벅, 뚜벅…….

눈보라가 들이치는 가운데, 시드는 발소리를 내며 나아갔다.

곳곳에 구멍이 뚫린 돌계단을 올라갔다.

……계속 걷다 보니 주위의 모습이 확연하게 달라졌다.

같은 성의 다른 장소와 비교해서 명백하게 덜 파괴된 구획이 있었다.

시드는 더욱 파괴되지 않은 방향을 향해 나아갔다.

그리고 마침내 목적지에 도착했다.

그곳은 바깥의 겨울 폭풍 소리가 시리게 울려 퍼지긴 해도 조용한 공간이었다.

"……."

그곳은―《호반의 여인》의 신전 구획. 시드가 이 세계에 부활하여 앨빈과 만난 후, 맨 처음 왔던 곳이었다.

평소처럼 늘어서 있는 돌기둥과 아치형으로 만들어진 제

사 장소가 있었고, 안쪽에는 제단이 있었다.

그리고 그 제단에는 이 세계 사람들이 숭배하는 요정들의 수장…… 빛의 요정신의 신상이 엄숙히 서 있었다.

그곳에서 한 인물이 시드를 기다리고 있었다.

《호반의 여인》의 현 무녀장 이자벨라였다.

"시드 경……."

"아아, 미안해. 불러 놓고서 기다리게 했나 보네."

"아, 아뇨…… 저도 방금 온 참이에요."

이자벨라가 어딘가 당황한 모습으로 말했다.

"아무튼…… 그…… 제게 하실 얘기라는 건 뭔가요?"

"그렇지. 지금의 너는 아주 다망해. 짧게 끝내기로 할까."

하지만 그렇게 말하면서 시드는 미안한 듯 머리를 긁적였다.

"하지만…… 너한테 할 얘기가 있다는 건, 사실 거짓말이야."

"네?"

"널 이용하는 듯한 짓을 해서 미안해."

눈을 깜빡이는 이자벨라 앞에서.

시드는 제단 안쪽에 있는 빛의 요정신상을 한동안 올려다보았고.

"정말 미안해. 지금 이 녀석의 영매체가 될 수 있는 사람은…… 아마, 가장 강한 힘을 가진 반인반요정인 이자벨라, 너밖에 없을 거야.”

그렇게 말하고, 문장이 새겨진 자신의 오른쪽 손등을 이자벨라에게 보여 줬다.

그리고 마치 그 문장에 말을 거는 것처럼 입을 열었다.

“때가 되었다. 옛 맹약을 완수할 때가 되었다. 나의 명맥에 흐르는 성자의 피. 그 역할을 완수할 때가 되었다. 에클레르, 나의 부름에 답하라. 《섬광의 기사》 시드 블리체가 그대와의 계약을 완수하러 왔노라. 약속한 대로.”

그러자.

시드가 든 오른손의 문장이 — 조금 흐릿해져서 지워지려고 하는 문장이 — 빛나기 시작했다.

그 반짝이는 빛은 한산하고 어둑한 신전을 밝혔고……시드의 문장이 무수한 인광을 내기 시작했다.

인광은 춤추고, 소용돌이치더니, 이윽고 이자벨라에게 모여들었다.

“무슨, 이건……?!”

“걱정하지 마. 너한테 해는 없어. 잠깐 잠들 뿐이야.”

“네……? 시드 경…… 대, 대체, 무슨 짓을…… 아, 아, 아아아아아아아아아아아아아아아—?!”

빛의 입자에 삼켜진 이자벨라가 머리를 부여잡고서 그

자리에 웅크렸다.

이자벨라의 모습이 순식간에 변모해 갔다.

번쩍! 세계가 백열하며 일순 모든 것이 하얗게 물들었다.

그리고 화사한 금발이 차르르 펼쳐졌다.

이자벨라의 몸을 영매체 삼아 나타난 것은─ 눈부시게 아름다운 여인이었다.

얼핏 보면 어린 소녀 같지만, 분위기는 어딘가 어른스러웠다. 요정처럼 가련하고, 천사처럼 아름다워서, 이 세상의 존재라고는 생각할 수 없었다.

"……."

이윽고 빛이 가라앉고…… 이자벨라가 일어났다.

그 금색 눈이 시드를 지그시 바라보았다.

몸은 이자벨라지만, 그건 이제 이자벨라가 아니었다.

이자벨라의 몸을 영매체 삼아 이 세계에 강림한 것은 더 고위 차원의 존재였다.

그래, 그녀가 바로─.

신화 시대에 오푸스를 물리치고 모습을 감췄다고 하는─.

전설 시대에 어느 한 왕과 맹약을 맺고 그 피의 계보에 가호를 내렸다고 하는─.

"에클레르."

"……."

시드의 부름에 답하지 않고, 여인— 에클레르는 슬프게 눈을 내리뜨고 있었다.

아랑곳없이 시드가 말을 이었다.

"미안해. 드디어…… 드디어 전부 떠올렸어. 부끄럽게도 지금까지 까맣게 잊고 있었어. 아아. 너는…… 줄곧 내 곁에 있었구나."

시드는 사라질 것 같은 오른쪽 손등의 문장을 바라보며 그런 말을 중얼거렸다.

"……."

"왜 그래? 오랜만에 재회하는 거잖아. 이것저것 서로 쌓인 얘기가 있을 텐데? 뭐, 그럴 때는 아니지만."

"……."

"이것 참. 왜 아무 말도 안 해?"

그러자.

마침내 에클레르는 내리고 있던 시선을 들어, 사그라질 듯한 목소리로 말했다.

"……당신을 볼 낯이 없어요. 시드 경."

"……."

"당신뿐만이 아니에요. 저는 이 세계 사람들을 볼 낯이 없어요. 저 때문에…… 또, 저 때문에, 이런……."

"어제의 탄식도, 오늘의 후회도 속죄도, 무엇보다 내일이 있기에 가능한 거야."

시드는 온화하게 말했다.

"지금은 싸울 때야. 그리고 너의 힘이 다시 필요한 때야."

"……!"

에클레르가 슬픈 얼굴로 시드를 보았다.

"당신은…… 그래도 괜찮은 건가요?!"

"……?"

"애초에…… 어째서 당신은 그렇게 저에게 평범하게 말을 걸어 주시는 건가요?! 당신은…… 당신은…… 저 때문에 《야만인》이라고 폄하됐잖아요! 저는 당신이 평생에 걸쳐 가꾼 긍지를, 영혼을 더럽혔어요! 심지어 저는 여전히 당신에게 이런 잔혹한 역할을 떠맡기고 있어요! 제게 증오나 원망을 말했으면 말했지, 이렇게 협력할 이유가 없어요! 저와의 옛 맹약도, 일방적으로 파기하더라도 저는 거부할 권리가 없어요! 저는 당신이라는 한 명의 기사에게 그럴 만한 짓을 했다고요!"

"……."

"그런데 왜?! 왜, 당신은 그렇게까지 해서……?!"

그렇게 울먹이는 에클레르에게.

시드는 간단히, 그러나 흔들리지 않는 신념을 담아 대답했다.

"내가 아르슬의 기사이자, 앨빈의 기사이기 때문이야."

"……?!"

헉하고 숨을 삼키는 에클레르를 향해 시드는 온화하게 웃었다.

"원망? 증오? 왜 그렇게 되는데? 그 전설 시대에…… 나는 네 덕분에 내가 완수해야 할 기사도를 끝까지 다할 수 있었어. 《야만인》? 하하하, 나는 원래부터 악귀 나찰 《야만인》이었어. 기사로서의 명예를 잃었다고? 그렇지 않아. 내가 후세에 《야만인》으로 전해지고, 아르슬 녀석이 성왕으로 전해져 내려오고 있어. 그것만으로도 내 평생을 건 기사로서의 명예는 영원히 지켜진 것과 같아. 나는 해야 할 일을 했고, 완수해야 할 일을 완수했어. 온 세상 사람이 나를 손가락질하든 말든, 내 가슴속에는 자랑스러움밖에 없어. 후회는 없어. 그래, 나는 내가 살아온 길에 아무런 후회도 없어."

"당신이란 사람은……."

에클레르는 눈을 내리깔았다.

"이 세계에 영향력을 미치지 못하게 된 지 오래인 저이지만…… 그 문장을 통해 당신을 줄곧 보고 있었어요. 당신은 지금 시대에 전해져 내려오는 《야만인》의 전설을 하나도 부정하지 않았어요. 어디까지나 아르슬을 적대한 「악」을 연기했어요. 왕가의 핏줄에서 새로운 마왕이 강림하여 【황혼의 겨울】이 발동한 지금…… 마음만 먹는다면 당신은 모든 명예를 되찾을 수 있는데도…….”

“필요 없어. 그리고 진실이 항상 사람들을 행복하게 하는가 하면, 그렇지도 않아.”

“…….”

“지금은 내 명예 같은 어찌 되든 좋은 것보다도 중요한 게 있어. 그건 바로…… 이대로 내버려 두면 이 세계는 멸망한다는 거야. 내가, 아르슬이, 리피스가, 루시가, 로거스가, 그 혼돈의 시대를 살았던 모든 인간이 지켜서 오늘날까지 이어진 것이…… 전부 무참하게 사라져 버릴 거라는 거야.”

“…….”

“잘못은 바로잡아야 해. 하지만 이 잘못은 이 시대에 사는 사람들과는 전혀 상관없어. 이번에 마왕이 된 엔데아조차…… 그저 불쌍한 희생자야. 전부 우리의 책임이야. 전설 시대에 살았던 우리 인간들의…… 나약한 마음이 초래한 부채야. 그 책임을 져야 하는 건…… 그러지 않으면 안 되는 건…… 나야. 나밖에 없어. 빛나는 미래를 잡고자 날갯짓하려는 이 시대 사람들을 절대 끌어들여선 안 돼.”

“…….”

“그러니 힘을 빌려줘, 에클레르. 다시 내게 검 한 자루를 줘. ……이 시대 사람들의 내일을 위해.”

“…….”

그래도 에클레르는 고뇌와 비애의 표정을 무너뜨리지 않

았다.

"그걸 위해…… 당신이라는 존재가, 다시 희생되더라
도…… 말인가요?"

"그래, 그렇더라도."

그렇게 간단히 말하는 시드의 눈에 망설임은 조금도 없
었다.

"괜찮아. 이 세계는 이미 우리의 손을 떠났어. 우리가 없
어져도 분명 빛나는 미래를 향해 걸어갈 수 있을 거야. 그
렇게 믿을 수 있는 왕이, 믿음을 주는 왕이…… 있어."

"……."

"그러니까 우리가 할 일은 간단해. 뒷정리, 뒤처리. 어지
른 물건은 본인이 치운다…… 어린아이도 아는 거잖아?"

"결심은…… 확고한 것 같네요."

마침내 꺾인 것처럼 에클레르가 탄식했다.

"저라는 존재를 쐐기 삼아 아르슬의 피에 당신의 영혼을
묶은 건…… 당신에게 속죄하고자 하는 의도도 있었어요."

에클레르는 시드의 오른쪽 손등에 있는 문장으로 시선을
떨어뜨리며 중얼거렸다.

"먼 전설 시대에…… 저는 당신 한 명에게 잔혹한 숙명을
떠맡기고 말았어요……. 그러니까, 어쩌면, 잘하면, 언젠가
먼 미래에. 당신이 행복한 제2의 인생을 살면 좋겠다는……
그런 마음도 있었어요. 그러면 저의 죄도 용서받을 거라

고……. 그런 좋기만 한 얘기가 가능할 리 없었어요……. 결국 저는 당신에게 또 죄를 지은 거예요…….”

“그래. 네게는 아주 고마워하고 있어.”

“……!”

그 말을 듣고 에클레르가 마침내 각오를 다진 듯 고개를 들었다.

그리고 시드의 얼굴을 똑바로 바라보았다.

“알겠습니다. 함께 가요, 시드 경. 제게 남은 시간도 이제 얼마 없지만…… 저의 힘, 존재, 마음…… 제 모든 것을 당신에게 바치겠어요.”

그 말이 끝나자.

에클레르의 모습이 갑자기 빛나기 시작했다.

희게, 눈부시게, 한없이 압도적으로 빛나기 시작했다.

그리고 이자벨라의 몸에서 금색 입자가 일어나더니……
이자벨라의 몸이 원래대로 돌아왔다.

정신을 잃고 털썩 쓰러지는 이자벨라를 두고서, 눈이 멀어 버릴 듯한 빛 속에 에클레르의 본래 모습이 한순간 나타났으나, 그 윤곽은 금세 녹아내리고.

이윽고 빛은 한 자루 검의 형태로 수렴되었다.

샤링…….

방울 소리 같은 아름다운 소리.

빛이 물질화한 하얀 검 한 자루가, 한없이 거룩한 모습을 드러냈다.

눈앞에 떠오른 그 검의 손잡이로 손을 뻗으며, 시드가 드물게도 혼잣말을 중얼거렸다.

"모든 요정검의 시조검…… **빛**의 요정검《**여명**》. 너를 손에 드는 건 실로 천 년 만이군……."

본래 쓰던 흑요철검을 오른손에. 빛의 요정검을 왼손에.

흑백의 검 두 자루를 들고서.

시드는 발길을 돌려 조용히 그 자리를 벗어났다.

"……."

신전을 나가기 직전에.

시드는 뒤돌아 제단 앞에 쓰러져 있는 이자벨라를 보았다.

"정말 미안해. 뒷일은 맡길게. 앨빈을…… 잘 부탁해."

그 말을 남기고서—.

앨빈 슬하의 첫째 기사이자, 전설 시대의 기사 시드 블리체.

그 기사가 왕도에서 완전히 모습을 감췄음을 사람들이 깨닫는 데는…… 그리 많은 시간이 걸리지 않았다.

제3장 혈혈단신의 결전

"시드 경이…… 사라졌다고?!"

그 순간, 북쪽 마국을 공략하기 위해 준비를 착착 진행 중인 가설 왕궁 내에 격진이 일었다.

"대체 어째서?! 무슨 일이 있었던 거야? 이자벨라!"

앨빈이 외침을 듣고, 그 자리에 있던 가신과 기사들의 불안해하는 시선이 앨빈과 이자벨라에게 일제히 모였다.

"모르겠어요……. 아무것도, 모르겠어요."

이자벨라는 연약하게 고개를 저었다.

"저는, 시드 경의 부름을 받아 신전으로 갔고…… 시드 경이 오른쪽 손등의 문장을 향해 뭐라고 말하는가 싶더니, 갑자기 그 문장에서 빛이 흘러넘쳤는데…… 그 빛이 어째선지 제가 쏟아져서…… 저는 그대로 의식이 멀어졌고…… 정신 차리고 보니……."

"무, 문장에 말을 걸었다고……?"

시드의 오른쪽 손등의 문장이라면, 그건 앨빈과 시드의 계약을 나타내는 증거다.

성왕 아르슬의 혈통에 걸린 옛 비술.

이 시대의 인간이 아닌 시드를 이 세계에 붙들고 육신을 주기 위한, 앨빈과의 유대를 나타내는 증거였다.

그렇기에 앨빈과 시드는 같은 문장을 오른쪽 손등에 가지고 있었다.

앨빈은 그 문장으로 시선을 떨어뜨렸고.

"어⋯⋯?"

오싹하게 소름이 돋았다.

문장이⋯⋯ 흐릿해져 있었다.

어떻게 봐도 「사라지려 하고 있었다」.

'시드 경⋯⋯ 대답해요⋯⋯. 제 부름에 답해 줘요⋯⋯!'

예전에 그랬듯이 문장을 통해 시드를 이곳에 소환하려고 했으나, 아무런 반응도 없었다. 갑자기 힘이 사라져 버린 것 같았다.

'어, 어째서⋯⋯? 대체 왜⋯⋯?'

오한이 들었다. 너무나도 불길한 예감이 들었다.

뭔가 돌이킬 수 없는 일이 일어나 버릴 것 같다는, 그런 예감이.

사라지려고 하는 문장을 앨빈이 멍하니 바라보고 있으니.

"이, 이런 때에 시드 경은 대체 어디로?!"

"그 기사가 없으면 북쪽 마국에 도저히 대항할 수 없습니다!"

"설마…… 겁을 먹고 도망쳤나……?!"

"흐, 흘려 넘길 수 없네요! 스승님이 이런 때에 도망칠 리가 없잖아요!"

"맞아, 맞아! 뭔가 이유가 있었던 거야, 이유가!!!"

바로 주위가 소란스러워지기 시작했다.

전쟁을 준비하던 대신들과, 군사 회의 중이던 블리체 학급 학생들이 싸우기 시작한 것이다.

사람들이 혼란스러워하는 것도 당연했다.

전설 시대 최강이라고 칭송받았던 기사, 시드 블리체.

북쪽 마국과의 결전을 앞둔 상황에서 그의 부재는 너무 뼈아프다.

군략가는 고사하고 어린아이도 알 수 있을 만큼 간단한 얘기였다.

북쪽 마국의 마왕군이 아무리 강대하더라도, 전설 시대 최강이라고 칭송받던 시드가 있기에 희망을 버리지 않고 맞서기로 결심한 자들도 많았을 것이다.

전력 면으로도, 정신적 지주라는 면으로도.

이제 캘바니아 왕국에 시드는 없어서는 안 되는 존재였다.

하지만—.

"정숙하라."

앨빈이 강한 어조로 엄숙하게 말했다.

동요하는 마음을 힘껏 억누르고, 지금은 남들 위에 서는 왕의 자세를 유지했다.

그 보람이 있어서, 앨빈의 말은 신기한 위엄으로 모두를 침묵시켰다.

"군의를 계속하지."

"하, 하오나— 전하! 시드 경은—?!"

"맞습니다. 시드 경이 없으면 저희는……!"

그렇게 허둥대는 신하들에게.

"시드 경이 있든 없든. 우리가 해야 할 일은 아무것도 달라지지 않았어."

앨빈은 역시 엄숙하게 말했다.

"애초에 귀공들은 착각하고 있어."

"차, 착각……?"

"그래. 시드 경은 전설 시대의 인간. 기적적으로 이 시대에 소환되어서 우연히 이 나라에 공헌해 줬을 뿐이야. 북쪽 마국의 이번 침공은 이 시대의 문제, 우리의 싸움이야. 전설 시대의 인간에게 모두 맡기고 보호받는 건 잘못됐어. 이 싸움은 우리가 이겨 내야 해."

앨빈의 말은 아주 정론이어서 반론할 여지도 없었다.

그리고 앨빈이 이렇게 풍기는 왕으로서의 품격이, 동요와 곤혹으로 어지러워진 분위기를 완전히 장악했다.

얄궂게도, 세계 존망의 위기에 처하면서 앨빈의 왕으로
서의 자질과 카리스마가 급속히 개화하고 있는 것 같았다.

하지만—.

'시드 경……'

앨빈도 내심 무척 불안했다.

'곁에 있는 게 당연해져서 잊고 있었지만…… 당신은 대
체……?'

새삼 생각해 보면, 시드에게는 여전히 의문점이 많았다.
너무 많았다.

시드 블리체.

전설 시대 최강의 기사. 성왕 아르슬의 첫째 기사.

화려한 정의의 영웅 《섬광의 기사》로 이야기될 때가 있
는가 하면, 악랄한 악귀 나찰 《야만인》으로 이야기될 때도
있다.

그리고 본인은 둘 다 긍정도 부정도 하지 않았다.

게다가 그의 마지막은 주군인 성왕 아르슬에 의한 주살.
왕에게 반역하고 악랄한 《야만인》으로서 벌인 악행과 죄업
에 대한 심판이었다고 한다.

하지만 왕가에 전해 내려오는 구전에 의하면, 그 대죄인
은 어째선지 끊임없이 이어질 아르슬의 계보를 수호하겠
다고 아르슬의 피와 계약을 맺은 듯했다.

그 덕분에 앨빈은 이 시대에 부활한 시드와 만날 수 있

었지만…….

'애초에 이 문장의 계약은 대체 뭐지……? 시조님은 대체 뭣 때문에 시드 경을……?'

아무리 생각해도 의문은 끊이지 않았다.

하지만 한 가지 강렬한 예감이 들었다.

이대로 있으면 아마도. 시드를 영원히 잃어버릴 것이라는 예감이었다.

흐릿해지고 있는 오른손의 문양이, 무엇보다도 확실하게 그 사실을 말하고 있었다.

'어쩌지……? 나는 대체 어떻게 해야……?!'

솔직히 말하면, 지금 당장 여기서 뛰쳐나가 왕국 전체를 돌아다니며 시드를 찾고 싶었다.

지금 당장 시드를 만나지 않으면 돌이킬 수 없는 상황이 된다.

그건 확신이었다.

하지만—.

'내게는, 왕으로서의 책무가 있어……!'

다가올 북쪽 마국과의 결전에 대비하여 지금은 군대를 정비해야 했다.

그걸 내팽개치고 시드를 찾는다니, 왕으로서 그럴 순 없었다.

"앨빈……."

심중을 헤아렸는지, 텐코가 걱정스레 앨빈의 옆모습을 살폈다.

블리체 학급의 다른 학생들도 비슷한 표정을 짓고 있었다.

'나는……'

앨빈이 내심 망설임과 갈등에 흔들리고 있을 때였다.

"보, 보고드립니다!"

헐레벌떡 달려온 자가 있었다.

본 적 있는 반인반요정 소녀였다.

《호반의 여인》의 현 무녀장 이자벨라의 보좌관이자, 차기 무녀장 후보로 이름난 리베라였다.

"어쩐 일이야? 리베라. 무슨 일이 있었길래 그래?"

앨빈은 시드 실종에 의한 내심의 동요를 조금도 드러내지 않고 보고를 재촉했다.

"시, 실은…… 방금 막 요정의 길이 열린 흔적을 감지했습니다!"

"요정의 길?"

요정의 길은 예로부터 전해지는 마법 중 하나로. 이 세계의 뒷면인 요정계를 이용한 초장거리 이동 마법이다.

여러 가지로 제약과 조건도 많지만, 현재 위치와 목적지를 이계의 길로 연결하여 통상보다 몇 배는 빨리 이동하기 위한 마법이었다.

"지금 이 시대에 그런 고도의 마법을 쓸 수 있는 사람은 이자벨라밖에 없지 않아?"

그렇게 앨빈이 묻자 이자벨라가 고개를 끄덕였다.

"네. 그리고 대마녀 플로라도요. ……리베라도 조만간 쓸 수 있겠지만, 아직은 힘들어요."

"그럼 대체 누가? 그건 어디서 감지됐어?"

그러자 리베라가 당황한 모습으로 대답했다.

"그게, 그…… 왕가의 성역…… 샤르토스 숲 안쪽……입니다."

"……?! 그 요정의 길은 대체 어디로 통하고 있지?!"

"아, 아마도…… 북쪽 마국인 것 같습니다…….."

그 보고를 듣고 앨빈이 눈을 부릅떴다.

샤르토스 숲.

그곳은— 시드의 묘비가 있던 장소다.

예전에 앨빈이 어떤 암흑기사에게 습격받았을 때, 도주한 끝에 다다라서…… 시드와 만난 곳. 앨빈과 시드의 인연이 시작된 곳.

"……시드 경이야."

앨빈은 예지 수준으로 확신했다.

시드가 실종된 때, 시드와 관련이 있는 곳에 열린 요정의 길.

요정의 길을 연 사람은 시드다. 그렇게 생각할 수밖에 없었다.

전설 시대의 영웅기사라고는 하지만, 일개 기사에 불과한 시드가 어떻게 요정의 길 같은 대마법을 쓸 수 있었는지는 모르겠으나…… 무엇보다도 상황이 확실하게 그 사실을 증명하고 있었다.

그리고…… 아마, 시드의 목적도.

"……."

입가를 가리고서 침묵하는 앨빈에게.

"……앨빈, 어떻게 할까요?"

텐코가 조용히 물었다.

앨빈이 문득 주위를 둘러보니.

"……."

앨빈의 답을 기다리듯, 일레인, 크리스토퍼, 세오도르, 리네트, 유노…… 블리체 학급의 학생들이 앨빈을 바라보고 있었다.

그뿐만 아니라, 루이제, 요한, 올리비아를 필두로 한, 시드의 가르침을 받은 다른 학급 학생들도 하나같이 앨빈을 바라보고 있었다.

"저는 앨빈의 결단에 따르겠어요. 아마 여기 모인 다른 자들도 똑같을 거예요. 그러니까 전부 앨빈의 결단에 달렸어요. ……어떻게 할까요?"

"……."

텐코의 물음에 앨빈은 입을 다물었다.

하지만, 왕으로서 올바른 답이 무엇인지는 생각할 필요도 없었다.

지금은 아직 움직여선 안 된다.

시드를 쫓고 싶은 마음은 굴뚝같지만, 지금은 전력이 부족하다.

제대로 싸울 수 있는 것은 월을 습득한 종기사들뿐.

지금 황급히 쫓아가 봤자 시드의 싸움에 전혀 보탬이 되지 않는다. 운 좋게 따라잡더라도 그저 시드의 발목만 잡고 개죽음당할 뿐이다.

더 많은 전력이 있었다면 얘기는 또 달라졌겠지만…… 어쨌든 전력이 한정되어 있는 이상, 싸움은 완벽하게 준비해야 한다.

절망적인 싸움을 앞두고서 조금이라도 승률을 높이기 위해, 지금은 최우선으로 전투 준비에 전념해야 했다. 그리고 그건 왕이 없으면 불가능하다.

그런 건 알고 있다.

알고 있었다.

하지만…….

"왕자님. 결단을."

전에 없이 사무적으로 담담히 텐코가 물어서.

앨빈은—.

"내 방침은 변함없다……. 나는—."

—이 나라를 지탱하는 왕으로서 결단을 내리려고 했다.

하지만.

……그때였다.

콰앙!

문이 열리는 소리가 회의실 내에 요란하게 울려 퍼졌다.

무슨 일인가 싶어서, 앨빈 일행이 일제히 갑자기 열린 문을 돌아보았다.

열린 문 너머에 서 있던 자들은—.

————.

————.

「시드. 네게는 타고난 재능이 있어.」

생각해 보면 그건— 내가 어렸을 때…… 수습 기사 시절의 얘기다.

인근 촌락을 습격하여 약탈하고, 살인하고, 여자를 납치하는…… 그런 악랄한 산적단을, 어떤 변방 국가의 기사단이 토벌하게 되어서.

아직 훈련받는 중이었던 우리 종기사도 그 토벌전에 동원되었다.

하지만 무슨 일이 있었던 건지, 그 산적단은 주군을 잃은 퇴물 기사들도 데리고 있었던지라, 쉽게 이길 줄 알았던 토벌전은 아주 지독해졌다.

그 전장에는 책략도 통솔도 아무것도 없었다.

적과 아군이 난마처럼 뒤섞여서, 고함, 절규, 원망, 울음, 매도, 살이 찢어져 피가 튀는 소리, 혼비백산하는 듯한 단말마의 비명. 비명. 비명.

진흙탕 같은 대난전. 대혼전.

이렇게 되면 숭고한 기사도, 전장의 명예고 나발이고 아무것도 없었다.

전장의 모두가 「죽기 싫다」라는 마음 하나로 악착스럽게, 마구잡이로, 엉망진창으로, 미친 듯이 검을 휘둘러 댔다.

차마 눈 뜨고 볼 수 없는 대공황과 혼돈. 적도 아군도 발광 상태였다.

살려 달라고 하는 자의 머리를 쪼개고, 배후에서 습격하고, 셋이서 한 명을 난도질하고, 다쳐서 움직이지 못하는 자를 장난감처럼 죽이고, 죽임당했다.

이미 시체가 되었음을 눈치채지 못하여 몇 번씩 찌르고,

사람들의 입에서 흘러나오는 절규는 말로서 의미를 가지지 못했다. 듣기 괴로운 짐승의 포효였다.

적도 아군도, 규칙 따위 없는 잔학한 파이트.

명예로운 기사의 싸움과는 거리가 먼, 싸움의 광란에 사로잡힌 광전사들의 연회였다.

그런 연회 속에서, 다들 죽음의 기운이 풍기는 피비린내에 취한 지옥 속에서— 나 혼자만 어딘가 냉담했다. 전부 남의 일이었다.

눈앞의 지옥이 나와는 전혀 상관없는 먼 세상의 일 같아서, 모든 전황을 아득한 천공에서 내려다보고 있는 듯한⋯⋯ 그런 감각이었다.

그래서 솔직히 말하면, 나는 전장의 최전선 한복판에서 검을 휘두르며 지루함을 느꼈다. 하품조차 나왔다.

그저 담담히 전후좌우의 산적들을 베고, 베고, 베고, 베고, 베고, 베고, 베고, 베고, 베고, 마구 벴다.

휙휙 하늘을 나는 머리, 머리, 머리, 팔, 다리⋯⋯ 담담히 검을 휘두를 때마다 피가, 내장이, 뇌척수액이 내 머리로 쏟아졌다.

착란 상태에 빠져서 적과 아군을 구별하지 못하게 된 베테랑 선배 기사가 나를 적으로 착각하여 공격해도, 지극히 냉정하게 그 목을 쳐서 대처했다.

적과 아군을 착각하다니 성가시고 귀찮은 녀석이네, 하

는 생각조차 했다.

이윽고— 그 지옥의 연회에도 끝이 찾아왔다.

응? 하고 정신 차리고 보니 싸움은 끝나 있었다.

산적들은 전멸했고…… 우리 기사단도 손꼽아 셀 수 있을 정도로만 남아 있었다.

살아남은 모두가 깊이 상처를 입어서…… 어떤 이는 팔다리를 잃었고, 어떤 이는 자아가 붕괴되어 있었다. 무릎 꿇고서 토사물을 쏟으며 울부짖었다. 어른이든 아이든 상관없이.

살아남은 자들은 모두 얼굴이 창백해서, 근처에 나뒹굴고 있는 시체보다도 더 시체 같았다.

다들 왜 저런 얼굴이지? 하고 나는 생각했다.

살아남은 내 동기가 이제 기사가 되지 않겠다는 말을 갑자기 꺼내서 도저히 이해할 수 없었다.

명예로운 승리를 거뒀는데도 마치 패잔병처럼 개선하는 길에 우리는 야영을 하게 되었다.

나는 배가 고팠기에 근처에서 대충 멧돼지를 잡았다.

낮에 있었던 전투 때문에 허름해진 검으로 멧돼지를 처리하고 구워서 배부르게 우걱우걱 먹었다.

다른 사람들은 배가 안 고픈지 아무도 먹지 않았다.

오히려 내가 고기를 먹는 모습을 보고 토했다.

이 녀석들 뭐야? ……이해할 수 없는 녀석들의 모습에 어이없어하며 식사를 계속하고 있으니.

내 교관이 그런 나를 보고서 이렇게 말했다.

「시드. 네게는 타고난 재능이 있어.」

「하지만 그건 아주 위험한 재능이야.」

「너의 앞날은 둘 중 하나겠지.」

「악귀 나찰의 야만인이 되거나, 혹은 희대의 영웅이 되거나.」

「시드 블리체. 주군을 찾아라.」

「네가 진심으로 검을 바칠 수 있는 주군을 찾아.」

「그러지 않으면 너는…….」

———.

—그로부터 시간은 흘러서.

어느새 내 조국 같은 곳은 멸망해 있었고.

나는 특정한 주군이 없는 유랑 기사가 되어 있었다.

당시 세계는 난마처럼 어지러워서, 여러 세력이 패권을 두고 싸우는 혼돈의 전국 시대였다.

적당히 근처를 돌아다니기만 해도 어떤 나라나 호족, 씨족이 일으킨 전쟁과 맞닥뜨릴 정도였다.

나는 특별히 사상도, 신조도, 이념도, 목표하는 이상도 없어서, 이 전장 저 전장을 적당히 돌아다녔다.

어느 진영에 정의가 있는지…… 그런 것도 생각하지 않

고, 적당히 한쪽 진영을 편들며, 몇 푼 안 되는 돈을 받고 서 전쟁에 마구 참가했다.

그리고 여하튼 눈앞의 적병이나 적측 기사를 베고, 베고, 베어 댔다.

내가 편든 쪽이 늘 이겼기에, 세계의 세력도는 엉망진창 이었다.

왜 그런 짓을 했냐고 묻는다면.

그것 외에는 먹고살 방법을 모르기도 했지만.

결국…… 그것 말고는 할 일이 없었다.

나한테서 검을 빼면 대체 무엇이 남는가? 아무것도 없다.

삶의 보람도 없고, 인생의 목표도 없다.

그저 전장에서 사람을 베어 시체를 쌓고, 그걸 모루 삼 아 피와 뼈를 이용해 자신의 검을 연마할 뿐.

그걸 그만두면 대체 나는 뭘 할 수 있나? 할 일이 전혀 없다.

뭐, 요컨대, 정신 차리고 보니.

나는 예전에 내 교관이 염려했던 대로…… 어쩔 도리가 없는, 구제할 길이 없는 악귀 나찰의 《야만인》이 되어 있 었다.

사람으로서 완전히, 성대하게 길을 벗어나 있었다.

참으로 시시한 인생이었다. 전장에서 사람을 죽이는 것 밖에 못 하는, 가치 없는 인생.

내가 없었다면 이 세계는 지금보다는 더 괜찮지 않았을까?

그런 생각을 하면서도.

뭐, 이런 인생도 그리 길게 이어지지는 않을 거라고.

곧, 언젠가, 어딘가, 적당한 전장에서, 꼴사납게, 무의미하게 죽고 끝날 거라고.

그럼, 뭐, 적어도 끝날 때까지는 계속 《야만인》으로 있어 보자고⋯⋯.

그렇게 될 대로 되라는 마음으로 세계를 돌아다니는데.

어느 날, 한 기사가 내 앞에 나타났다.

『네가 바로 소문 자자한 《야만인》 시드 블리체지?』

모든 것이 나와 다른 남자였다.

아름다운 외투와 호화로운 갑옷, 늠름한 기마. 신성한 요정검.

무엇보다 눈이 달랐다.

호면에 늘 비치는 나의 썩은 눈과는 달랐다.

멀리 있는 뭔가를 응시하며 조용히 뜨겁게 타오르고 있는 듯한⋯⋯ 그런 눈빛을 가진 남자였다.

『내 이름은 아르슬 캘바니아⋯⋯ 지금은 평범한 사람이야. 아직은 말이야.』

『뜬금없지만 네게 결투를 신청하겠어.』

『너도 일단은 기사라면 도망치지 않겠지?』

『이유? 목적? 뻔한 거 아니야? **너를 원하니까.**』

『내가 이기면…… 너는 내 신하가 되는 거야. 알겠지?』

『나라는 왕에게 검을 바치는 기사가 되는 거야.』

『그러면…… 약속하지. 나는 네게 멋진 것을 보여 주겠
어. 절대 심심하게 안 할 거야. 그렇게 시시하다는 얼굴로
검을 휘두르게 안 해. 반드시.』

『……네가 이기면? 나를 구워 먹든 삶아 먹든 마음대로
해. 결국 나는 그 정도 남자밖에 안 됐다는 거니까.』

그 남자— 아르슬은 뭔가 못된 장난이라도 꾸미고 있는
것처럼 웃었다.

그 반짝거리는 눈에는 나한테는 없는 빛이 있었다.

그때.

어째선지 내 공허한 마음에 예감 같은 빛이 비쳤다.

이 잿빛 세계에 색깔을 되찾아 줄 것 같다는…… 그런 예
감이 들었다.

"그렇군, 좋아."

난생처음으로 조금 「재미있을 것 같다」라고 생각했다.

그 예감의 정체를 확인하기 위해.

나는— 쌍검을, 흑요철검 두 자루를 뽑아 들었다.

그리고 아르슬을 향해 사납게, 조금도 봐주지 않고 달려들었다.

그때 아르슬과 어떻게 싸웠는지 지금도 선명히 떠올릴 수 있다.

시대를 초월하고 기억을 잃어도, 그것만큼은 기억한다.

그 싸움은 처음부터 끝까지 검무로 똑같이 재현할 수 있을 거다.

그 정도로— 뜨거운, 혼이 타는 듯한 싸움이었다.

결판이 나기까지 서로가 검을 휘두른 횟수는 총 187324번.

결판이 나는 데 걸린 시간은 불면불휴의 3일.

서로 극한까지 사력을 다하여, 영원처럼 여겨지는 끝없는 칼부림 끝에.

나와 아르슬은······.

————.

휘오오오오오오오······.

휘오오오오오오오오오오오오오오······.

살을 에는 듯한 한기와 눈보라가, 아득히 먼 그리운 과거를 헤매던 시드의 의식을 현실로 되돌렸다.

시드가 희미하게 눈을 떴다.

그곳은 어떤 대협곡에 있는 한층 높은 절벽 위였다.

주변 일대는 새하얀 눈과 얼음에 뒤덮였고, 눈보라가 사납게 휘몰아치고 있었다.

아래쪽에는 산맥과 협곡에 둘러싸인 폐도가 보였고…… 그 중심에는 꺼림칙한 거인처럼 우뚝 선 고성이 있었다.

캘바니아 왕국의 북방— 알피드 대륙 북단.

그곳에는 아주 높은 산맥과 협곡, 그리고 지옥 같은 냉기와 눈과 얼음에 갇힌 영구 동토의 땅이 있다.

그리고 그 땅에는 일찍이 마왕이 지배했다는 마국 다크네시아가 있는데, 시드의 눈 아래에 펼쳐져 있는 것이 바로 그 수도, 마도 다크네시아였다.

당연히 이 땅은 사람이 살 수 있는 곳이 아니다.

그렇기에 도시를 활보하는 주민은 얼어붙은 망자들뿐이었다.

『시드 경? 무슨 문제라도 있나요?』

허리에 찬 검— 빛의 요정검으로부터 그런 의사가 시드의 마음으로 흘러 들어왔다.

그리고 검에서 인광이 일더니…… 빛나는 소녀의 모습을 만들었다.

에클레르의, 실체가 없는 환상의 화신이었다.

"……별거 아냐. 잠깐 옛날을 떠올리고 있었어."

절벽 위 바위에 앉은 시드가 웃었다.

『옛날……이요?』

"그래. 《섬광의 기사》가 시작되고…… 《야만인》이 끝났을 때를."

『…….』

"그 싸움은…… 아까웠지."

시드가 한없이 온화하게 웃으며 그런 말을 중얼거렸다.

"앞으로 한 수. 그래, 앞으로 한 수만 더 있었으면 아르슬한테 이겼었어. 하지만…… 그 한 수를 앞두고…… 내 오른쪽 검이 부러졌어."

『…….』

"하지만 그렇게 패배하면서 기사로서의 내 길이 시작됐어. 그저 공허하기만 했던 내 삶에 마침내 의미가 생겼어. ……인생은 알 수 없다니까."

『…….』

"《섬광의 기사》…… 내게는 과분한 이명이야. 하지만 그래도…… 내 자랑이야."

그렇게 말하고서 시드가 일어났다.

다시금 아래쪽에 있는 폐도를 내려다보았다.

"……오랜만에 《야만인》으로 돌아갈까. ……그때랑 똑같은 거지, 뭐."

『시드 경…….』

"내가 아르슬과 동료들을 배신하고, 반기를 들고…… 혼자 적이 되었던 그때와 완전히 똑같아. 똑같은 일을 지금부터 할 뿐이야. 그러니—."

시드가 흑요철검을 스르르 뽑았다.

"오늘 밤 나는— 기사가 아니야. 《야만인》이야. 눈앞을 가로막는 온갖 적을 섬멸하고, 모조리 재로 만드는 한 명의 악귀야. 옛 맹약을 완수하기 위해…… 내가 해야 할 일을 하기 위해. 나는 그저 한 명의 《야만인》으로 돌아가겠어."

그렇게 말하고서.

시드는 흑요철검을 양손으로 잡아 높이 들었고—.

고오오오오오…… 하고, 평소보다 훨씬 길게, 깊이 윌 호흡을 하여—.

"나는 야만스러운 뇌신의 아들—."

그렇게 언령을 외친 순간.

한 줄기 섬광이, 어둠이 지배하는 세계를 둘로 갈랐다.

하늘을 찢고 땅을 흔드는 굉음이 일었다.

아득히 높은 천공 끝에서 장절한 한 줄기 번개가 어둠을 가르고, 눈보라를 찢어, 시드가 든 검으로 떨어진 것이다.

시드가 든 한 자루 검을 통해 번개가 하늘과 땅을 이었다.

"그 불합리한 분노와 폭력으로—."

그 번개 기둥은 천지를 이은 채 압도적 광량으로 어둠을 몰아내고 세차게 터지며 점점 성장했다.
그 광량을 한없이, 무한히, 압도적으로 높여 나갔다.
이 얼어붙은 어두운 세계를 한없이 하얗게 눈부시게 물들여 나갔다.
이윽고—.

"이 세계를 둘로 가르는 악귀의 검이라!"

그것은 한 자루의 거대한 번개검이 되었다.
그건 사람이 휘두르는 검이 아니었다. 태산 같은 거인이 휘두를 만한 장대한 대검이었다.
그것을, 시드는 사람의 몸으로 높이 들었고—.
단숨에 아래로 휘둘렀다.

"ㅇㅇㅇㅇㅇㅇㅇㅇㅇㅇㅇㅇㅇㅇㅇㅇㅇㅇㅇㅇㅇㅇㅇㅇ—!"

천지를 이은 거대한 번개검이.

그대로 하늘과 땅을, 세계를 양단할 것처럼 지평선 끝까지 갈랐다.

　대음향. 대격진. 대충격.

　몇 미터에 이르는 진폭으로 세계가 진동했다.
　아마 그 격진은 이 대륙의 최남단까지 전해졌을 것이다.
　이쯤 되면 천재지변이라고 할 수 있는…… 그런 일격이었다.
　시드가 절벽 위에서 휘두른 번개검은, 아래쪽에 이어진 산맥부터 협곡, 폐도까지 **둘로 쪼갰다.**
　난공불락의 천연 요새를 허허벌판으로 만들고, 절대 방어를 자랑하는 높은 성채 외곽을 조각조각 부숴서, 평범하게 공략한다면 보름은 걸릴 다크네시아성까지의 길을 일격으로 단번에 만들었다.
　"후우…… 뭐, 이 정도인가."
　시드가 검을 휘두른 자세로 잔심 상태에 들어가 말했다.
　"역시 성까지 부술 수는 없었나. 지금의 내 힘으로도 반파 정도는 시킬 수 있을 줄 알았는데."
　시드는 다시 아래쪽을 보았다.
　확실히 이곳에서부터 세계의 끝까지 이어질 듯한 균열은 폐도를 둘로 나누고 있었다.

하지만 그 한가운데에 있는 마성 다크네시아는 흠집 하나 없이 멀쩡했다.

『기억을 찾으면서 왕년의 힘을 어느 정도 되찾긴 했지만…… 지금의 그 불완전한 몸으로 이 정도 힘을 내다니…….』

에클레르가 탄복한 듯 말했다.

『하늘은 왜 이런 과한 힘을 한 명의 인간에게……?』

"하하하, 신인 네가 그런 말을 하는 거야?"

시드가 유쾌하다는 듯 웃었다.

『정말로…… 이런 힘을 가진 사람이 당신 같은 기사라서 정말 다행이에요.』

"너의 본래 주인인 아르슬에게 고마워해."

『…….』

"자, 그보다도 출진이야, 에클레르. 그때처럼 말이야."

『……!』

"아아, 옛날 생각 나네. 전부 그때와 똑같잖아. 자, 함께 가자, 에클레르. 그때 맺은 옛 맹약에 따라, 우리는 우리가 해야 할 일을 하자."

『……네, 잘 부탁해요, 시드 경.』

그런 대화를 나누고서, 에클레르의 모습은 다시 빛의 입자가 되어 사라지더니, 시드가 허리에 찬 검으로 돌아갔다.

그것을 확인하고서.

“나는 《야만인》― 천 년의 시간을 뛰어넘어, 다시 악귀가 돌격하리!”

시드는 성까지 포장된 길을, 그야말로 한 줄기 번개가 되어 달려가기 시작했다.

―――――.

마치 세계가 쪼개지는 것 같은 격음과 격진이 다크네시아성을 흔들었다.

“무, 무, 무슨 일이야?!”

다크네시아성 최상층― 마왕의 옥좌가 있는 곳에서.
어딘가 따분한 모습으로 옥좌에 앉아 턱을 괴고 있던 엔데아가 벌떡 일어나 외쳤다.
“조금 전의 소리랑 충격은 뭐야?! 대체 무슨 일이 일어난 거야?!”
테라스로 후다닥 뛰쳐나갔다.
바깥의 절대적인 냉기가 엔데아의 몸을 에고, 사나운 눈보라가 후려치듯 옆에서 불어왔지만, 그런 걸 따질 때가 아니었다.

엔데아는 난간을 잡고 몸을 내밀어 아래쪽을 노려보았다.

이번은 바로 눈치챘다.

"뭐…… 뭐야…… 이거……?"

자신의 거점인 마도가…… **둘로 쪼개져 있었다.**

저 멀리 한 점에서 지금 엔데아가 있는 거성의 성문까지, 산, 골짜기, 건물, 온갖 것이 날아가 일직선으로 길이 깔려 있었다.

그 길에서 번개의 잔재가 파직파직 소리를 내며 터지고 있어서, 마치 빛의 다리 같았다.

그 이변을 본 엔데아가 눈을 깜빡거리며 입을 쩍 벌리고 있으니.

"이건…… 아아, 아마 시드 경일 거예요."

여유롭게 옆에 온 플로라가 아래쪽 광경을 보고서 재미있다는 듯 웃었다.

"뭐?! 이거, 시드 경이 한 짓이야?!"

"네, 틀림없어요."

공격적인 엔데아의 물음에 플로라가 대답했다.

"아마도…… 시드 경은 모든 기억을 되찾은 것 같네요. 이 지경에 이르러서 왕년의 힘을 완전히 되찾았어요. 뭐…… 이번 생의 육체 문제 때문에, 완벽히 되찾았다고는 할 수 없는 것 같지만요……."

"바보 아니야? 그 남자!!!"

콰앙! 엔데아가 난간을 세게 쳤다.

"바보 아니야?! 바보 아니야?! 터무니없는 것에도, 황당한 것에도, 규격을 벗어난 것에도 정도가 있잖아?! 바보, 바보, 바보, 바보오오오오오오오오오오오오오오오오—!"

쾅쾅쾅쾅쾅쾅!

어이없기도 하고, 화가 나기도 하고, 복잡하게 뒤섞인 격정을 분출하며, 엔데아는 히스테릭하게 소리를 질러 댔다.

"애초에 대체 어떻게 여기까지 온 거야?! 무리잖아?!"

"그렇군요……. 어떻게 된 건지 알겠어요……. **그 여자**……."

증오스럽다는 듯 플로라가 별안간 희미하게 중얼거렸다.

"뭐?! 뭔가 말했어?!"

"아뇨, 아무것도."

엔데아가 용케 듣고 반응했지만, 어째선지 플로라는 시치미를 떼며 넘겼다.

그러는 사이에 저 멀리서 번개가 터졌다.

"……?!"

엔데아가 바로 망원 마법을 사용하여, 번개가 터지는 곳을 응시했다.

그러자—.

전신에 번개를 휘감은 시드가, 엔데아가 있는 곳을 향해 일직선으로 달려오는 모습이 확실하게 보였다.

번개가 대지를 달리는 것 같은 속도였다.

"아무래도…… 시드 경은 혈혈단신으로 물리치러 왔나 보네요."

작게 웃는 플로라에게, 엔데아가 멍하니 물었다.

"어……? 무, 물리치러 왔다고……? 뭘……?"

"어머? 그야 뻔한 거 아닌가요? 귀여운 주인님."

플로라는 엔데아의 귓가로 입을 가져가서…… 놀리듯이 말했다.

"시드 경은 당신을…… 「마왕 엔데아」를 물리치러 온 거예요."

"──읏?!"

그 순간, 엔데아는 벼락이라도 맞은 것처럼 아연실색했다.

곰곰이 생각해 볼 것도 없이 당연한 일이었다. 전혀 이상하지 않았다.

자신은, 세계를 멸망시키려고 하는 마왕이고.

시드는, 영웅인 《섬광의 기사》.

예전에 앨빈이 가르쳐 줬던 이야기 속 시드라면, 마왕을 무찌르기 위해 온갖 어려움을 극복하고 틀림없이 찾아올 것이다.

그리고── 반드시 마왕을 끝장내서 그 수급을 높이 들어 올릴 것이다.

이 세계에 존귀하고 올바른 정의를 보여 줄 것이다.

그게 바로 엔데아가 아는, 모든 백성을 지키고, 왕에게 충성하는, 흔들림 없는 정의의 기사— 시드다.

"시…… 시드 경이…… 나를……."

그런 건 당연하다.

당연하다.

당연할 터.

진즉에 알고 있었을 터다.

알면서 엔데아는 이 세계에 적의를 드러냈다.

자신에게 모질기만 하고 상냥하지 않은 이 세계를, 전부 멸망시키자고 생각했다.

그랬는데.

그랬었는데…….

"시드 경이…… 나를 죽이러……!"

신음하는 엔데아의 뇌리에 되살아난 것은 어릴 적 자신의 말과 생각이었다.

~~~~~.

"언니! 또 그 얘기 해 줘! 《섬광의 기사》님 이야기!"

"아하하…… 또 시드 경 얘기야? 엘마는 정말로 시드 경을 좋아하는구나?"

"응! 그치만 멋있는걸! 대단한걸!"

"아아…… 지금 시대에도 시드 경 같은 기사가 있다면 좋
을 텐데……."

"시드 경이 있었다면…… 갇혀 있는 나도…… 분명……."

~~~~~.

자신은…… 전부 알고 있었다.

각오했었다.

그리고서 전부 했다.

그랬는데…….

"훌쩍…… 흑…… 으으……! 으으으으으~!"

어째서 이렇게 눈물이 멈추지 않는 걸까?

어째서 이렇게 참을 수 없이 슬프고 분한 걸까?

"……훌쩍."

그런 엔데아의 모습을, 플로라는 정말 즐겁다는 듯, 사
랑스럽다는 듯 바라보았고…….

"알마 언니!"

쾅!

그걸 눈치채지 못한 채, 엔데아는 주먹으로 난간을 때렸다.

"알마 언니! 알마 언니! 용서 못 해! 용서 못 해! 용서 안 해! 절대로…… 절대로, 언니만큼은…… 절대로오오오오오—!"

쾅! 쾅! 쾅!

"정말 싫어! 둘 다…… 두 사람 다, 진짜 싫어!!! 시드 경을 죽일 거야! 죽여서, 그 머리를, 알마 언니의 얼굴에 던져 줄 거야!!! 반드시! 반드시이이이이이이이이—!"

그리고 엔데아는 일직선으로 오는 시드를 멀리서 노려보며 외쳤다.

"흥! 바보 아니야?! 태평하게 혼자서 찾아오다니! 지금의 나는 마왕! 세계의 정당한 지배자, 마왕 엔데아야!!! 즉, 이 마도 다크네시아에 잠든 전설 시대의 얼어붙은 망령기사— **총세 50만**이 전부 내 지배하에 있다고! 지금의 나는 손가락 하나로 그 녀석들을 전부 움직일 수 있는 권능이 있어!!!"

그게 바로 전설 시대의 마왕이 무적이었던 이유 중 하나였다.

지금 마국 다크네시아가 있는 땅은 전설 시대에 오푸스에 의해 가장 많이 부정을 탄 곳.

오푸스가 관장하는 죽음의 겨울에 지금도 영원히 갇혀 있는 땅.

그렇기에— 이 땅에서 희생된 자는 그 영혼이 얼어붙어

영원히 이 땅에 묶여 버린다. 영원히 끝나지 않는 겨울 속을 헤맨다.

그리고— 마왕에게 절대복종하며, 죽었기에 죽음을 두려워하지 않는 최강 최악의 군단의 일원이 되는 것이다.

"지난번에 왕국에 보냈던 저급한 녀석들이 아니야! 이 땅을 지키는 건 최상급! 각각이 전부 당신과 똑같은 전설 시대의 기사라고! 이길 수 있을 것 같아?! 고작 내 마도를 둘로 쪼갠 것 가지고서 기고만장해지지 마!!! 혈혈단신으로······ 이길 수 있을 것 같아?!"

히스테릭하게 외치고서.

엔데아는 양팔을 벌리고 테라스에 섰다.

그 위풍당당한 모습은— 그야말로 마왕이었다.

"왕명이다! 나의 영지에 잠들어 있는 얼어붙은 망령기사들이여! 영원한 얼음의 구속에 붙잡힌 가여운 망령들이여! 자비를 베풀어 주겠다! 사면해 주겠다! 나의 바람을 이룬 자는 어둠의 겨울이 축복한 이 얼음 감옥에서 해방해 주겠다!!! 자, 나의 바람에 응답하라! 검을 들어라! 대오를 이루고 줄을 서라! 창을 들고 요격하라!!! 죽여! 죽여! 시드 경을 죽여!!! 너무너무 싫은 시드 경을 죽여어어어어어어어어어어어어어어—!"

그런 엔데아의 외침은 휘몰아치는 세찬 눈보라에 실려 신기한 울림을 지니고서 마도 전체에 침투하듯 퍼져 나갔다.

그러자 마도에 이변이 일어났다.

마도 곳곳에 푸르스름하고 서늘한 도깨비불이 생겨났다.

그 수는 일, 십, 백, 천, 만— 급속히 늘어났고, 급속히 모습을 바꿔 나갔다.

그렇게 나타난 것은— 망령기사.

검을 들고, 전신에 검은색 넝마를 걸치고, 깊이 눌러쓴 후드 안쪽에 얼굴은 없고, 무한한 심연을 담고 있었다.

그들은 전설 시대에 이 땅에서 죽은 기사와 병사들.

다들 뛰어난 실력을 지닌 전사이자 강자.

이 빙결 감옥에 영원히 갇힌 불쌍한 망자이자, 마왕의 노예였다.

그런 옛 강자들이 마도를 가득 채웠다.

푸르스름하게 서늘히 불타는 그 모습은 상공에서 보면 마치 무한한 별하늘 같았다.

그들은 무리를 이루고, 대오를 짜고, 진형을 갖춰서—

—한 줄기 번개가 되어 마도를 달리는 시드를 향해 파도처럼 밀어닥쳤다.

"아하! 아하하하하하하하하하하! 어때?! 시드 경! 이게 바로 나의 군단! 전설 시대의 옛 강자 총세 50만! 아무리 당신이 차원이 다르게 강해도, 이런 상황을 혼자서는—."

엔데아의 웃음소리와 외침은 한 줄기 낙뢰와 함께 멈췄다.
넘실거리며 파도처럼 육박한, 얼어붙은 망령 군단의 제1진.
시드가 이와 정면으로 맞부딪친 순간.

"오오오오오오오오오오오오오오—!"

시드가 흑요철검을 아래로 휘둘렀다.
그에 호응하여 장절한 낙뢰가 제1진 한복판에 떨어졌다.
번개가 사방팔방으로 터지고 난무하며, 전장을 순식간에
유린하고 먹어 치워서—.
제1진을 간단히 날려 버렸다.

"……어?"

엔데아의 그런 얼빠진 헛숨은 시드에게 절대 전해지지
않겠지만.
이어서 제2진.
제1진보다 두껍게 대오를 짠 망령기사들이 학익진으로
정면과 좌우에서 시드를 삼키려 했고—.
찰나, 섬광이 지그재그로 전장을 달려 나갔다.

섬광으로 화하여 종횡무진 달린 시드가 학익진을 조각조각 잘게 썰어서 분단하고 해산시켜 간단히 돌파.

이어서 제3진.
이번에는 밀집 진형이었다.
하지만 시드는 정면에서 돌진하여 그것을 뚫었다.
달리는 섬광에 의해 군세가 둘로 양단되고 흩어져 하늘을 날았다.

뒤이어 제4진.
또 뒤이어 제5진.
또, 또 뒤이어 제6진.
그 모두를 시드는 도망치지 않고, 물러나지 않고, 발을 멈추지 않고, 정면으로 맞부딪치며, 섬광으로 변해 달렸고—
아무런 어려움도 없이, 무찌르고, 뚫고, 전진해 나갔다.
옛 강자들의 진형이 마치 종잇장처럼 뚫렸다.
시드는 순식간에 엔데아가 있는 성으로 다가왔다.

"뭐야…… 뭐냐고, 이거……?!"
그런 농담 같은 광경을 보고, 엔데아는 머리를 부여잡고서 외칠 수밖에 없었다.
"규격을 벗어난 것도 정도가 있잖아……. 저 녀석은 어떻게 해야 멈추는 거야……?!"

엔데아가 그러든 말든.

"음, 역시 시드 경이야."

"……네, 시드 경은 이래야죠."

사자 경과 일각수 경만이 여유로웠다.

"여유 부리고 있을 때야?! 저 녀석, 곧 있으면 여기 온다고! 너희 이길 수 있어?! 저걸?!"

그러자 사자 경과 일각수 경은 의미심장하게 소리 없이 웃었다.

"뭐야?! 뭐냐고, 그 태도……!"

"우후후, 귀여운 주인님…… 주인님은 자신이 가진 마왕의 힘을 과소평가하고 있어요."

플로라가 보충하듯 말했다.

"……과소평가?"

"네. 주인님은 아직 인간의 상식에 사로잡혀 있어요. 주인님은 이제 인간이 아닌 마왕. 시드 경은 영웅이라고 해도 결국 일개 기사, 일개 인간에 불과해요. 주인님은 이미 저것에 필적하는…… 아뇨, 저것을 아득히 웃도는 힘을 가지고 계세요. 세계의 적인 마왕은 원래부터 그런 존재임을 이해해 주세요. 고작 잡졸들이 당한 것에 동요하실 필요는 없어요."

"어, 어어……?"

"하지만 상대는 시드 경. 방심해도 될 상대는 아니죠."

플로라가 아래쪽에서 무쌍을 찍는 시드를 힐끗 보았다.

"그래요…… 만일의 사태가 벌어질지도 몰라요. ……**그 때처럼.**"

그렇게 중얼거렸을 때의 플로라는 평소처럼 여유롭고 요요하게 웃고 있지 않았다.

뭔가를 끔찍하게 증오하는 듯한…… 그런 감정이 표정에서 배어나고 있었다.

"그때……?"

"……아뇨, 아무것도 아니에요."

작게 웃은 플로라가 엔데아의 질문을 흘려 넘겼다.

"……그런고로, 귀여운 주인님. 이대로 망령기사 군단을 지휘하여 시드 경에게 마음껏 돌격시켜 주세요."

"그, 그게 의미가 있어? 뭔가…… 50만 기를 전부 돌격시켜도 무찔러 버릴 기세인데……?"

"망령기사로 시드 경을 죽일 필요는 전혀 없어요. 이렇게 망령기사단을 시드 경에게 계속 돌격시키는 것 자체에 전략상 아주 큰 의미가 있죠."

"……의미?"

플로라는 엔데아에게 미소로 화답했다.

자신의 승리를 확신하는 듯한 미소였다.

"네, 맞아요. ……시드 경에게는, **시간이 없거든요.**"

———.

밀려드는 수만 명의 대군세.

이에 홀로 맞서는 시드.

어처구니없는 이 전력 차이 앞에서, 겁내지 않고, 물러나지 않고, 시드는 계속 싸웠다.

정면으로 부딪쳐서 모조리 해치우며 똑바로 돌진해 나갔다.

시드가 검을 휘두를 때마다 섬광과 전격이 휘날렸다.

그것은 한없이 강하게, 굳세게 빛나며, 꺼림칙한 망령들의 접근을 막고, 쓸어 버렸다.

그건 그야말로 전설 시대 싸움의 재현.

현대에 되살아난 영웅담이었다.

만약 이 싸움을 직접 본 자가 있었다면 다들 감격해서 무아지경으로 눈물을 흘렸을 것이다.

—하지만 동시에 이렇게 느꼈을 터다.

시드의 그 빛은, 뜨거운 싸움은.

……마치 등불이 다 타 버리기 전에 한순간 강하게 빛나는 것 같다고.

제4장 옛 기사와 새 기사

～～～～～.

언제나 우리는―「올바른 길」을 걸었을 터였다.

아르슬이라는 「빛」 아래에서, 눈부신 미래를 향해 걸었을 터였다.

아르슬이 우리의 기사도에 굳건한 의미와 올바름을 부여했을 터였다.

그래서 나는 《야만인》이 아니라 《섬광의 기사》가 될 수 있었다.

그저 살육밖에 못 하는 악귀 나찰의 인생에 자랑스러운 의미가 생긴 것이다.

―하지만.

그건…… 언제부터였을까?

어디서부터였을까?

그 굳건한 「빛」에 그림자가 드리우게 된 것은.

사람들을 위해 올바른 길을 걸었을 터인 우리가…… 엉뚱한 길을 가기 시작한 것은.

대체 무엇이 계기였던 걸까―?

"······거절하겠어."

왕국의 중추인 기사들이 모인 원탁에서.
내가 꺼낸 거절을 듣고 일동이 술렁거렸다.
"미안하지만 아르슬. 그 왕명은 따를 수 없어."
내 말을 믿을 수 없다며 기사들이 당황하고 있을 때.
"시드 경, 네노오오오오오오오오오옴―!"
3대 기사 중 한 명― 리피스 오르토르가 격분하여 원탁
을 내리치며 일어났다.
"우리 주군의 명을 거역하는 건가?! 네놈은 왕에게 검을
바친 기사 아니었나?! 그걸······. 불경한 것도 정도가 있어!"
"실망했어, 시드 경. 귀공 같은 남자가 설마 그런 말을
할 줄이야."
"그러니까 말이에요. 눈이 돌아가기라도 했나요? 섬광."
리피스에 이어서, 역시나 왕국을 지탱하는 3대 기사인
로거스 뒤란데와 루크 앤서로도 나를 모멸하듯 보았다.
다른 기사들도 분노와 실망과 모멸이 담긴 눈으로 나를
보았다.
이 자리에 모인 기사들은 모두 수많은 전장을 함께 싸
운, 벗이라고 부를 수 있는 자들이었다.
굳은 유대로, 피보다 진한 뜨거운 우정으로 맺어져 있었
을 터였다.

하지만 그렇게 결속되었던 기사단의 모습은 어디로 갔는지.

상황은 그야말로 일촉즉발.

험악함과 짜증이 소용돌이치며, 당장에라도 누군가가 검을 뽑아 피의 비극이 벌어질 것 같았다.

"다들 기다려. 진정해."

그런 기사들을 아르슬이 달랬다.

평소와 다름없는 온화한 표정으로 달랬다.

그리고 나를 진지하게, 똑바로 바라보며…… 물었다.

"시드 경, 대체 이유가 뭐야? 왜 나의 이번 왕명은 따를 수 없다는 거야?"

"검을 휘두를 의의를 찾을 수 없기 때문이야."

나는 딱 잘라 대답했다.

"북쪽의 다크네시아를 치겠다고? 그 일대는 이 전란의 시대에 유일하게 평화를 유지하고 있는 부전(不戰) 영역이야. 확실히 자연이 풍요롭긴 하지만, 천연 요새이기도 한 변방의 땅이지. 굳이 공격해서 제압할 전략적 가치는 거의 없는 것과 같아. 애초에 이미 평화가 구축되어 사람들이 조촐하게나마 평안히 지내고 있는 땅을 굳이 짓밟고 싸움에 끌어들이자니, 대체 무슨 생각이야? 너의 싸움은, 패도는, 전부 이 세상 사람들의 미래를 위한 것 아니었어? 아르슬…… 난 이 싸움에서 의의를 전혀 찾을 수 없어."

그리고 나는 그 진의를 헤아리기 위해 아르슬을 똑바로 바라보았다.

"애초에— 최근의 너는 이상해. 최근의 기사단은 이상해. 요즘은 싸움의 의의를 알 수 없는 무의미한 싸움이 많아. 진짜 어떻게 되어 버린 거야? 우리의 목표는…… 그런 게 아니었을 텐데."

그러자.

"시드 경, 네 이 노오오오오오오오오옴—!"

"어찌 이리도 무례한 말을!"

"이 야만인! 예의를, 예의를 지켜!!!"

"왕이 하는 일에 의문을 품다니, 언어도단! 기사라고 할 수도 없다!"

"왕이시여! 이런 불경한 자는 이제 기사단에 필요 없습니다!!!"

원탁이 즉각 고함에 휩싸였다.

이것이…… 그 의롭고 긍지 높던 기사단의 모습인가?

나 같은 남자가 이름을 올리게 되어 자랑스러웠던 기사단의 모습인가?

너 나 할 것 없이 다들 나를 「야만인」이라고 욕했다.

리피스도, 로거스도, 루크도.

이 자리에 있는 모두는 내가 진심으로 존경할 수 있는, 훌륭한 기사 중의 기사였다.

하지만 지금은—.

"너희도…… 진짜 이상해……. 대체 어떻게 되어 버린 거야……?"

"아직도 입을 놀리는가! 야만인 따위가!"

"결투다! 따라 나와!!!"

"이 기사단에서 내쫓아 주겠어!!!"

사태가 돌이킬 수 없는 지경으로 흘러가려고 할 때였다.

"다들 기다려."

아르슬의 조용하면서도 온화한 말이 일동을 억제했다.

"다들 그렇게 시드 경을 비난하지 마."

"하, 하오나……."

"시드 경은 조금 피곤해서 그래. ……어쨌든 내가 거사를 일으켰을 때부터 줄곧 함께하며 쉬지 않고 계속 싸우고 있는 최고참 기사니까."

"……."

"미안, 시드 경. 지금까지 너무 무리를 시켰어."

"아니야. 아르슬, 나는……."

억지라고, 무리라고, 무모하다고 생각한 적은 없었다.

나는 아르슬을 위해서라면 어떤 지옥 같은 전장에서도 싸울 수 있었다.

네가 만들고자 하는 세계를 보기 위해서라면…… 이 목숨도 아깝지 않았다.

하지만 최근의 너는…….

"이번 싸움은, 시드 경을 빼고 하자."

그러나 내 생각은 아르슬에게 전해지지 않았다.

"다들 부디 내게 힘을 빌려줘. 이 세계에 진정한 평온을 가져오기 위해! 우리의 천년 왕국을 위해!"

"""""오오오오오오오오오오오오오오오오오오오오오—!"""""

"""""성왕 만세!"""""

"""""아르슬 만세!!!"""""

그렇게 아르슬을 중심으로 달아오르는 기사들을.

둘도 없는 동료들이었던 기사들을.

나는 마치 먼 타인처럼 바라보고 있었다.

"자, 플로렌스. 이번 전략을 가르쳐 줘."

"알겠습니다, 사랑하는 주인님……. 이번 다크네시아 공략은 주인님의 패도에 반드시 큰 도움이 될 거예요."

그렇게 말하고서.

그 탁월한 지성으로 줄곧 아르슬 곁을 지키고 있는 플로렌스가 온화하게 웃으며 이번 전략에 관해 말하기 시작했다.

이제 나 같은 건 안중에 없는 듯했다.

나는 전쟁 준비에 열을 올리는 일동에게 등을 돌리고서 조용히 그 자리를 떠났다.

마지막으로 내가 힐끔 돌아보니.

"······."

떠나는 나를 플로렌스가 보고 있었다.

그 요요한 웃음이― 묘하게 인상적이었다.

뭔가가― 마음에 걸렸다.

~~~~~.

"하아······ 하아······."

어둡고, 춥고, 고요한 공간에, 거친 숨소리가 울려 퍼졌다.

시드였다.

"······이것 참, 역시 이건 좀 힘드네."

숨을 고른 시드가 주위를 둘러보았다.

그곳은― 다크네시아성의 현관홀이었다.

무수한 기둥이 일정한 간격으로 늘어서 있었다.

아마 이계의 일종일 것이다. 밖에서 봤을 때는 상상도 할 수 없는 방대한 깊이와 공간이 전방과 좌우로 끝없이 이어지고 있었다.

가장 안쪽은 심연에 삼켜져서 보이지 않을 정도였다.

시드는 50만 기의 군세를 정면으로 돌파하고, 정면 성문을 통해 당당히 성내에 침입한 것이다.

『봉쇄······ 끝났어요.』

시드 옆에 빛의 입자가 생겨나더니 에클레르의 모습이
나타났다.

뒤돌아보니 거대한 빛의 마법진이 정면 성문을 봉쇄하고
있었다.

에클레르가 신력을 사용해 결계를 쳐서, 바깥에서 아직
도 무수히 발호 중인 망령기사들을 성에서 완전히 내쫓은
것이다.

동시에 이것은 시드가 이제 퇴각할 수 없음을 의미했다.

앞으로 나아가는 길밖에 없는 편도 티켓. 지옥으로 가는
일방통행 길.

이제 다시는 돌아갈 수 없다.

하지만 시드에게 그런 것은 별로 신경 쓸 일이 아니었다.

왜냐하면…… 돌아갈 수 없다는 것을 처음부터 알고 있
었기 때문이다.

"고마워. 도움이 됐어, 에클레르."

시드가, 허리에 찬 또 다른 검— 빛의 요정검의 손잡이
를 쓸었다.

지금껏 싸우면서 한 번도 뽑지 않았다.

자신에게 남은 힘도, 에클레르에게 남은 힘도 적었다.

최대한 온존해야 했다. ……마왕 엔데아와 만날 때까지는.

"자, 슬슬 갈까. 에클레르."

거칠어진 호흡이 진정되기를 기다리고서 시드가 말했다.

"이렇게 이 성의 최상층을 향해, 나랑 너랑 둘이서……
하하하, 그때랑 정말 똑같네."

그렇게 웃어넘기며 일어나 걷기 시작하려는 시드에게.

『정말로…… 괜찮은 건가요? 시드 경…….』

에클레르가 불안한 듯 물었다.

"그래. 아무렇지도 않아."

숨을 고른 시드는 온화하게 대답했다.

"마왕의【황혼의 겨울】이 다시 시작된 이상, 나한테도 너
한테도 시간이 없어. 그리고— 이 싸움이 어떻게 되든 간
에, 어차피 **나는 끝나. 그런 계약**이었으니까."

시드가 오른쪽 손등에 있는 문장을 보여 줬다.

왠지…… 문장은 이전보다 더 흐릿해진 것 같았다.

에클레르는 침통하게 고개를 숙이며 입을 다물었다.

『…….』

"뭐…… 앨빈에게 사정을 전혀 설명하지 못한 게 조금 마
음 아프지만…… 하는 수 없지. 1분 1초를 다투는 사태야.
이러는 사이에도 우리의 시간은…….”

그때였다.

아득한 저편에 있는 어둠 속에서 기척이 움직였다.

"……하긴, 당연히 오겠지."

시드가 알고 있었다는 것처럼 흑요철검을 뽑아 들었다.

상황을 헤아린 에클레르가 빛의 입자가 되어, 시드의 허

리에 있는 빛의 요정검으로 돌아갔다.

그리고 소리가 들려왔다.

저벅, 저벅, 저벅…….

그건 갑옷을 입은 발소리였다.

어둠 너머에서 무수한 기사들이 다가왔다.

다들 검은색 전신 갑옷과 검은색 외투를 걸친 강인한 기사였다.

그것이 무리를 짓고, 대오를 이루고, 창을 나란히 세우고, 검을 들고서, 시드를 향해 우르르 몰려들었다.

이윽고 시드를 포위하듯 원형으로 진을 짠 기사들이 휑한 현관홀을 가득 채웠다.

쥐새끼 한 마리 놓치지 않겠다는 것처럼 두꺼운, 압도적인 포위망이었다.

"오푸스 암흑교단의 암흑기사인가."

시드의 확인에는 아무도 대답하지 않았다.

그저 침묵으로 그것을 긍정했다.

그저 살기와 살의로, 적이라는 것을 이야기했다.

보통 같으면 절체절명의 위기겠지만—

"그만둬. 미안하지만 너희는 내 상대가 안 돼."

시드는 여유로웠다.

"내가 볼일이 있는 사람은 마왕 엔데아와 그 측근인 대마녀 플로라뿐이야. 다른 녀석들한테는 전혀 관심 없어. 이제부터 악귀가 돌격할 거야. 죽기 싫으면 떠나."

그렇게 온화하게 말하자마자.

시드에게서 장절한 살기가 폭력적으로 휘몰아치며— 현관홀에 있는 모든 암흑기사의 갑옷을 진동시키고 삐걱거리게 했다.

""""……읏?!""""

강인한 암흑기사들이 모두 순식간에 시드에게 압도되고, 짓눌려서, 한 발짝 물러나 버렸다.

무심코 시드에게 길을 비켜 주려던 순간—.

"너답지 않군, 《야만인》. 너 같은 남자가 이런 심리전을 쓰다니."

"생각보다 더 「시간」이란 게 얼마 안 남았나 보네요."

중후하고 위압감 있는 두 기사의 목소리가 현관홀에 울려 퍼졌다.

"……!"

그 목소리를 듣자마자 시드가 경계하며 조용히 전투태세를 취했다.

그러자.

절그럭, 절그럭, 절그럭……

늘어선 암흑기사들 너머— 아득한 심연의 어둠 속에서 새로운 발소리가 들려왔다.

발소리의 주인은 두 명. 공기를 팽팽히 진동시키는 압도적인 마나압과 존재감을 풍기며 다가왔다.

그러자 무수한 암흑기사들이 썰물처럼 좌우로 갈라졌고—.

사람들이 만든 길을, 그 두 기사가 여유롭게 걸어왔다.

이윽고 시드 앞에 모습을 드러낸 것은…….

"사자 경. 일각수 경. 아니…… 로거스 뒤란데. 루크 앤 서로."

시드가 눈을 가늘게 뜨고서 두 기사의 이름을 불렀다.

"이렇게 마주하는 건 오랜만이군, 시드 블리체."

"당신과 재회하는 걸 기대하고 있었어요."

사자 경— 로거스 뒤란데.

일각수 경— 루크 앤서로.

올빼미 경 리피스 오르토르와 함께 성왕 아르슬을 섬겼던 옛 전우들이 시드 앞에 나타나 있었다.

하지만—.

"개탄스러워. 로거스, 루크."

시드는 어딘가 슬픈 모습으로 말했다.

"너희만큼 훌륭한 기사가 대체 무슨 꼴이야. 나는…… 너희를 진심으로 존경했었어. 너희는 나 같은 공허한 《야

만인》과는 달라. 누군가에게 받은 기사도를 다하는 것밖에
모르는 나 같은 광견과는 달라. 너희는…… 너희가 진정으
로 믿는 기사도를 걷는, 기사 중의 기사였어. 그 삶은 무엇
보다 숭고했고, 검을 쥔 모습은 이 세상의 어떤 미희들보
다도 아름다웠어. 그랬는데…… 이게 무슨 꼴이야. 어둠의
힘에 타락하여 자기 자신을 잃고, 일시적인 생에 매달리
며, 지난날의 왕의 잔재에 여전히 미련스럽게 목매고 있
어. 그게 어딜 봐서 기사야? 부끄러운 줄 알아."

"……윽!"

시드의 그런 담담하면서도 가차 없는 말에, 로거스가 등
에 있는 대검을 뽑으려 했으나—

"……기다려 주세요, 로거스."

루크가 그것을 손으로 제지했다.

그리고 한 걸음 앞으로 나와서 일각수 투구를 벗었다.

그 안에서 나온 것은— 아름다운 미모에 상처가 나 있는
여성의 얼굴이었다.

"루크?"

"……지금은 루시로서 당신과 마주하겠어요."

"……."

"시드 경. 서로 과거는 깨끗이 흘려보내지 않을래요?"

루크가 담담하지만 어딘가 간청하듯이 시드에게 말했다.

"확실히…… 예전에 우리의 길은 엇갈리고 말았어요. 그

리고 당신은 성왕을…… 우리를 배신하고 적이 되었죠. 당신 입장에서는 우리가 먼저 배신한 거겠지만요."

"……."

"일찍이 우리는 같은 왕을 주군으로 모시며 같은 것을 바라보았어요. 같은 이상을 내걸고서 함께 그걸 실현하고자 불탔어요. 손을 맞잡고 함께 걸으며 싸웠던 그날들을 지금도 떠올릴 수 있어요. ……저는 지금도 그날들을 무엇보다 존귀하다고 생각해요."

"……."

"확실히 저는 당신이 미워요. 우리의 영광에 먹칠을 하고, 모든 것을 망친 당신이 미워요. 그래도…… 그 옛날, 당신과 함께 전장을 달렸던 그 빛나는 날들을…… 저는 잊을 수 없어요. 잊을 수 있을 리가 없다고요. 시드 블리체."

시드는 묵묵히 루크의 말에 귀를 기울였다.

"그러니까 다시 한번 되찾아요. 우리의 이상이었던 그날들을."

"……."

"확실히 그 무렵의 이상과는 크게 동떨어져 버렸을지도 몰라요. 하지만 시간의 흐름, 시대의 변천과 함께 마지막을 고하고 끝나 버리는 그때 그 기사들의 이상과는 달라요. 영원히 기사의 이상을 좇을 수 있는…… 그런 시대가 올 거예요. 【황혼의 겨울】…… 그것이 가져오는 죽음과 정적의 세계는 영원하니까."

"그리고…… 「그분」도 곧 귀환하실 거다."

끼어든 사람은 로거스였다.

"시드 경. 다시 생각해. 정말로 이 상황을 귀공 혼자 어떻게든 할 수 있을 것 같아? 귀공의 시간도, 이제 별로 안 남았잖아?"

"……."

"귀공 같은 기사를 잃는 건, 사실 나도 아까워. 나와 귀공의 승부는 아직 나지 않았으니 말이지. 그리고 머지않아 올 새로운 시대에 귀공만 한 무인이 없는 것도 재미없어. 시드 경. 슬슬 다시 생각해. 다시 또 우리와 함께 걷자. 그리고 나와 귀공, 둘이서 영원히 무예를, 기술을 단련하고, 연마해 나가는 거야!"

로거스의 커다란 음성이, 마치 어둠에 스며드는 것처럼 울려 퍼졌다.

이윽고 조용한 정적이 찾아오며.

한동안 현관홀은 밖에서 휘몰아치는 눈보라 소리만이 작게 메아리치는 무음의 세계였지만.

"……훗."

별안간 터져 나온 웃음소리가 그것을 깨뜨렸다.

시드였다.

"후후후…… 하하하…… 아하하하하하하하하하하하하하!"

시드가 웃고 있었다.

평소에는 쿨하고 온화한 시드가, 마치 재미있는 장난감을 찾은 어린아이처럼 밝게, 천진난만하게, 즐겁게 웃고 있었다.

"아아, 좋은데! 그거 좋네! 그럴 수 있다면 얼마나 좋을까!"

그렇게 한바탕 웃은 시드는 갑자기 웃음을 멈추고서.

"하지만— 거절하겠어."

두 암흑기사를 똑바로 응시하며, 그렇게 엄정히 말했다.

"루시. 로거스. 너희야말로 슬슬 눈을 떠. 우리의 시대는, 이미 끝났어. 이미 끝났다고."

"시드 경……!"

"그렇게 끝나는 건 확실히 받아들이기 어려웠지. 나도 그랬고…… 너희도. 우리가 이루고자 했던 이상이 그렇게 되어 버릴 줄은 꿈에도 몰랐어. 성왕 아르슬의 치세하에 빛나는 영광과 미래가 있을 거라고만 생각했어. 전설 시대의 기사네, 영웅이네, 하며 후세에 자랑해 봤자, 보기에만 그럴듯한 일화로 사실을 속여 봤자, 우리는 전부 틀렸어. 잘되지 않았어. 그게 다야. 하지만 그건 이제 와서 만회할 수 없는「끝난 일」이야."

시드가 한숨을 쉬었다.

"끝난 것에 매달리고, 포기하지 못해서 매달리고. 명백하게 틀렸던 것을, 틀리지 않았던 것으로, 옳았던 것으로

만들고 싶어서, 세상의 역사에 증명하고 싶어서, 끈질기
게, 끈질기게 들러붙고. 이미 끝난 인간들의 그런 이기심
때문에 불쌍한 소녀를 제물로 삼은 거야? 이 세계의 미래
를 뺏는 거야? 대체 본인들의 얼굴에 얼마나 먹칠을 해야,
창피를 거듭해야 직성이 풀리는데? 이 이상 나를 실망시
키는 건, 진짜 그만둬 줘."

"······!"

"당당히 굴 수밖에 없잖아? 결과가 아무리 원통하고 꼴
사나웠어도. 그것이······ 그 시대를 살았던 우리의 전력이
었다고. 최대한이었다고. 당당히 가슴을 펼 수밖에 없잖
아? 후세 사람들이 아무리 손가락질하더라도."

그렇게 시드가 온화하지만 강하게 말하자.

"누구나······ 당신처럼 받아들이고서 강하게 살 수 있는
건 아니에요! 있는 그대로 받아들일 수 있는 깨달음의 경
지에 이르지는 못한다고요!"

루크가 분노하며 외쳤다.

"저는······ 끝날 수 없어요! 끝내고 싶지 않아요!"

"루시······."

"저도······ 이런 건 잘못됐다는 걸 알고 있어요, 처음부
터! 대체 왜 이렇게 되어 버렸는지 여전히 모르겠어요! 그
래도, 멈추지 않아. 멈출 수 없어요! 어둠에 곪아 버린 이
마음이 그걸 원하고 있어요······! 도저히 억누를 수 없어요!

저도…… 시드 경, 당신만…… 당신만, 없었다면……!"

루크는 눈물조차 머금고서 시드를 똑바로 응시했다.

여자면서 남자로서 기사가 된 자— 일각수 경, 루크.

날 때부터 여자로서의 행복을 완전히 빼앗긴 옛 전우.

"저에게는 전장밖에…… 당신과 함께 달리는 전장밖에……
그것 말고는 아무것도 없었어요."

공교롭게도, 시드는 태어나면서부터 남자로서 왕이 되길
강요받은 앨빈을 이번 생의 새로운 주군으로 삼았다.

그런 시드를 보고 루크가 대체 무슨 생각을 했을지.

일찍이 어떤 감정을 품고 있었을지.

"……."

시드는…… 아무 말도 하지 않았다.

말할 생각도, 의미도, 자격도 없었다.

그리고—.

"문답은 여기까지다."

고개를 숙이고서 떠는 루크의 어깨를, 로거스가 두드렸다.

"서로 용납할 수 없다면 검으로 말할 뿐. 결국 우리의 법
은 지극히 단순해. 그것밖에 없어."

"그렇지. 알기 쉬워서 좋아."

스릉.

시드가 흑요철검을 뽑고 역수로 잡았다.

그에 호응하듯 로거스가 대검을 뽑았다.

루크가 일각수 투구를 다시 쓰고 창을 들었다.

"기사로서 해선 안 될 짓이지만, 2 대 1이다. 우리도 물러날 수는 없어서 말이야."

"나쁘게 생각하지 마세요, 《야만인》."

조용히 살기와 투기, 존재감을 높이는 두 사람에게.

"부족하지 않은 상대로군."

시드는 대담한 웃음으로 대답하고서 깊게 윌 호흡을 했다.

서로를 노려보는 양 진영.

양쪽의 존재감과 마나압은 높아지고, 높아지고, 한없이 높아져서…….

전설 시대 기사 간의 싸움이 시작될 것을 예감한 모두가 숨을 삼켰고.

공기가 터질 듯이 팽팽해지며.

그리고— 그것이 극한에 도달한 순간.

"하아아아아아아아아아아아아아아아아아아아아아아—!"

양측이 서로를 향해 신속하게 돌진하기 시작했다.

공기를 뚫는 속도에 세 개의 충격파가 일었다.

로거스가 대상단에서 내려친 대검을 막는, 시드의 오른쪽 검.

루크가 섬광처럼 찌르는 창 일격을 흘려 넘기는, 시드의 왼쪽 손날.

그것들이 일으키는 장절한 검압.

전설 시대의 기사 세 사람이 돌격하면서 발생한 검압이,
퍼져 나갈 곳을 찾아 한순간 주위를 빙 돌았고—.

이내 사방팔방으로 폭발적으로 확산됐다.

""""으아아아아아아아아아아아아아아아아아아악—?!""""

세 사람을 둘러싸고 있던 암흑기사들이 그 여파를 맞고,
마치 폭풍 속에서 춤추는 나뭇잎처럼 공중으로 날아가 버
렸다.

————.

그건 상상을 뛰어넘는 싸움이었다.

그야말로 전설 시대 기사의 싸움을 구현한 것이었다.

시드가, 로거스와 루크가 장절하게 맞부딪치고 있었다.

로거스는 우익에서, 루크는 좌익에서.

대검과 창으로 장절하게 시드를 공격했다.

일격을 가할 때마다, 공간을 찌그러뜨릴 듯한 검압이 휘
몰아쳤다.

"⋯⋯윽!"

그것을 시드는 오른손의 흑요철검과 왼손의 손날로 막아 나갔다.

귀청을 찢을 듯한 충격음이 간헐적으로 울리며, 아득한 어둠 저편까지 전파되었다.

"어떻게 된 거지? 시드 경!"

로거스가 대상단에서 대검을 내리쳤다.

그것을 시드가 검으로 막은 순간, 대검에서 폭발적인 불꽃이 일어나 시드의 몸을 태웠다.

"당신이랑 싸운다는 느낌이 안 드네요!"

루크가 선풍처럼 창을 휘둘렀다.

창에서 일어난 장절한 바람이 무수한 진공 칼날이 되어 시드의 전신을 썰었다.

"칫—."

화염 폭풍과 칼날 폭풍 속에 갇힌 시드가 흑요철검을 역수로 잡고 횡으로 휘둘렀다.

검은 섬광이 번뜩였다.

"안 일해!"

찰나, 그것을 로거스가 대검으로 후려쳤고—.

"하아아아아아아아아아아아아아아아아앗—!"

로거스의 등을 뛰어넘은 루크가 아래로 창을 내질렀다.

"……윽?!"

창은 순간적으로 고개를 비튼 시드의 어깨를 도려내며

지나갔고―.

"으으으으으으으으으으으으으―!"

이어서 로거스가 공간을 통째로 절단할 기세로 대검을 휘둘렀다.

"……큭!"

시드는 월로 왼쪽 주먹에 마나를 모아 그것을 막았다.

―하지만.

로거스의 장절한 검압을 완전히 죽이진 못해서, 시드의 몸은 걷어차인 공처럼 날아가 바닥에 몇 번씩 튕기며 굴러갔고.

"거기다!"

벌써 따라잡아서 미리 와 있던 루크가, 바닥을 구르는 시드를 향해 상공에서 창을 찔렀다.

이에 시드는 왼손 하나로 바닥을 짚어서 옆으로 재빨리 물러났다.

그 순간, 루크의 창이 바닥을 뚫어 커다란 구멍을 만들면서 성을 진동시켰고―.

"죽어라!"

물러난 곳에서도 이미 로거스가 대검을 들고서 기다리고 있었으며―.

"하아아아아아아아아아아아아앗―!"

시드의 뒤에서는 루크가 창을 들고서 신속하게 육박하고 있었다.

그 순간, 로거스와 루크는 죽였다고 확신했고.

그 순간, 주위의 암흑기사들은 끝났다고 확신했다.

하지만.

"얕보지 마."

찰나, 섬광이 터졌다.

"으오오오?!"

"크으으으으으으으으으으으으윽—?!"

파직! 번개가 세차게 튀더니, 로거스와 루크가 뭐에 맞은 것처럼 각각 앞뒤로 날아갔다.

""""으아아아아아아아아아아아아아아아악—?!""""

날아온 로거스, 루크와 부딪힌 암흑기사들이 함께 날아가며 비명을 질렀다.

어느새.

시드가 오른손의 검과 왼손의 손날을 휘두른 자세로 잔심 상태에 들어가 있었다.

그 전신에는 파직파직…… 하고, 번개의 잔재가 남아 있었다.

그 절체절명의 순간에 무슨 일이 있었는지, 누구도 보지 못했다.

하지만 아마 그 자리에서 그저 회전했을 뿐……이리라는 것은 예상이 갔다.

"그저 가벼워."

시드가 그렇게 엄정히 말했다.

"예전의 너희라면 모를까, 지금의 너희가 꼴사납게 휘두르는 무기 따위, 둘을 동시에 상대해도 문제가 안 돼. 리피스와 똑같아. 너희는 타락하여「강해졌을 뿐」이야. 전설 시대의 너희는…… **더 강했어.**"

고요히 서 있으나, 시드의 전신에서 넘쳐흐르는 그 날카로운 기백에.

암흑기사단 최강의 두 사람을 혼자서 압도해 보인, 그 저력을 짐작할 수 없는 무예에.

"""""……헉?!"""""

현관홀에 있는 모든 암흑기사가 숨을 삼키며 굳었다.

빈틈투성이인 시드의 등을 보면서도 누구도 움직이지 못했다.

하지만—

"……호오? 역시 대단하군, 《야만인》."

"변함없네요, 당신은."

로거스와 루크는 여유롭게 일어났다.

조금 전에 시드의 장절한 일격을 맞았는데도 전혀 대미지가 없는 듯했다.

"「강해졌을 뿐」인 우리를 상대로 이렇게 선전할 수 있다니, 여전히 이해할 수 없는 영역에 있는 남자야."

그러자 시드도 여유롭게 대답했다.

"딱히 이상한 일은 아니야. 검에 담기는 무게는 마나나 기량만으로 결정되지 않아. 기사로서 지닌 강한 마음이야말로 검의 무게와 빛이 돼. 이곳 같은 반이계에서라면 더더욱 그렇지. 이 시대의 기사 중에…… 텐코 아마츠키라는 아이가 있어. 너희도 조금은 그 아이를 보고 배우는 게 어때?"

"……흥, 웃기는 소리."

"이 미온적인 시대의 연약한 기사들에게서 우리가 배울 것은 아무것도 없어요."

그런 말을 내뱉고서.

로거스와 루크가 다시 각자의 무기를 들었다.

"당신은 우리의 검을 가볍다고 했지만. 당신의 검도 상당히 가볍던걸요?"

"솔직히 말해서 맥 빠졌어, 시드 경. 우리도 결코 양보할 수 없는 싸움인지라 만전을 기하여 둘이서 덤비라는 명령을 받긴 했지만…… 이 정도면 일대일 결투를 했어도 딱히 상관없었을 것 같아."

"전설 시대였다면 이미 우리의 목이 허공으로 날아갔을지도 모르지만요."

"……그럴 리가. 전설 시대였다면 너희 같은 기사를 두 명이나 동시에 상대할 수 있었을 리 없지."

"입을 잘 놀리는 것도 여전하네요……."

짜증 내는 루크를 내버려 두고서 로거스가 말을 이었다.

"하지만 실제로 귀공의 검은 가벼워, 시드 경. 일찍이 장절한 무게를 지녔던 검은 대체 어디로 갔지? 그런 검으로 정말 우리를 잡을 수 있을 것 같나? 옛 동료라고 봐주고 있는 것도 아닐 테고."

"아니면— 당신에게 남은 시간은 생각보다 더 적은가 보죠?"

그런 루크의 물음에.

"……."

시드는 그저 침묵으로 답할 수밖에 없었다.

"마음대로 안 되는군……."

그러자 로거스가 조금 아쉬워하는 모습으로 말했다.

"귀공과는 예전부터 아무런 거리낌 없이 전력으로 싸워 보고 싶었어. 하지만 전설 시대에는 끝내 기회가 없었고, 우리의 입장이 그걸 허락하지 않았지. 그리고 이번 생에는 상황이 허락하질 않고, 귀공에게 남은 시간이 허락하질 않아."

"……그러게. 운명은 우리를 아주 싫어하는 모양이야."

"하지만 이 세계를 어둠이 지배하면…… 이제 그런 굴레는 없어질 거야. 시드 경."

"끈질기네. 미안하지만, 애초에 지금의 너와 기량을 겨루는 것에 아무런 가치도 못 느껴. 지금의 너희는, 그저 타도해야 할 적이야."

"……! 변함없이 고집스럽고 귀여운 구석이 없는 남자군."

"로거스. 이제 문답은 그만하죠. 지금은 우리의 주군을 위해 시드 경을 무찔러야 할 때예요. 그리고 이 남자는 어차피 절대 우리의 생각대로 되지 않아요……. 시드 블리체는…… 그런 남자예요. 그렇기에 저는…….."

루크가 쓸쓸한 모습으로 말하고서 창을 들었다.

로거스도 대검을 들었고, 시드도 호응하듯 다시 자세를 깊이 낮췄다.

그리고 현관홀에 있는 모두가 입을 다물었다.

이 이상 서로 나눌 말은 없다는 무언의 의사였다.

그때였다.

『시드 경…….』

허리에 찬 검집에 들어 있는 빛의 요정검으로부터 시드에게로 생각이 전달되었다.

『당신에게도 기사의 긍지가 있겠지만…… 실제로 저 두 기사는 강해요. 한 명이라면 모를까, 두 명과 동시에 싸울 수 있는 상대는 아니에요. ……적어도 지금 당신의 상태로

는요. 당신도 이미 알고 있을 테죠.』

'그래…… 맞아.'

『생각보다 더, 당신에게는 시간이 없어요. 아까 망령기사들과 싸우느라 당신은 이미 상당한 힘을 소모했어요. 이대로는…….』

'……될 대로 되겠지.'

그렇게 마음속으로 웃고서.

시드는 검을 들고, 지금 쓰러뜨려야 할 눈앞의 적들만을 응시했다.

그리고—

세 기사의 싸움은 한층 가속되었다.

————。

————。

————。

싸움은 계속되었다.

끊임없이 계속되었다.

성을 진동시키고, 기둥을 무너뜨리며, 세 기사가 격렬하게 무기를 맞부딪치면서 싸웠다.

로거스와 루크.

최강급의 두 기사를 상대하면서, 시드는 한 발짝도 물러나지 않았다.

오히려 두 사람을 압도하고 몰아붙일 때도 있었다.

하지만.

점점, 점점…… 싸움의 추세가 기울어 갔다.

어느 순간부터 일변하여, 마치 숨이 차기라도 한 것처럼, 시드의 움직임이 둔해져 갔다.

당연히 그런 빈틈을 놓칠 로거스와 루크가 아니었다.

때는 이때라는 듯 사납게 공격을 퍼부었다.

이제껏 시드는 여유롭게 두 사람의 공격을 처리했으나, 점차 로거스와 루크의 공격을 막지 못하게 되었다.

당연히 치명상은 계속 피하고 있지만…… 점점, 점점, 두 기사의 공격이 시드를 깎아 나갔다.

그래도 시드는 겁내지 않고, 물러나지 않고, 두 기사와 담담히 계속 싸웠지만.

시드의 움직임이 다시 좋아지는 일은 없었고.

시드는 계속 공격을 맞아서—.

─────.

"……볼썽사납군, 시드 경. 큰소리 땅땅 쳐 놓고서 이 정도인가?"

"……."

전신에 도상을 입어 피투성이가 된 시드가 말없이 로거스와 루크를 응시했다.

"굳이 말하지 마세요, 로거스."

시드를 향한 실망을 드러내는 로거스에게 루크가 말했다.

"지금 시드 경은 확연하게 상태가 안 좋아요. 온갖 출력이 처음보다 훨씬 떨어져요. 역시…… 시드 경에게는 「시간이 없는」 거겠죠."

"……."

"애초에, 아무리 시드 경이라지만 여기까지 온 것도 이상한 거예요. 밖에 있는 대군을 혼자 돌파한 것부터가 이미 엄청난 무용이에요. 그 싸움으로 상당히 힘을 소모했고…… 그리고 우리 둘을 동시에 상대하고 있죠. 어떻게든 이렇게 싸우고 있는 게 이상한 일이에요."

"……생각해 보니 그렇군."

로거스가 탄식하듯 말했다.

"어때? 시드 경. 계속할 건가? 아무리 귀공이 보기 드문 무용을 지녔다지만, 이쯤 되면 알 텐데? 싸움의 추세가 어떠한지."

"……그렇지."

시드가 졌다는 듯 어깨를 으쓱였다.

"역시 너희는 대단해. 역시 강해. 나도 너무 열이 올랐었다고 할까, 조금 고집을 부렸다고 할까. 뭐, 이런저런 말을 늘어놓긴 했지만, 그야 너희 둘을 동시에 상대하는 건 무리겠지. 최소한, 가능하다면 일대일로 싸우고 싶었는데."

"흥, 어떨까요. 만약 당신이 완벽한 상태였다면, 어쩌면……."

루크가 나직이 그런 말을 흘렸다.

"정말…… 세상일은 마음대로 안 되는군."

로거스도 어딘가 분한 듯 중얼거렸다.

"천 년의 시간을 뛰어넘어, 모처럼 귀공과 검을 맞댈 기회를 얻었는데…… 이렇게 본의 아닌 형태가 되다니, 이보다 더한 불완전 연소는 없을 거야."

"세상일이 그렇지, 뭐."

그렇게 시드가 자조적으로 중얼거렸고.

한동안 현관홀에 침묵이 내려앉았다.

이윽고.

"정말로 이게 마지막이에요."

루크가 말했다.

"……우리와 함께, 새로운 왕을 모시지 않을래요?"

"……."

척.

시드의 대답은, 흑요철검을 조용히 고쳐 드는 것이었다.

"……."

문답은 끝까지 소용없다는 것을 모두가 깨달았다.

이제 남은 것은 양보할 수 없는 것을 위해 눈앞의 적을 검으로 쓰러뜨리는 것뿐.

그것이 누구든지 간에. 무엇이든지 간에.

……그렇긴 하지만.

'곤란한데…….'

시드는 내심 쓴웃음을 짓고 있었다.

'생각보다 더 빠르게 몸이 쇠약해지고 있어. ……이건 전혀 예상치 못했어.'

『시드 경…….』

에클레르가 불안한 듯 시드의 마음에 말을 걸어왔다.

『어떡하죠? 이제 서로 시간이 없는데…….』

그러자.

시드는 각오를 다진 것처럼 에클레르의 칼자루에 왼손을 올렸다.

의도를 헤아린 에클레르가 눈을 깜빡였다.

『……쓰는 건가요? 저를.』

'……그래. 물불 가릴 때가 아니니까.'

『하, 하지만…… 말씀하셨잖아요? 지금 저를 쓰면 당신은 순식간에 고갈돼요……. 목적을 완수할 수 없게 돼요.』

'연장전을 요구하지.'

『여, 연장전……?』

'힘을 얻으려면 대가가 필요한 법이잖아? 너의 힘을 쓰는 데 나의 시간이 필요하다면. 너의 힘을 쓰면서 시간을 온존하기 위해서는 다른 것을 대가로 줄 수밖에 없어. 아니야?'

『서, 설마……?』

'맞아. 나의 혼. 나의 존재 그 자체를 내주겠어. ……가능하지?'

씩. 시드가 웃었다.

'사양하지 마. 나한테서 전부 가져가, 에클레르.'

『잠깐만요! 기다려 주세요!』

그러자 에클레르가 반발하듯, 울부짖는 듯한 의사를 전달했다.

『안 그래도 저는 당신에게 너무 무거운 숙명을 떠맡기고 말았는데! 심지어 당신의 존재 자체까지 희생시키라는 건가요?! 알고 말하는 거예요?! 존재의 소비는 곧 허무! 그런 짓을 하면, 이 싸움이 끝난 후에 당신은 앞으로 영원히 윤회전생을 하지 못해요! 이 세계의 생명의 섭리에서 완전히 사라져 버린다고요! 그런 건…… 너무…… 너무……!』

'신경 쓰지 마.'

대성통곡이라도 할 것 같은 에클레르와는 대조적으로, 시드는 한없이 온화했다.

'내 존재 하나와 맞바꿔서 미래를 지킬 수 있다면 싸게 먹히는 거지. 오히려 《야만인》인 내가 그런 일을 할 수 있다는 건 기대 이상의 명예라고도 할 수 있어.'

『시드 경……! 시드……! 저…… 저는……!』

그리고—.

"미안, 로거스. 루크."

시드가…… 빛의 요정검의 칼자루를 잡았다.

"너희에게 이런 짓을 하고 싶진 않지만…… 나도 양보할 수 없거든. 살짝 편법을 쓰겠어. 나쁘게 생각하지 마."

"……?!"

"……!"

로거스와 루크가 경계하며 몸을 긴장시켰다.

그리고 시드가, 고오오오오— 하고, 평소보다 깊고 낮게 월 호흡을 하자.

찌르르…… 성내의 대기가 바짝 긴장되며 떨리기 시작했다.

덜덜덜…… 성 전체가 떨리기 시작했다.

시드의 존재감이…… 농담처럼 팽창해 나갔다.

이윽고.

"……!"

시드가 말없이.

그 검을…… 빛의 요정검을 뽑으려고 한…… 바로 그 순간이었다.

번쩍!

빛의 요정검이 내는 것과는 전혀 다른 새로운 빛이 터졌다.
그것이 현관홀을 더 하얗게 물들였다.

"……!"

"……뭐야?!"

"이건 뭐죠?!"

예상치 못한 전개에 시드, 로거스, 루크가 몸을 긴장시
켰다.

대체 무슨 일이 벌어진 걸까. 이 빛은 대체 뭘까?

세 사람이 추측하고 있으니.

갑자기 허공에 문이 열리고—.

빛이. 빛이.

압도적인 빛이, 그 안에서 흘러넘치며—.

그런 빛의 격류와 함께.

"전원 발도! 앞으로!"

"""""오오!"""""

무수한 기사들이 함성을 지르며 빛 속에서 나타나, 현관
홀로 단숨에 밀어닥쳤다.

의연한 발걸음으로 대오를 짜기 시작한 그 기사들의 정

체는──.

"시드 경!"

"스승님!"

앨빈과 텐코와.

"정말이지, 우리 교관은 매정하다니까!"

"그러니까 말이에요!"

"뭐, 당신은 그런 캐릭터인 거겠지만······."

"하지만 교관님 혼자 싸우시게 두진 않겠어요!"

"맞아요!"

크리스토퍼, 일레인, 세오도르, 리네트, 유노 등 블리체
학급의 멤버들과.

"흥! 혼자 공적을 독점하게 두진 않을 거야! 시드 경!"

"말은 그렇게 해도······ 엄청나게 걱정한 주제에······."

"정말로 루이제는 솔직하지 못하구나······."

"두, 둘 다 시끄러워!"

루이제, 올리비아, 요한······.

"부족하지만 우리도 싸우겠어요! 시드 교관!"

"저희도! 그러려고 당신에게 배웠으니까요!"

그리고 시드에게 훈련받아 혼을 배운 캘바니아 왕립 요
정기사 학교의 모든 학급 학생들이 빛의 격류 속에서 속속
나타났다.

게다가······.

"너희들······?"

뒤이어 나타난 인물들을, 시드가 의외라는 듯이 흘낏 보았다.

"칫······ 팔 두 개, 다리 두 개가 있으면······ 검은 휘두를 수 있잖아?"

번즈, 아이기스, 카임을 필두로 하는, 지금은 요정검의 힘을 잃은 요정기사들까지 속속 나타나 앨빈 일행의 후방에서 대오를 짜기 시작했다.

그리고 대치하는 캘바니아 요정기사단과 오푸스 암흑기사단.

갑자기 나타난 적의 증원군을 보고 암흑기사들이 희미하게 전율했고.

"이 녀석들은 뭐야······?"

"대체 어떻게······?"

로거스와 루크도 얼떨떨해할 수밖에 없었다.

시드도 똑같은 심정으로 보고 있으니.

"······역소환이에요."

흘러넘치는 빛 속에서 이자벨라가 여유롭게 걸어 나왔다.

"당신이 앨빈의 소환을 거부했기에, 정반대인 일을 한 거예요. 즉, 당신 쪽에 저희를 소환한 거죠. ······앨빈과 그 오른손에 깃든 옛 비술을 매개로 삼으면 절대 불가능한 일은 아니에요. 역시 너무 큰 마법인지라 준비하는 데 시간이 걸렸지만요."

이자벨라가 시드를 향해 싱긋 웃었다.

"하하하…… 졌네. 이건 예상치 못했어. 역시 능력 있는 여자는 달라."

시드도 이것에는 한 방 먹었다는 듯 어깨를 으쓱이며 너스레를 떨었다.

그리고 그런 시드 곁으로 앨빈이 여유롭게 걸어왔다.

"가장 먼저 적진으로 돌격하기 위한 경쟁과 독단전행은 전장의 꽃이지. 하지만 주군의 명을 무시하고 달려 나간 죄는 무거워, 시드 경."

"……죄송합니다, 나의 왕."

"듣지 않겠다. 한층 훌륭한 활약으로 만회하라."

"……예."

시드가 멋쩍은 듯 머리를 긁적이고 있으니.

"당신이…… 뭔가 아주 커다란 것을 짊어지고 있다는 건 알아요. 하지만……."

앨빈은 시드에게만 들릴 목소리로 연약하게 중얼거렸다.

"이제 이런 짓은 하지 말아 주세요."

"……."

어딘가 화난 것 같으면서도 슬퍼하는 것 같은 앨빈의 말을 듣고, 시드는 아무 말도 할 수 없게 되었다.

그리고—.

"스승님! 여긴 저희에게 맡겨 주세요!"

"맞아. 교관이랑 앨빈은 먼저 가! 마왕을 무찔러 줘!"

텐코와 크리스토퍼가 믿을 수 없는 소리를 하기 시작했다.

"……무슨 말을 하는 거야? 바보 같은 소리 하지 마. 너희도 몰라보게 강해졌지만, 아직 로거스나 루크를 상대할 수는 없어. 저 두 사람은 나한테 맡기고—."

"할 수 있는지 없는지는 중요하지 않아요. 하는 거예요! 저는…… 저희는 기사니까요!"

텐코의 말을 듣고, 시드는 멍하니 눈을 깜빡였다.

"왜 혼자서 전부 짊어지려는 거야? 아무리 교관이 귀신같이 강하고, 차원이 다르고, 괴물이고, 반쯤 인간을 그만뒀다지만, 그건 오만이야!"

크리스토퍼의 말이.

"교관님과 이 싸움에 어떤 인연이 있는지는 모르겠지만…… 착각하지 마세요. 이건 저희의 싸움이기도 해요!"

일레인의 말이.

"자신의 미래는 자신이 잡는다. 지극히 당연한 일이야."

세오도르의 말이.

"괜찮아요! 저, 저희도 (아마) 강해졌으니까요! 주, 죽을지도 모르지만…… 해내겠어요! 시켜 주세요!"

리네트의 말이.

"우리는 언제까지고 당신이 지켜 줘야 할 병아리가 아니야!"

루이제의 말이.

"교관님은 앨빈 왕자님과 함께 보스를 해치워 주세요!"

유노의 말이.

불과 얼마 전까지 병아리라고 여겼던 학생들이 차례차례 그런 말을 건네서.

그 순간— 시드는 감개무량하게 깨달았다.

아아, 우리의 시대는…… 이미 옛날 옛적에 끝났구나…… 하고.

"이자벨라 님! 신생 캘바니아 기사단, 이곳에 모두 집결했습니다!"

"수고했어요, 리베라."

널찍한 현관홀에 기사단이 집결하며, 흘러넘치던 빛이 점차 잠잠해졌다. 왕도와 마도를 이은 문이 점차 닫혔다.

"시드 경. 이곳은 저희에게 맡겨 주세요."

그런 와중에, 이자벨라가 시드에게 슬쩍 속삭였다.

"당신에게는 시간이 없는 거죠……?"

"……!"

아무래도 이자벨라는 꿰뚫어 본 것 같았다.

앨빈의 오른손에 있는 문장을 조사하면 알 수 있는 일이었다.

"……넌 당해 낼 수가 없네."

"앨빈을…… 아무쪼록 잘 부탁드려요."

"그래. 학생들을…… 이곳을 부탁할게."

그렇게 짧게 대화를 나누고서.

"영차. 실례할게, 주군."

"으아?!"

시드가 앨빈을 번쩍 안아 들더니—.

"전력으로 달리겠어."

"네? 헉, 꺄아아아아아아아아아아아아아아아아아아
아아아아아아아아아아아아아아아아아아아아—?!"

한 줄기 번개가 된 시드가 로거스와 루크 사이를 돌파했다.

그대로 안쪽에 줄지어 있는 암흑기사단의 한가운데로 돌
격하여— 그것을 뚫고, 순식간에 반대쪽으로 빠져나갔다.

하지만 전설 시대의 기사가 그걸 가만히 보고만 있을 리
는 없었다.

"도망치는 건가? 시드 경!"

"그렇게는 못 해요!"

로거스와 루크가 순식간에 시드를 뒤쫓으려고 했지만.

"하아아아아아아아아아아아아아아아아아아아앗—!"

날카로운 기백과 함께 진홍색 참격이 예리하게 로거스를 덮쳤다.

"아니?!"

키잉!

로거스가 무심코 멈춰 서서 그것을 대검으로 막았다.

"보낼 수 없어요!"

로거스에게 달려든 사람은, 텐코였다.

"네 상대는 나야! 나를 봐! 십자 흠집의 기사!"

로거스와 거리를 벌린 텐코가 깊고 낮게, 빈틈없이 칼을 들었다.

"미숙한 애송이가……."

로거스는 그런 텐코를 흘낏 보고서 짜증스레 혀를 찼다.

그리고—.

"이것 참…… 분수를 모른다는 게 바로 이런 거군요."

루크도 그렇게 짜증스레 말을 내뱉고 있었다.

왜냐하면 크리스토퍼, 일레인, 리네트, 세오도르…… 블리체 학급의 고참 멤버가 루크를 포위했기 때문이다.

"헤, 헤헤…… 네 상대는 우리야……."

"이길 수 있을 것 같나요? 당신들의 미천한 실력으로도 피아의 실력 차이 정도는 파악할 수 있을 텐데요."

"어머? 전설 시대 기사님들의 기사도는…… 이길 수 있는 상대와만 싸우고, 못 이길 상대라면 꽁무니를 빼는 거였나 보죠?"

그렇게 일레인이 도발하자.

"그렇게 빈정대는 것만 스승을 빼닮았네요."

빙글. 루크가 창을 한 바퀴 돌리고서 자세를 잡았다.

그랬을 뿐인데, 휘오오! 하고 풍압이 생겨나 학생들의 몸이 붕 뜨려고 했다.

전에 없던 사투를 예감하고, 블리체 학급 학생들의 얼굴에 긴장이 떠올랐다.

그리고―.

"월 사용자는 앞으로! 저희 《호반의 여인》들이 마법으로 여러분의 싸움을 힘껏 원호하겠습니다!"

이자벨라가 리베라를 필두로 한 《호반의 여인》들을 이끌고서 그렇게 호령했고.

"망령기사가 밖에 있는 이상, 인원수로는 이기고 있다! 암흑기사 한 명에게 여럿이 덤벼라! 지금은 기사의 명예고 뭐고 없다! 이기는 것만을 생각하라! 우리의 주군과― 그 첫째 기사를 위하여!"

번즈, 아이기스, 카임이 요정검의 힘을 잃은 기사들을 지휘했고.

"우리나라의, 세계의 흥망이 이 싸움에 걸렸으니! 전군 돌격!"

"""""ㅇㅇㅇㅇㅇㅇㅇㅇㅇㅇㅇㅇㅇㅇㅇㅇㅇㅇㅇㅇㅇㅇㅇㅇ
ㅇㅇㅇㅇㅇㅇㅇㅇㅇㅇㅇㅇㅇㅇㅇㅇㅇㅇㅇㅇㅇㅇㅇ—!"""""

이자벨라의 호령, 기사들의 함성과 함께.

캘바니아 요정기사단과 오푸스 암흑기사단이 정면으로
장절하게 격돌했다.

제5장 옛 진실

~~~~~.

휘오오오오오오오오—!
휘오오오오오오오오오오오오오—!

생각해 보면 그때도 이렇게 세차게 눈보라가 쳤었다.

어떤 남자가 일으킨 겨울의 황혼 속에서, 세계는 하얗게 물드는 멸망으로 향하고 있었다.

감히 누가 그 남자를 거역할 수 있겠는가?

그 남자는 이제 세계를 통치하는 최대의 왕이고…… 세계 최강의 기사단을 거느린 무서운 북쪽 맹주— 마왕이거늘.

휘오오오오오오오—!
휘오오오오오오오오오오오오—!

세차게 통곡하는 하얀 하늘 아래, 눈을 밟는 소리가 울렸다.

나는 죽은 도시를 걷고 있었다.

내가 유일한 주군으로 우러르는 남자가 예전에 세운, 지금은 죽은 왕도를.

눈과 얼음에 갇힌 그 도시를 혼자 계속 걸어가…… 이윽고 나는 그곳에 다다랐다.

무참히 무너진 요정 신전.

엉망으로 부서진 신상 앞, 어둑한 한편에서.

『흑…… 훌쩍…… 으으…….』

한 요정 소녀가 웅크린 채 하염없이 울고 있었다.

반투명한 전신에서 부슬부슬 인광을 흘리며, 그 존재가 희미해져 가고 있었다. 죽어 가고 있었다.

『이제…… 이 세계는…… 끝…… 끝나 버려…….』

소녀는 울며 그렇게 한탄했다.

『제가 지금껏 소중하게 지켜보며 키워 온 것이…… 전부 물거품이 돼요……. 어째서…… **그 아이**는 그렇게나 제가 미운 걸까요…….』

나는 소녀의 독백을 묵묵히 들었다.

『이제 전부 끝이에요……. 제가 가호를 내렸던 그 사람이 **그 아이**의 손에 떨어진 이상…… 이제 저는 어떻게도 할 수 없어요. 이 세계에, 저는, 이제, 아무런 간섭도 할 수 없으니까…….』

"……."

『아아, 이제…… 전부 끝나 버렸어…….』

하지만.

그런 소녀에게.

"아직 안 끝났어."

나는 의연히 답했다.

"이 영원한 겨울은 확실히 이 세계에 수많은 죽음을 뿌렸어. 하지만…… 그래도 아직 죽진 않았어. 살아남은 사람들은, 생물들은, 요정들은, 이 죽음의 겨울 속에서 지금도 필사적으로 살고 있어. 언젠가 이 겨울이 끝나고 봄의 찾아올 것을 믿고서…… 아직 필사적으로 살고 있어. 그런 자들을, 다른 누구도 아닌 네가 버리는 건가?"

『헉?!』

화들짝 놀란 소녀가 눈을 크게 뜨고서 고개를 들었다.

처음으로 내 얼굴을 보았다.

『당신은…… 《야만인》 시드……?』

"마침내 널 찾았군. 살기와 피비린내를 풀풀 풍기고 다녔기 때문인지, 너희 요정들은 나를 아주 싫어했으니 말이야."

그렇게 말하고서 씩 웃은 나는 말을 이었다.

"아무튼 아직 안 끝났어. 우는소리는 나중에 해."

『대체 당신이 뭘 할 수 있는데요……!』

화난 것처럼 그런 말을 하는 소녀에게.

나는 당당히 말했다.

"나를, 저주해."

『──?!』

"내 영혼을, 운명을, 전부 너에게 주겠어. 그러니까 **나를 저주해.**"

눈을 부릅뜨고서 굳은 소녀에게, 나는 담담히 말을 이었다.

"요정이 사람의 운명을 통째로 장악하는 저주가, 옛 비술 중에 있다고 들었어. 요정에게 저주받아서 씐 인간은 그 운명을 양도하는 대신…… 좀 더 말하자면 요정에게 지배받는 대신, 그 요정의 힘을 최대한으로 얻을 수 있다지. 딱히 이상한 얘기는 아니야. 요정은 원래 사람보다 고차원의 존재니까."

『…….』

"하지만…… 그걸 안 좋게 여긴 네가 생각해 낸 새로운 맹약, 새로운 비법이 바로 『요정검』…… 사람과 요정을 대등한 친구로 만드는 상호 의존 관계야. 그 덕분에 요정과 인간은 좋은 이웃 사이로 긴 시간을 보낼 수 있었어. 그 점에 관해서는 사람을 대표하여 다시금 감사를 표할게. 하지만…… 지금은, 그 방법으로는 안 돼."

『…….』

"북쪽 마국의 맹주…… 마왕. 그 마왕을 저주하고 있는 건…… 세계 최강의 요정이야. 당연히 마왕의 힘도 최강이지. 이렇게 한 세계를 통째로 겨울에 가둘 수 있을 만큼."

『…….』

"최강의 요정에게 저주받은 마왕을 이기려면, 나도 그것과 쌍을 이루는 최강의 요정에게 저주받아야 해. 즉 너에게."

『싸우려는 건가요? 그 북쪽의 맹주와. 싸울 수 있나요? 그 마왕과.』

"……싸울 거야. 그게 나의 기사도야."

의심하듯 물어보는 소녀에게, 나는 당당히 대답했다.

"나는 지금도 아르슬의 기사야. 그러니 끝까지 아르슬의 기사로서 의무를 다할 뿐이야. 설령 너에게 저주받더라도."

『……알고 있는 건가요? 저한테 저주받는 게 어떤 의미인지.』

소녀가 시험하듯 말했다.

『그건 곧 저에게 영원히 구속된다는 뜻. 저의 영원한 권속이 된다는 거예요. 그건 설령 당신이 죽더라도 변하지 않아요. 앞으로 영원토록 당신이라는 존재는 제게 구속돼요. 영원히 저에게 이용당하는 편리한 도구로 전락해 버려요. 당신이 가진 내세의 가능성을 전부 잃어버릴 수도 있어요.』

"……."

『분명 당신은 상상도 할 수 없겠지만, 이 세계는 「차원수(次元樹)」라는 다차원 연립 평행 세계의 일부라서…… 즉,

이 세계 말고도 다양한 세계가 있어요. 이를테면 마법이
아니라 마술이 지배하는 세계라든가. 반대로 마법이나 마
술 같은 신비는 예전에 쇠퇴하고 과학이 지배하는 세계라
든가……. 고도의 과학이 지배하는데, 《의식의 장막》이 무
너져서 옛 신비가 되살아나 문명이 뒤집혀 버린 세계도 있
었죠……. 아무튼, 당신은 아직 보지 못한 그런 세계에서
새로운 삶을 얻을 가능성을 포기─.』

　"「지금」, 「여기」야."

　갑자기 내가 꺼낸 말을 듣고 소녀가 눈을 깜빡였다.
　나는 그런 소녀를 똑바로 바라보며 말했다.
　"나의 「전부」는 「지금」, 「여기」야."
　『~~웃?!』
　"후회는 없어. 이 세계에서 아르슬과 만나고 보낸 나날
은…… 그럴 만한 가치가 있었어. 나는 절대 후회 안 해.
그러니까 부탁해. 나를 저주해 줘, 에클레르."
　『알겠……어요…….』
　소녀─ 에클레르가 체념한 듯 일어났다.
　『이 죽음의 겨울에, 당신은 저주를 얻을 겁니다. 그것은
동시에 축복이기도 해요. 에클레르의 이름하에, 《섬광의 기
사》 시드 블리체에게 극상의 축복을. 그대의 존재는 내 것

이 되며— 나의 죽음은 그대의 죽음임을 알라. 하지만 그렇기에…… 나의 모든 것이 그대의 힘이 되리라. 쓰세요, 저의 힘을. 그리고…… 반드시 마왕을 무찌르는 거예요.』

그렇게 말하고서.

소녀가 환한 빛에 휩싸이더니 그 모습이 변화했다.

이윽고— 내 눈앞에 꽂혀 있던 것은 한 자루 검.

성왕이라 불리는 남자가 이전에 사용했던, 세계 최강의 요정검이었다…….

 ~~~~。

 ~~~。

 ~~。

"……시……, ……드……!"

어둠 속에서 목소리가 들렸다.

"일어…… 드 경…… 대체……, ……!"

그 목소리에 호응하여, 어둠 속을, 꿈속을 헤매던 내 의식이 점차 떠올랐다.

"시드 경!"

그래.

나는 아직 잠들 수 없다.

완수해야 할 일이.

해야 할 일이 남아 있다.

그래서—.

나는 천천히 눈을 떴다.

―――――.

"……시드 경! 시드 경! 정신 차려요, 시드 경!"

시드가 눈을 뜨자, 금방이라도 울어 버릴 것 같은, 필사적인 앨빈의 표정이 시야에 날아들었다.

"……앨빈?"

시드는 쓰러져 있던 몸을 천천히 일으켰다.

어지러운 머리를 흔들며 주위를 둘러보았다.

주변은 춥고 어두웠다. 돌로 만들어진 구획이었다.

다크네시아성 어딘가에 있는 통로인 듯했다.

안쪽은 심연 너머까지 이어져 있을 듯한 어둠에 잠겨 있었다.

주위에는 싸움의 소란도, 인기척도, 아무것도 없었다.

들리는 것은 더 거세지고 있는 듯한 눈보라의 서늘한 바람 소리뿐이었다.

"아아, 다행이다, 시드 경…… 정신이 들었어!"

앨빈이 울먹이며 시드의 얼굴을 멍하니 보았다.

"저랑 같이 가다가 갑자기 시드 경이 쓰러져 버려서…… 어떻게 된 거예요?! 괜찮은 건가요?! 어디가 안 좋은 거예요?!"

"아냐, 아무 문제도 없어."

그렇게 별일 아니라는 듯 말하고서 일어서려고 했지만.

"……윽!"

시드는 비틀거리며 한쪽 무릎을 꿇고 말았다.

아무래도 근본적으로 다리에 힘이 안 들어가는 것 같았다.

"……곤란한데. **너무 빨라.**"

그런 말을 중얼거린 시드는 전혀 일어서려고 하지 않았다.

"시드 경……?"

도무지 시드답지 않은 이변을 보게 된 앨빈이 당황하고 있으니…….

『……너무 무리한다고요, 당신은.』

별안간 그런 말이 주위에 울려 퍼졌고.

시드가 허리에 찬 검에서 인광이 일어나…… 소녀의 모습을 형성했다.

"……에클레르."

"예? 에클레르……? 에클레르라니…… 잠깐만요……
어……?"

갑자기 나타난 소녀의 모습과 그 이름에, 앨빈은 멍하니 눈을 깜빡거릴 수밖에 없었다.

앨빈이 그러든 말든, 에클레르는 기도하듯 손을 맞잡고서 뭔가를 염원했다.

그러자 허공에서 빛의 입자가 생겨나 시드에게 쏟아졌다.

빛의 입자가 시드에게 흡수되어 갔다.

……이윽고.

『좀 괜찮으세요?』

"그래. 이 정도면 어떻게든 걸을 수 있겠어. 수고 끼쳐서 미안해."

『……아뇨.』

기운을 조금 되찾고 일어나는 시드를 확인한 에클레르가 안도의 한숨을 쉬었다.

그리고 앨빈을 돌아보고서 인사했다.

『이렇게 직접 만나는 건 처음……이죠.』

"아, 네…… 응…… 뭐……."

『저는 당신의 일족을 대대로 지켜봤어요. 당연히 당신도요.』

"으, 으음……?"

『하지만 저의 힘도 이미 한계예요. 이제 시드 경을 도울 수 있는 사람은 당신밖에 없어요. 시드 경을…… 부탁할게요.』

그렇게 말하며 꾸벅 인사하고서.

에클레르의 모습은 다시 빛의 입자가 되어 무산되고, 시드의 검으로 돌아갔다.

"에클레르…… 저, 정말로, 그 빛의 요정신……?"

앨빈이 여우에게 홀린 듯한 얼굴을 하고 있으니.

"……가자, 앨빈. 지금은 앞으로 가야 해. 한시라도 빨리 엔데아에게 가지 않으면 돌이킬 수 없는 일이 벌어질 거야."

그렇게 말하고서.

시드가 벽을 짚으며, 무거운 몸을 질질 끌 듯이 한 걸음씩 앞으로 나아가려고 했고—.

"시드 경……!"

앨빈이 그런 시드 옆에 붙었다.

"앨빈?"

시드가 얼떨떨하고 있으니, 앨빈은 말없이 시드의 겨드랑이 밑에 팔을 넣어, 비틀거리는 시드를 부축했다.

"이러면…… 조금은 편해지나요?"

"그래, 고마워. 미안……."

시드가 쓴웃음을 지었다.

"말려도, 앞으로 갈 거죠? 멈추지 않을 거죠?"

"맞아, 그렇지……."

"그럼 가요. 제가…… 함께할게요."

"홋, 왕이라면 「날 따라와라」 정도는 말해야지."

그렇게 평소 같은 대화를 나누고서.

시드와 앨빈은 차갑고 어두운 성내를 천천히 걷기 시작
했다.

————.

뚜벅, 뚜벅, 뚜벅…….
고요한 성내에 두 사람의 발소리가 천천히 울렸다.
매우 느릿하지만…… 착실하게 목적지를 향해 걸어갔다.
"……."
"……."
한동안 두 사람은 말이 없었다.
그러나 먼저 그 침묵을 깬 사람은…… 뜻밖에도, 과묵한
시드 쪽이었다.
"아무것도 안 물어봐……?"
그러자.
앨빈은 희미하게 한숨을 쉬며 중얼거렸다.
"솔직히 물어보고 싶은 건 잔뜩 있어요."
"그렇겠지."
"왜 당신이 독단전행했는지. 어째서 당신이 이렇게 약해
졌는지."
역시 월을 익힌 앨빈을 상대로 쇠약해진 육체를 속일 수
는 없었다면서 시드가 쓴웃음을 지었다.

"그 외에도…… 아까 봤던 빛의 요정신에 관한 거라든가, 지금 시드 경이 허리에 차고 있는 그 요정검에 관한 거라든가, 애초에 시드 경은 어떤 존재인지."

"……."

"정말로…… 궁금한 건 한가득해요. 하지만…… 물어보면, 당신은 말해 줄 건가요?"

"……."

"「기사는 진실만을 말한다」. 거짓말해서 둘러댈 수 없다면 침묵할 수밖에 없죠……. 알고 있어요……."

"미안."

시드가 눈을 내리깔았다.

"기사로서의 내 전부와 관련된 일이야……. 내 입으로는, 도저히 말 못 해. 말할 수 없어……."

"아하하, 딱히 상관없어요. 당신이 어떤 존재든 저와는 상관없어요. 저는 왕이고…… 당신은 나의 기사죠. 그것만으로도…… 정말 그것만으로도 충분해요."

별안간 앨빈이 눈물을 글썽거렸다.

"시드 경…… 없어지지 않을 거죠?"

아무래도 앨빈 나름대로 돌이킬 수 없을 무언가를 느낀 듯했다.

앨빈은 시드를 부축하면서, 매달리는 듯한 눈으로 시드를 보았다.

"이번 일은⋯⋯ 이전과는 뭔가가 확연히 달라요. 불안해요⋯⋯. 불길한 예감이 들어요. 전부 끝나면⋯⋯ 시드 경이, 제 곁에서 사라져 버릴 것 같아서⋯⋯."

"⋯⋯."

"뭔가 이유가 있어서 일시적으로 약해졌을 뿐인 거죠? 저를 두고 어딘가로 가 버린다든가⋯⋯ 그런 일은 없는 거죠?"

"⋯⋯."

"왜냐하면⋯⋯ 시드 경은 나의 기사고⋯⋯ 나의⋯⋯ 나의⋯⋯."

시드가 침묵하자 앨빈의 목소리가 점점 약해졌다.

매달리듯 시드의 얼굴을 바라보던 시선이 내려가고⋯⋯ 고개를 숙여 버렸다.

앨빈도 사실은 알고 있었다.

애초에 지금까지 있었던 일도 기적이었다.

앨빈은 이 시대에 사는 인간이고, 시드는 전설 시대에 죽은 인간이다.

두 사람이 만나게 된 것 자체가 농담 같은 기적이었다.

앨빈도 어렴풋이 알고는 있었다.

그 기적이 끝나는 때는, 머지않아 반드시 오리라는 것을.

하지만—.

툭. 시드가 앨빈의 머리에 손을 얹었다.

「기사는 진실만을 말한다」— 나는 언제나 너와 함께 있을 거야, 앨빈."

"······?!"

그런 시드의 말에 앨빈이 퍼뜩 고개를 들었고.

"······네!"

눈물을 글썽거리며 웃었다.

"뭐, 지금은 책무를 다하러 가자고."

"네, 저랑 시드 경이 엔데아를 막아야 해요. 하지만······."

시드를 부축하며 걷는 앨빈의 얼굴에 불현듯 불안이 드리웠다.

"다들······ 괜찮을까요?"

"음?"

"그 왜······ 저랑 시드 경을 앞으로 보내기 위해서 다들 몸을 던져 줬잖아요."

"······."

"전에 없던 강적, 전에 없던 격전······ 다들 괜찮을까요?"

"글쎄. 그것만큼은 알 수 없어."

시드가 안이한 소리는 하지 않고 담담히 말했다.

"제아무리 대단한 실력을 가졌어도, 별것 아닌 일로 졸지에 목숨을 잃지. 전장이란 그런 곳이야······. 전설 시대에도 그랬어. 하물며 그 녀석들이 대치하는 것은 이 시대에는 최강급인 강적이야. 이자벨라가 가세해 준다고는 하지만, 어디까지 통용될지······."

"……."

그러나 시드는 얼굴이 어두워지는 앨빈에게 이어서 말했다.

"하지만…… 왜일까? 신기하게도 나는 걱정이 안 돼."

"……네? 어째서요?"

"그건 말이지…… **그 녀석들**이 진정한 기사이기 때문이야."

의미 불명인 시드의 말을 듣고.

앨빈은 의아해하며 고개를 갸웃할 수밖에 없었다.

────.

그곳은─ 대난전의 대격전이었다.

흐릿하게 사라지듯 발을 내디뎌 질주, 도약.

하늘로 날아오른 귀미인의 유연한 춤.

"이야아아아아아아아아아─!"

텐코의 칼이 칼집에서 뽑혀 나왔다.

휘둘리는 칼날의 은빛을 따라 진홍색 불꽃이 용솟음치고─

아래쪽에 있는 사자 경 로거스를 향해 하늘에서 덮쳐들었다.

"흥!"

하지만 로거스는 여유롭게 대검으로 막았다.

그 대검에서 타오른 압도적인 불길이 텐코의 참격을 삼

키고 대폭발을 일으켰다.

"—으아?!"

텐코의 몸은 그대로 성대하게 튕겨서 허공을 날았다.

그런 텐코를 뼈까지 불사르고자—.

"—흐읍!"

로거스가 대검을 바닥에 꽂았다.

그러자 멀리 떨어져 있는 바닥에서 압도적인 열기를 가진 화염이 불기둥처럼 솟았고.

"—윽?!"

공중에서 움직이지 못하는 텐코를 꼼짝없이 일방적으로 삼키려고 했다.

"손이 많이 간다니까!!!"

바로 그때, 똑같이 바닥을 질주한 루이제가 쌍검을 날카롭게 휘둘렀다.

그렇게 생겨난 장절한 얼음 폭풍이, 텐코를 삼키려 드는 화염의 위력을 간신히 감쇠시켰다.

텐코가 순식간에 불타는 일은 없었고, 어떻게든 월로 마나를 짜내서 방어하여 버틴 후—.

착지와 동시에 납도.

곧장 전신에 힘을 모아, 깊고 낮은 월 호흡과 함께 몸의 탄력을 폭발시켜서—.

"하아아아아아아아아아아아아아아아아앗—!"

루이제의 얼음 폭풍 때문에 시야가 가려진 로거스를 향해 그대로 신속히 돌진하고 발도했다.

붉은 섬광이 된 텐코가, 제자리에 서 있는 로거스와 엇갈렸다.

"……!"

의표를 찔린 로거스는 텐코가 가한 회심의 참격을 정통으로 맞았다.

로거스의 검은색 갑옷이 간단히 잘렸다.

잘렸지만…… 로거스의 피부에는 아주 미약한 찰과상이 생긴 정도였다.

"큭…… 방금 그걸로도 거의 대미지가 없는 건가요?!"

텐코가 뒤로 휙 뛰어서 루이제 곁으로 돌아갔다.

"조금이나마 대미지를 준 것만으로도 선전한 거겠지. 본래의 실력 차이를 생각하면, 전혀 대미지를 못 주더라도 이상하지 않으니까."

압도적인 실력 차이 앞에서 식은땀을 흘리면서도, 루이제는 의연하게 쌍검을 들었다.

"하지만…… 텐코! 지금 너의 속도와 예리함이라면, 아주 미약하긴 해도, 전설 시대의 기사에게 공격을 가할 수 있는 모양이야!"

"네! 그렇다면 상대가 쓰러질 때까지 반복할 따름이에요! 천 번이든, 만 번이든, 억 번이든!"

휙휙 칼을 돌려 순식간에 납도.

텐코가 재차 깊이 자세를 낮추며 몸을 비스듬히 틀었다.

하지만 텐코도 루이제도, 절망적인 기분은 지울 수 없었다.

이 두 사람은 현재 캘바니아 왕립 요정기사 학교의 종기사 중에서는 투 톱이다.

게다가 루이제는 빙결계 요정검과 요정마법을 습득해서, 화염계 요정검을 쓰는 로거스와의 싸움에서는 상성이 유리했다.

그런 두 사람이 함께 온 힘을 다해서 덤벼도, 로거스는 전혀 흔들리지 않았다. 흔들릴 기색조차 없었다. 마치 거대한 바위나 거인을 향해 하찮은 잔재주를 부리고 있는 것 같았다.

이런 괴물을 상대할 수 있는 시드의 위대함이, 전설 시대 기사의 차원이 다른 압도적 수준이 피부로 느껴졌다.

하지만, 그래도—.

"저희끼리 할 수밖에 없어요……!"

"시드 경과 앨빈이 마왕 엔데아를 쓰러뜨릴 때까지…… 해치우진 못하더라도 최소한 발은 묶어 둬야 해……!"

텐코와 루이제가 결사의 각오로 거리를 가늠하고 있으니.

"……그렇군. 겨우 생각났어."

별안간 로거스가 그런 말을 하기 시작했다.

"어디서 본 적 있는 칼 솜씨인 것 같더라니…… 거기 있는 귀미인은 그때 그 여자를 빼닮았군."

그런 로거스의 중얼거림을 듣고.

텐코가 눈썹을 치켜올리고, 귀를 곤두세우고, 적의를 드러냈다.

"드디어 생각났나요? 맞아요, 저는 당신이 멸망시킨 천화월국의 생존자고…… 당신이 죽인 무인이자 저의 엄마…… 아마츠키 텐키의 딸이에요……!"

"그런가. 그때 그 아이가…… 너인가……."

어딘가 먼 곳을 바라보는 듯한 눈으로 로거스가 중얼거렸다.

"네. 저는…… 그 후 지옥을 봤어요. 힘들고 무서워서 다 버리고 도망치고 싶었던 적도 있어요. 하지만…… 지금 저는 여기 서 있어요! 기사로서 서 있어요!"

"……."

"당신은 조국과 어머니의 원수. 저는 당신을 아주 증오해요. 용서할 수 없어요. 하지만 지금은 그것보다도…… 기사로서, 제 소임을 다할 뿐이에요! 자, 덤벼라! 악독한 기사여! 나는 올바른 앨빈의 기사로서, 네놈의 악랄함을 이 검으로 심판하겠다! 각오해라!!!"

그런 텐코의 말을 듣자.

로거스의 뇌리에, 옛 기억이 되살아났다—.

―나는 로거스 뒤란데!

―죄 없는 백성을 핍박한 극악무도한 놈들이여! 나의 이름을 저승길 선물로 가져가라!

―올바른 성왕 아르슬의 기사로서, 네놈들의 악랄함을 내가 심판해 주겠다!

"……어째서, 이렇게 되어 버렸을까."

불현듯 흘린 로거스의 중얼거림에.

"뭐가?!"

텐코가 공격적으로 반응했다.

로거스는 그런 텐코를 다시금 보았다.

한없이 올곧게, 사명감과 긍지로 타오르고 있었다.

그건 단순한 만용이나 광신이 아니라, 사람으로서 느끼는 공포를 뛰어넘은 용기의 빛이었다.

옆에 있는 루이제도 같았다.

그녀도 양보할 수 없는 일선을 지키기 위해, 당해 내지 못할 절망적인 상대에게 맞서고 있었다.

로거스가 대치하고 있는 두 소녀는…… 시드의 제자들은…… 올바르게 기사였다.

압도적으로, 자신보다도.

"얄궂은 일이군. 우리의 기사도를 끝내고 싶지 않아서 발버둥 쳤는데…… 이미 끝났다는 것을 이렇게 알게 될 줄

이야. 새삼 말해 봤자 별수 없는 일이긴 하지만."

척…… 로거스가 대검을 고쳐 들었다.

"좋다. 새 시대의 젊고 올바른 기사들이여. 하지만 숭고함이나 올바름, 기사도만으로는 전장을 이야기할 수 없다. 어느 시대든 전장을 말하는 것은 극한의 무예뿐! 올바름을 말하는 너희는 실로 전장을 말할 수 있을까?!"

"……?!"

"나는 암흑기사, 사자 경 로거스 뒤란데! 잔학무도하며 냉혹하기 짝이 없는, 기사라 할 수 없는 폐립의 기사! 전장을 말하는 것에 관해서는 나를 능가할 자가 없으니! 어디 한번 해 봐라! 너희의 기사도가 올바르다는 것을 이 전장에서 증명해 봐라!"

"말할 것도—."

"—없다!!!"

그렇게 외치고.

텐코가 오른쪽에서, 루이제가 왼쪽에서.

로거스를 향해 사납게 돌격했다.

────.

"—흥!"

루크가 창을 휘두르자 압도적인 폭풍이 휘몰아쳤다.

"으아아아아아아아아아아악—?!"

"크으으으으으으으으으으으으으으으으으윽—?!"

그 장절한 풍압에 크리스토퍼, 일레인, 세오도르, 리네트가 나뭇잎처럼 날아갔다.

"장난 아니네. 엄청 강해……!"

"무슨 짓을 해도 접근할 수 없어요……!"

"그렇다면 몇 번이고 덤빌 뿐이야……!"

"저희의 전부를 다해서……!"

"그래, 교관의…… 시드 경의 가르침을 떠올리는 거야! 전부!"

그렇게 말하고서.

블리체 학급의 학생들이 죽음을 각오한 얼굴로 각자의 요정검을 들고…… 전설 시대의 아득히 높은 벽— 일각수 경 루크와의 거리를 조금씩 가늠했다.

그런 학생들을.

"……."

루크가 보고 있었다. 말없이 보고 있었다.

어째선지 루크가 먼저 공격하는 일은 없었고, 그저 말없이 학생들의 공격을 바라보고 있었다.

학생들의 공격을 막고 처리하는 것에만 주력하고 있었다.

그런 루크를 보고 크리스토퍼가 혀를 찼다.

"뭐야? 왜 진심으로 안 싸우는데? 얕보는 거야? 아니면 우리 따위는 언제든 순식간에 해치울 수 있다는 건가?"

"뭐, 그렇더라도 이상하지는 않지만요."

"그건 그것대로 좋지. 그렇다면 앨빈과 시드 경이 조금이라도 편해지도록, 일격이라도 가해서 대미지를 줄 따름이야……. 이 몸과 맞바꿔서라도."

"무, 무섭지만…… 교관님을 위해서라면……!"

그러자.

루크가 희미하게 웃었다.

"왜, 왜 웃어!"

"아뇨, 죄송해요. 딱히 일부러 봐준 건 아닙니다. ……조금, 당신들이 부러워서요."

"……?"

그러고서 루크는 학생들이 보는 앞에서 투구를 벗어 버렸다.

그렇게 나타난 아름다운 여성의 얼굴을 보고 학생들이 숨을 삼켰다.

얼굴에 난 상처가 없었다면 대체 어디 사는 미희인가 싶었을 외모였다.

"예전에는 저도 시드 경에게 가르침을 받았었어요……. 그래요, 시드 경은…… 제 교관이었어요."

"……!"

"아무래도 당신들은 시드 경에게 호된 훈련을 받은 모양이에요. 싸우는 방식이나 솜씨를 보면 알 수 있어요. 시드 경의 지도하에, 당신들은 오로지 단련에 전념했어요. 아직 햇병아리지만, 나쁘지 않아요. 무엇보다 기사다워요. 그게…… 몹시 부러워서."

"……"

"그리고 당신들은 무예뿐만 아니라, 기사로서의 혼도 확실히 시드 경으로부터 물려받은 것 같네요. 아주 눈부셔요. 어쨌든…… 제가 이 모양이니까요. 그래도…… 저는 그와 함께 있고 싶었어요. 그의 곁에 설 수 있는 유일무이한 장소인 전장을…… 영원한 것으로 만들고 싶었어요."

"……"

"……시답잖은 얘기를 했네요. 시작하죠."

루크가 창을 들었다.

"나는 암흑기사. 일각수 경 루크…… 아니, 루시 앤서로. 나는 우리 시대의 끝을 인정하지 않는다. 시대의 흐름을 인정하지 않는다. 설령 이 세계가 죽음과 겨울에 갇히더라도 영원을 바라니. 좋았던 옛 기사들의 시대를 영원한 것으로 만들기 위해, 나는 창을 휘두르리라. 거부하겠다면, 무예로 옛것을 타도하여 새 시대를 열어라. 우리의 이치는 원래부터 그러하다."

"뭔지 잘 모르겠지만―."

"―해 주겠어요!"

이리하여.

루크와 블리체 학급 학생들도 정면으로 뜨겁게 격돌했다.

―――――.

그렇게 블리체 학급 학생들과 전설 시대의 기사가 싸우는 와중에, 그 주위에서는.

"오오오오오오오오오오오오오오오오오오오오오오오―!"

"와아아아아아아아아아아아아아아아아아아아아아아―!"

캘바니아 요정기사단과 암흑기사단이 격렬하게 맞부딪쳐 뒤섞여서 싸우고 있었다.

"괜찮아요! 다 같이 힘을 합치면 저희는 지지 않아요! 교관님에게 처맞을 때와 비교하면 이딴 녀석들은 별것 아니에요!"

캘바니아 왕국 측의 중심 전력은, 유노를 필두로 한 블리체 학급의 1학년 종기사 중에서도 특히 월 재능이 뛰어난 자와, 요한과 올리비아 같은, 왕립 요정기사 학교 내에서도 시드에게 월을 배운 실력파 2학년 종기사들이었다.

그런 그들이 최전선에 서고, 베테랑 요정기사들이 보좌하여, 암흑기사들에게 대항하고 있었다.

그리고 무엇보다 큰 역할을 하고 있는 것은—.

"상냥한 물의 흐름으로 그 상흔을 치유하라!"

"결박하라, 수면 가시나무!"

"붉은 꽃잎은 불꽃에 춤추라!"

기사단의 후방에 있는 집단…… 이자벨라가 이끄는 《호반의 여인》들이었다.

반인반요정인 그녀들이 마법으로 원호하기에, 캘바니아 요정기사단은 암흑기사단에 대항하고 있었다.

성내 현관홀이라는 한정적인 공간이라는 것도 좋게 작용하여, 전력 면에서 불리한 상황임에도 이렇게 팽팽한 접전을 벌일 수 있었다.

"이자벨라 님! 현재로서는 호각입니다! 지고 있지 않아요!"

보좌관인 리베라의 보고를 듣고 이자벨라가 조용히 고개를 끄덕였다.

"……시드 경 덕분이죠. 결과론이지만."

전황을 냉정히 판단하여 구역 전체를 마법으로 원호하면서, 이자벨라가 생각에 잠겼다.

시드가 실종됐다.

이자벨라도 한때는 눈앞이 캄캄해지는 것 같았다.

북쪽 마국과의 싸움이 전에 없이 혹독한 싸움이 되리라는 것은 생각할 것도 없었다.

그런 싸움을 시드 없이 대체 어떻게 치른단 말인가?

우리를 버린 건가? 싶어서 슬퍼졌고.

역시 야만인이었나? 전설은 전설에 불과했나? 싶어서 화도 났다.

하지만 냉정히 생각해 보면 시드가 사라진 이유는 명백했다.

누구나 바로 알 수 있는 일이었다.

시드는— 싸우러 간 것이다.

무슨 이유가 있는지는 모르겠지만, 혈혈단신으로 싸우러 간 것이다.

기사인 시드가 어떻게 북쪽 마국으로 곧장 가는 요정의 길을 열었는지는 불명이지만, 그가 이 상황에서 꽁무니를 뺄 리가 없었다.

그렇기에 이자벨라는 모을 수 있는 병력을 최대한 모아서 빠르게 의식을 준비하고…… 시드가 있는 곳으로 역소환을 감행했다.

'번즈 님, 아이기스 님, 카임 님…… 캘바니아 요정기사단 사람들이, 시드 경이 남긴 말에 감화되어 참전을 결심하면서 전력이 빨리 갖춰진 것도 크게 도움이 됐죠…….'

하지만 왜 시드는 혼자서 가 버렸는가……. 평소의 그를 아는 만큼, 그걸 도무지 이해할 수 없었다.

그래도.

'시드 경, 당신은 기사 중의 기사! 이유는 알 수 없지만, 당신은 혼자서 가야만 했던 거예요⋯⋯. 그렇죠?!'

이자벨라가 마법을 사용하며 그렇게 마음속으로 외쳤다.

이에 답해야 할 인물은 지금 이곳에 없지만⋯⋯.

'이 싸움이 끝나면⋯⋯ 전부 듣겠어요! 저는 아직, 당신을 좀 더 알고 싶다고 줄곧 생각했으니까⋯⋯ 그러니까⋯⋯! 여긴 제게 맡겨 주세요! 그리고 아무쪼록 앨빈을 부탁드려요!'

시드의 역할과, 자신이 완수해야 할 역할.

그것을 분별하고서, 《호반의 여인》의 무녀장은 지금 자신이 해야 할 싸움에 집중하기 시작했다.

───.

'젠장⋯⋯ 젠장!'

그때, 뒤란데 학급의 2학년 종기사 가트는 만신창이가 되어 천장을 올려다보고 있었다.

마찬가지로 쓰러진 기사들과 함께 바닥을 나뒹굴고 있었다.

타고나길 튼튼하게 태어나기도 했지만, 그래도 아직 살아 있는 것 자체가 기적이었다.

당연했다.

요정검의 힘을 잃은 기사가 본연의 실력만으로 암흑기사

와 맞부딪치면, 아무리 《호반의 여인》들이 마법으로 원호해 준다고 해도, 일방적으로 격파당하는 것이 뻔한 결말이었다.

하지만, 그래도, 일부 월 사용자들을 위해 몸을 던지는 것이…… 지금 가트에게 주어진 역할이었다.

'나…… 한심하네……!'

자신은 선택받은 존재라고 생각했었다. 특별한 존재라고 생각했었다.

하지만 막상 뚜껑을 열어 보니 어떠한가?

요정검이 없으면 아무것도 못 하는 잔챙이 아닌가.

이것이 기사의 모습인가?

이렇게 꼴사납게 나뒹굴며 천장을 올려다보는 모습이.

오만하고 생각이 얕은 가트도 일단은 기사였다. 전에 없던 이 국난에, 자신도 뭔가 해야만 한다는 것 정도는 알고 있었다.

하지만 실제로는…… 아무것도 할 수 없었다. 기껏해야 고기방패가 되는 것이 고작이었다.

그에 비해 블리체 학급 녀석들은. 시드의 가르침을 받은 녀석들은.

전설 시대의 기사와 암흑기사를 상대로…… 일방적으로 밀리고 있긴 하지만, 필사적으로 싸우고 있었다.

자신이 해야 할 일을 똑바로 보고서 자신의 기사도를 관철하는 최소한의 강함이 있었다.

피투성이가 되면서도 한 발짝도 물러나지 않고 계속 싸우는 그들의 모습은—.

'아아, 젠장…… 저 녀석들 멋있잖아……!'

생각해 보면.

가트도 처음에는 그런 기사를 동경하지 않았던가?

그런 기사가 되고 싶어서, 그런 기사를 목표로 삼지 않았던가?

하지만…… 생각은 썩어 버렸다.

요정검의 검격이라는 절대적인 벽. 위쪽으로는 절대 따라잡을 수 없다는 열등감. 아래쪽으로는 압도적 우위를 점할 수 있다는 우월감. 검격만이 중시되는 기사단의 풍조.

그런 풍조에 치이다 보니, 어느새 가트의 기사도는 썩어 버렸다.

그 결과가— 이것이었다.

이럴 때 누구보다도 선두에 서서 싸우는 역할은 타인에게 뺏기고, 자신은 이렇게 아무것도 못 하고서 웅크리고 있었다.

'젠장…… 젠장……!'

분해서 눈물조차 났다.

하지만.

그래도.

'썩었어도…… 나는 기사라고……!'

가트는, 지금은 힘을 잃은 요정검을 지팡이 삼아 일어났다.

'기사라면…… 아직 이렇게 팔과 다리가 움직이는 이상…… 자빠져 자고 있을 수 없어……. 설령 죽더라도…… 이보다 더 꼴사나운 모습은, 보일 수 없단 말이다……!'

그렇게 마음속으로 생각하고서.

가트는, 결코 주역이 될 수 없는 단순한 일개 병사로서의 싸움에 다시 임했다.

―――.

다양한 생각이 교차하는 싸움은 계속된다.

다들 양보할 수 없는 생각을 가슴에 품고서 눈앞의 적에게 맞섰다.

조국을 지키자며, 왕을 위해 싸우자며 의기충천한 캘바니아 왕국군 측은, 시간이 한정된 싸움이라는 특수한 상황 덕분에 암흑기사단과 팽팽한 접전을 벌이고 있었다.

하지만.

본래의 전력 차이는 뚜렷했다.

지금의 접전 상태도 곧 뒤집힐 것이다.

결국 모든 것은.

시드와 앨빈에게 달려 있었다.

두 사람의 싸움이 어떤 결말을 맞는지에 따라, 이 나라와 이 세계의 운명이 전부 갈리는 것이다—.

제6장 운명의 쌍둥이

아래층에서 벌어지고 있는 싸움의 소란도 멀기만 하여.

쥐 죽은 듯 고요한 다크네시아성 최상층, 옥좌가 있는 방에서.

"……."

엔데아는 혼자 옥좌에 앉아, 팔걸이에 팔을 올리고 턱을 괸 채 허공에 정처 없이 시선을 두고 있었다.

최후의 결전이 시시각각 다가오고 있음을 느끼며, 그저 멍하니 생각에 잠겨 있었다.

'어째서…… 이렇게 되어 버렸을까…….'

문득 작게 한숨을 쉬었다.

그리고 눈을 감고서, 지나간 기억의 잔재를 잠시 들여다보았다.

~~~~~.

"오늘은 이만 가야겠다……."

수제 그림책을 덮고, 알마 언니가 일어났다.

"고마워, 알마 언니! 시드 경의 얘기, 오늘도 무척 즐거웠어!"

나는 아쉬워하면서도, 알마 언니에게 특상의 미소를 보여 줬다.

평소와 같은 비밀의 방에서, 평소와 같은 두 사람의 시간.

애초에 불행이라는 개념을 모른다면, 자신이 불행하다고 느끼지 않는 것처럼.

당시의 나는 내 처지를 별로 불행하다고 여기지 않았다.

알마 언니와 보내는 나날은, 비록 좁은 새장 속이어도, 행복했기 때문이다.

다만…….

『아뇨, 당신은 불행해요, 엘마 님.』

『이런 곳에 갇히고. 이런 곳에서 생을 마치다니.』

『진정한 행복도, 기쁨도, 사랑도 모른 채.』

『아아, 불쌍해라. 불쌍하고 불쌍해라…….』

이러고 있을 때도 이따금 들려오는 소리가.

내 안에 있는 **그 검**의 소리가…….

몹시도— 불쾌해서…….

…….

"왜 그래? 엘마?"

"……!"

문득 알마 언니가 내 얼굴을 들여다봐서 정신이 들었다.

"아, 아니, 아무것도 아니야, 알마 언니!"

"정말……? 뭔가 안색이 안 좋고, 굉장히 무서운 얼굴을 하고 있었는데……?"

"괜찮아! 괜찮아! 정말 아무것도 아니야!"

나는 황급히 고개를 휘휘 저어서 부정했다.

그 검의 목소리는 알마 언니에게 알려 주고 싶지 않았다.

알마 언니가 이런 나를 기분 나쁘게 여겨서 찾아오지 않게 되는 건 싫었다.

어차피 나는 평생 여기서 나갈 수 없다.

그렇다면 죽을 때까지 내 가슴속에 담아 두면 된다.

그렇게 내가 생각하고 있으니.

"나는 이만 돌아갈게, 엘마."

갈 시간이 된 알마 언니가 작별 인사를 건넸다.

"아, 응…… 또, 또 보자, 언니!"

"미안…… 내일부터 아바마마랑 할 일이 좀 있어서 나가야 하는지라…… 한동안 엘마를 볼 수 없어."

그런 알마 언니의 말을 듣자 따끔따끔, 하고.

바깥세상을 자유롭게 돌아다닐 수 있는 것에 대한 희미한 질투와 외로움이 내 가슴을 찔렀지만.

그런 안 좋은 마음은 곧장 가슴속 깊숙한 곳으로 밀어

넣고서, 나는 미소 지었다.

"난 괜찮아! 언니도 힘내!"

"응…… 엘마…… 외롭지 않아? 괴롭지 않아?"

"아무렇지도 않아! 왜냐하면 나한테는 언니가 있는걸!"

————.

언니가 떠나고 며칠이 지났다.

지금은 겨울.

쇠창살이 끼워진 창문 밖에서는 눈보라가 치고 있었다.

윙윙거리는 차가운 눈보라 소리와 난로가 타닥타닥 타는 소리.

나는 썰렁한 방에서 혼자 침대에 들어가 생각했다.

나는…… 딱히 상관없었다. 평생 여기서 나가지 못하더라도.

알마 언니와 짧은 시간을 함께 보낼 수 있다면 그걸로 좋았다. 행복했다.

……하지만.

최근 알마 언니가 나를 보러 와 주는 빈도가…… 시간이, 점점 줄어들고 있었다.

어쩔 수 없다. 알마 언니는 왕이 될 거니까.

하지만, 내 마음속 불안은 점점 커졌다.

어쩌면, 언젠가.

알마 언니는…… 나를 전혀 안 찾아오게 되는 것 아닐까?

나 같은 건 완전히 잊어버리는 것 아닐까?

『당연히 잊어버리겠죠.』

『애초에 그 아이가 당신을 만나러 오는 건, 그저 당신에 대한 우월감 때문이에요.』

『비참한 당신을 보면, 자신이 축복받았음을 실감할 수 있으니까.』

『그 아이에게 당신은 그 정도 존재예요.』

시끄러워.

『애초에 그 아이가 없었다면, 그 자리는 당신 거였을 텐데.』

『그 아이처럼 바깥을 자유롭게 돌아다닐 수 있었을 텐데.』

『왕으로서 이 나라 전체를 손에 넣을 수 있었을 텐데.』

『많은 사람에게 둘러싸여 있었을 텐데. 금이야 옥이야 사랑받았을 텐데.』

……시끄러워.

『아아, 불쌍해라. 불쌍하고 불쌍─.』

"시끄러워! 시끄러워시끄러워시끄러워시끄러워시끄러
워—!"

어느새 나는 베개를 마구 때리고 있었다.

그럼으로써 **그 검**의 목소리는 잠잠해졌지만…… 갈래갈
래 흩어진 내 마음은 수습되지 않았다.

"하아…… 하아…… 흑…… 알마…… 언니……."

요즘은 정말로 나 자신이 싫어졌다.

그 검의 목소리가…… 점점 나의 진짜 마음이 되고 있었다.

알마 언니는 정말로 그 검이 말한 것처럼 생각하고 있는
게 아닐까?

알마 언니가 없었다면, 나는 자유롭고 행복하지 않았을까?

그런 공포가, 안 좋은 감정이…… 내 마음 한편에서 나날
이 쑥쑥 자라는 것을, 도저히 막을 수 없었다.

내가 아주 싫은 아이가 되어 가는 것 같아 무서워서……
자신에게 말했다.

나는 행복해. 나는 행복해. 나는 행복해.

그래, 나는 행복하니까…….

그렇게 내가 자신을 타이르고 있을 때였다.

쿵쿵쿵쿵!

문밖에서 누군가 내 방으로 뛰어오는 발소리를 듣고 고

개를 들었다.

"아……. 언니일까……? 또 와 줬구나……."

하지만 그렇다고 하기에는 소리가 묘했다.

평소에 언니는 이렇게 큰 발소리를 내지 않고, 애초에 한 명의 발소리가 아니었다.

뭐지? 하고 생각하며 내가 눈을 깜빡이고 있으니.

콰앙!

문이 벌컥 열리며, 흉흉한 기세의 여성이 나타났다.

"힉?!"

귀기가 감도는 형상을 보고 나도 모르게 몸을 움츠렸다.

그 인물은…….

"에, 에바…… 님……? 그리고 알마 언니……?"

《호반의 여인》의 무녀장 에바.

그 사람이 알마 언니를 데리고 갑자기 내 방에 들이닥친 것이다.

에바 님은 아주 무서운 얼굴로 나를 보고 있었고.

알마 언니도 뭔가 아주 슬픈 얼굴로 나를 보고 있었다.

"저, 저기…… 둘 다 무슨 일이야? 나, 나, 제대로 착하게 있었어."

평소와 달라 보이는 두 사람의 모습에 나는 당황할 수밖에 없었고.

그리고…….

~~~~~.

끼이이이이이이익…….

고목이 밀리는 것 같은 소리가 옥좌의 방에 울려 퍼졌다.

올려다봐야 할 만큼 큰 문을, 누군가가 반대쪽에서 밀어 연 것이다.

그 소리를 듣고, 과거를 헤매던 엔데아의 의식은 현재로 돌아왔다.

열린 문 너머를 보니— 두 사람이 서 있었다.

앨빈과 시드였다.

"……왔구나, 알마 언니."

엔데아의 중얼거림에는 대답하지 않고서, 앨빈은 의연하게 엔데아를 향해 걸어왔다.

시드는 기사답게 곁을 따랐다.

그런 두 사람의 모습을 보고, 옥좌에서 턱을 괴고 있던 엔데아는 비아냥거리듯 입꼬리를 올렸다.

"……**그때**랑 똑같네."

"……?"

"그래…… **그때도**…… 밖에서 무섭도록 눈보라가 휘몰아치는 겨울밤이었어."

"뭘 말하는 거야?"

"당연한 거 아니야? 알마 언니가…… 나를 배신한 그날 말이야."

그렇게 엔데아는 미워 죽겠다는 얼굴로 앨빈을 향해 씹어뱉듯 말하고서.

드레스 자락을 잡고 우아하게 인사했다.

"세계를 멸망시킬 마왕인 나의 거성에 잘 왔어. 성왕을 잇는 올바른 앨빈 왕. 그리고 그 슬하의 첫째 기사 《섬광의 기사》 시드 경—."

그러자.

"……엔데아. 약속한 대로 왔어."

역시 몸 상태가 안 좋은지, 시드가 살짝 비틀거리며 앞으로 나왔다.

그리고 시드는 지금껏 한 번도 뽑지 않았던 검의 손잡이를 잡고…… 마침내 뽑았다.

빛의 요정검 《여명》.

공교롭게도 앨빈의 요정검과 똑같은 이름을 가진 검이, 옥좌의 방에 있는 암울한 어둠을 거룩한 빛으로 살짝 몰아냈다.

"……."

엔데아는 동경하는 기사가 자신에게 검을 뽑는 모습을 보고, 분한 듯 슬프게 눈을 찡그리더니…… 이윽고 내씹듯 말했다.

"……이렇게 될 줄 알았어. 좋아. 어차피 난 마왕인걸."

엔데아가 손을 들었다.

허공에 서린 압도적인 어둠 속에 손을 넣고, 거기서 한 자루 검을 꺼냈다.

엔데아가 마왕으로 각성하면서, 새로운 형태, 새로운 힘을 얻은 세계 최강의 요정검.

존재하는 것만으로도 공간을 찌그러뜨리는 듯한 압도적인 마나압이 주위를 덮쳤다.

"덤벼! 나는 이 세계에 영원한 죽음의 겨울을 가져와서 이 세계를 영원히 지배할 거야! 방해한다면, 시드 경이든 알마 언니든 베어 주겠어!"

엔데아가 검을 들었다.

역시 마왕인지, 이전과는 차원이 다른 마나가 전신에서 흘러넘치기 시작했다.

시드가 그런 엔데아에게 대항하여 말없이 쌍검을 들려고 했고―

"기다려 주세요."

갑자기 제지하는 말이 나왔다.

앨빈이었다.

"시드 경, 기다려 주세요. 저는 엔데아와…… 아니, 엘마와 얘기하고 싶어요."

"이제 와서 할 얘기가 있어?!"

격렬하게 반응한 것은 엔데아였다.

"나는 세계를 멸망시킬 마왕이고! 너는 세계를 지키는 기사를 거느린 왕! 이렇게 마주 보고 대치한 이상, 우리가 할 일은 죽고 죽이는 것뿐이야!"

하지만 그런 엔데아의 고함을 무시하고서.

"……시드 경, 괜찮을까요?"

앨빈은 시드에게 매달리는 듯한 시선을 보냈다.

"훗, 어쩔 수 없지."

그러자 시드가 온화하게 입가를 일그러뜨렸다.

"네가 그러고 싶다면, 나는 그걸 따를 뿐이야."

"……고마워요."

그렇게 말하고서, 앨빈은 엔데아 앞으로 갔다.

운명의 쌍둥이 자매가 정면으로 마주 보았다.

"네가 누군지…… 생각났어, 엘마."

"아, 그러셔."

"이건 완전히 변명이지만…… 아무래도 나한테 마법이 걸려 있었던 것 같아. 기억을 조작하는 마법…… 아마 당시의 무녀장인 에바 님이 너의 존재 자체와 관련된 기억을 봉인했던 것 같아."

"……그래서?"

"어릴 적에 네가 그 비밀의 방에 갇혀 있었던 건…… 그것 때문이지? 왕가의 구전……."

왕가에는— 전해 내려오는 이야기가 하나 있었다.

시조 아르슬의 계보인 왕위 계승자와 《호반의 여인》의 무녀장에게만 구전되는, 문외불출의 비밀이 있었다.

그리고 그건— 파멸의 예언이자, 성왕가에 내려진 저주이기도 했다.

『언젠가 왕가에 쌍둥이가 태어나리라.』

『한쪽은 빛의 요정신의 축복을 받은 올바른 성왕의 재림이지만, 다른 한쪽은 어둠의 요정신의 저주를 받은 악한 마왕의 재래이니.』

『그러므로 쌍둥이 중 하나를 죽여야 한다.』

『마왕의 재래를 죽여야 한다.』

『그러지 않으면, 죽음과 정적과 영원의 겨울이 다시 세계를 품을 것이다—.』

"그래, 맞아. 그 탓에 나는 줄곧 갇혀 있었어."

이야기할 마음이 들었는지.

엔데아는 콧방귀를 뀌고서 말했다.

"……우리의 선조님, 성왕 아르슬이 왕가와 《호반의 여인》들에게 직접 남긴 구전이라고는 하지만, 그건 먼 옛날 이야기. 세대를 넘어 구전되는 사이에 아무도 진심으로 안 받아들였을 거고, 애초에 성왕 아르슬의 계보에서 대체 왜 마왕이 태어나겠어? 에클레르의 축복을 받은 성왕과, 오푸스의 저주를 받은 마왕. 대척점에 있는 두 존재가 혈연관계가 된다니, 말도 안 되잖아?"

"평범하게 생각하면 그렇지."

"그래. 다들 그렇게 허투루 보고 있었어. ……왕가에 우리가 태어나기 전까지는."

그렇게 말하고서 엔데아가 자신의 검을 보여 줬다.

"검정 요정검 《황혼》— 지금은 **어둠**의 요정검 《황혼》이지만…… 전설 시대에 마왕이 사용했던 검과 똑같은 이름을 가진 요정검……. 나는 말이지, 태어날 때부터 이걸 가지고 있었어."

"……?!"

"그 오래된 구전이 진실임을 다들 확신했어. 애초에 이것 말고도 왕가에 전해 내려오는 이야기는 여럿 있지만, 이러니저러니 해도 전부 진실이었다는 것은 왕국의 역사가 증명하잖아? 그럼 쌍둥이와 관련된 구전만 예외라는 건…… 있을 수 없지. 마왕이 재래한 것에 다들 술렁거렸고, 당연히 나는 탄생과 동시에 살처분이 결정됐어. 당시 《호반의 여인》의 무녀장 에바는 마왕의 재래를 특히나 두려워해서, 나를 처분해야 한다고 아주 강력히 주장했다고 해. 하지만…… 그것에 이의를 제기한 사람이 있었어. 우리의 아버지— 아르드 왕이야."

"아바마마……."

앨빈은 지금은 세상에 없는 아버지를 떠올렸다.

앨빈의 아버지 아르드 왕은 우수한 정치가이자 우수한 무인이었다. 왕가의 힘이 약한 이 시대에도 나라를 잘 다스려서 백성에게 사랑받은, 어진 왕이라고 할 수 있는 인물이었다.

하지만 결국 그는 왕이기 이전에…… 아버지였던 모양이다.

"아버지는 갓 태어난 나를 도저히 죽일 수 없었나 봐. 나를 살려 달라고, 당시의 무녀장인 에바에게 필사적으로 탄원했다고 해."

"아바마마……."

"완고한 에바도 아버지의 간청에 뜻을 굽혔어. 나만큼은 절대 밖에 나갈 수 없는 특별한 방에 유폐……라고 할까, 봉인하고, 평생 바깥에 내보내지 않겠다는 조건으로, 에바는 나를 살리기로 했어. 그게 바로…… 그 비밀의 방이야. 나와 언니의 보잘것없는, 작디작은 세계. 어린 나의 전부

였던 세계."

이제는 아득한 과거가 된 그때를 떠올리고 어떤 향수라도 느꼈는지.

엔데아는 눈을 가늘게 뜨고서 먼 곳을 보고 있는 것 같았다.

"……."

"……."

한동안 앨빈과 엔데아 사이에 침묵이 흘렀다.

바깥에 휘몰아치는 눈보라 소리만이 옥좌의 방에 싸늘하게 울렸다.

……이윽고.

"그래서…… 그런 거야? 엘마."

앨빈이 엔데아에게 질문을 던졌다.

"너는…… 너를 가두는 이 세계 자체를 미워했어. 너의 존재 자체를 부정하는 왕가와 이 나라를 미워했어. 그래서…… 멸망시키는 거야? 전부."

그런 앨빈의 말을 듣고.

"……뭐?"

엔데아가 눈을 치켜떴다. 어딘가 과거를 그리워하는 듯하던 분위기가 일변하여, 세찬 격정에 몸을 떨기 시작했다.

"있잖아, 무슨 소릴 하는 거야? 알마 언니. 그거 진심으로 하는 소리야?"

"⋯⋯?!"

엔데아의 험악한 기세에 압도당한 앨빈이 저도 모르게 한 걸음 물러났다.

그런 앨빈에게 추격타를 가하듯 엔데아가 쏘아붙였다.

"나는! 언니가 있어 준다면! 그걸로 좋았어!!! 평생 그 좁은 새장에서 나가지 못하더라도! 언니만 있어 준다면⋯⋯ 딱히 상관없었어! 언니랑 같이 시드 경 얘기를 하고⋯⋯! 같이 놀고⋯⋯! 나는 충분히 행복했어! 이 나라를 멸망시키겠다든가! 이 세계가 밉다든가! 그런 생각은 한 적도 없었어!"

"그, 그럼, 어째서⋯⋯?"

"그러니까 언니가 그걸 묻는 거냐고! 이 배신자! 비겁한 놈! 언니가 나한테 한 짓을 잊었어?! 아니면, 그 부분만 편리하게 여전히 기억이 안 나나 봐?!"

"엘마⋯⋯ 미안, 네가 무슨 말을 하는 건지 모르겠어! 내가 널 배신했다고? 그게 대체 무슨 말이야? 확실히 나는 갇혀 있는 너에게 아무것도 못 해 줬어⋯⋯. 무력했어! 하지만 언젠가 너를 그 방에서 꺼내 주겠다고, 어린 마음에도 그렇게 생각해서⋯⋯."

"실없는 소리는 더 듣고 싶지 않아!"

엔데아가 요정검으로 바닥을 때렸다.

압도적 충격파의 살인적인 냉기가 휘몰아치며 순식간에

앨빈을 삼켰다.

보통 같으면 즉사지만—.

"……."

말없이 앨빈 앞에 선 시드가 벽이 되어서 앨빈을 지켰다.

그 모습을 보고 엔데아가 증오스럽다는 듯 말했다. 아주 큰 저주를 담아서.

"정말로…… 언니는 나한테서 전부 뺏어 가는구나! 만족해?!"

"그러니까 엔데아…… 너는 대체 무슨 소리를……?"

"끝까지 시치미를 떼시겠다? 아니면 정말로 잊어버렸어? 매정하네! 좋아! 말해 줄게! 잊어버렸다면 생각나게 해 줄게! 그날, 언니가 나한테 무슨 짓을 했는지—!"

~~~~~.

그래, 그것은—.

이렇게 무섭도록 눈보라가 휘몰아치던 밤이었다.

갑자기 내 방에 에바와 알마 언니가 찾아왔다.

"저, 저기…… 둘 다 무슨 일이야? 나, 나, 제대로 착하게 있었어."

평소와 달라 보이는 두 사람의 모습에 내가 당황하고 있으니.

"정말인가요? 앨빈 왕자님."

"네…… 제가 봤어요……."

에바와 알마 언니가 심각한 얼굴로 뭔가를 상담했다.

"어, 언니, 왜 그래……? 뭐, 뭔가 얼굴이, 무서워……."

대체 무슨 일이냐고 내가 물어보려고 하자.

"……."

에바는 나를 무시하고서 내 옷장으로 걸어가더니…… 닥치는 대로 서랍을 열어 안을 물색하기 시작했다.

내 소중한 옷이 거칠게 내던져졌다.

"하, 하지 마, 에바, 그만둬! 왜 이런 짓을 하는 거야?!"

나는 황급히 에바의 팔에 매달렸다.

"언니! 알마 언니! 에바를 말려 줘!"

하지만 알마 언니는 아무 말도 해 주지 않았고…….

이윽고 에바는 내 옷장에서 **그것**을 꺼냈다.

에바는 말없이 **그것**을 내 코앞에 들이댔다.

그건 손수건이었다.

알마 언니에게 받은 손수건.

하지만 어느새 피 같은 게 묻어 있었고, 보기만 해도 속이 안 좋아지는 끔찍한 문양이 그려져 있었다.

"뭐야…… 이거……? 무서워……."

"시치미 떼지 마십시오, 엘마 님."

에바가 증오스럽다는 듯이 딱 잘라 말했다.

"어둠의 금주 마법【바자의 각인】…… 아르드 님에게 불치병의 저주를 걸었던 게…… 당신이었군요? 엘마 님. 이러니 찾을 수가 없었죠. 저주의 출처가 이런 곳이었다니."

"……뭐?"

너무 갑작스러워서 이해하지 못한 나는 눈을 깜빡였다.

"당신은 아르드 님의 온정으로 살 수 있었던 건데……! 그 은혜를 원수로 갚는 짓을……! 이렇게 파렴치할 수가……! 역시 당신은 사악한 마왕인 거군요……!"

"모, 몰라…… 그런 거 모른다고……! 뭔데?!【바자의 각인】이라니?! 난 그런 거 전혀 몰라!"

고개를 흔들며 외쳤지만.

에바는 재빨리 지팡이를 휘둘러 주문을 외웠고, 그에 호응하듯 바닥에서 가시덩굴이 무수히 생겨났다.

그것이 꿈틀거리며 나를 붙잡고 칭칭 옭아맸다.

가시가 피부를 찔러서, 내 온몸에서 피가 흐르기 시작했다.

"아, 아파! 아파아! 그만해! 그만해!"

"모르는 척은 그만하시죠……! 이 성에서 어둠 측의 마법을 쓸 수 있는 사람은, 검정 요정검을 가지고 태어난 당신밖에 없어요……!"

에바가 손을 뻗어 내 목을 졸랐다.

귀신 같은 분노한 형상으로, 눈물을 글썽거리며 내 목을 졸랐다.

"그리고 알마 님이 말씀하셨습니다……! 당신이 이【바자의 각인】에 피를 바치는 모습을 봤다고 했어요……!"

"아, 알마 언니가……?"

"무엇보다도 당신의 방에 있었던 이【바자의 각인】이 확실한 증거입니다……! 하지만 전부 늦었어요! 저주의 병이 너무 많이 진행되어 버려서 이제 어떻게 할 방도가 없어요……. 아르드 님은 더 이상……. 감히…… 감히……! 감히……!"

이미 에바는 제정신이 아니었다.

원래부터 무서운 사람이었지만, 이제는 눈이 증오와 분노로 형형히 빛나는 게 멀쩡해 보이지 않았다.

이야기가 전혀 통할 것 같지 않았다.

대체 왜?

"어, 언니…… 도, 도와줘…… 언……니……!"

나는 매달리듯 언니를 보았다.

그리고 확실히 보았다.

언니가…… 차갑게, 비웃듯이, 나를 보며 웃고 있는 것을.

"……무슨."

그때, 나는 깨달았다.

나는 모함당한 것이다. 언니에게 배신당한 것이다.

『그러게 지금껏 몇 번이나 말했잖아요?』

『알마에게 당신은 방해되는 존재였던 거예요.』

내 안에 있는 그 검의 목소리가, 그렇게 의기양양하게
말했다.

『알마도 요정검 사용자…… 그렇기에 알고 있었어요. 당
신의 진정한 힘을.』

『알마가 받은 검의 힘은 아주 약하니까요. 당신과는 비
교도 안 되죠.』

『만약, 만에 하나, 당신이 밖으로 나오는 일이 생긴다면?』

『만약, 만에 하나, 알마가 아니라 당신을 옹립하려는 자
가 나타난다면?』

『알마는 왕의 자리를 당신에게 뺏길까 봐 무서웠던 거예
요.』

『그래서, 당신의 힘이 더 강해지기 전에…… 당신을 처리
하기로 결심한 거겠죠.』

'그, 그럴 수가…….'

『이제 눈을 뜨기로 해요.』

『알마가 당신에게 줄곧 잘해 줬던 것도, 당신의 환심을
사려고 그랬던 거예요.』

『당신이 무서워서 그랬던 거예요…….』

'그렇지 않아……! 언니는…… 알마 언니는……!'

하지만.

그게 아니라면 이 상황은 어떻게 설명하는가?

목이 졸려서 당장에라도 살해당할 듯한 나를, 알마 언니는 차갑게 웃으며 바라보고 아무 말도 해 주지 않았다.

"어, 언니…… 언……니…….."

그러는 동안에도.

에바의 손이 내 목을 사정없이 조르고.

목이 끽끽거리며 비명을 지르고.

이윽고— 일말의 자비도 없이, 가차 없이.

"커, 헉……."

시야가 캄캄해졌다.

의식이 캄캄해졌다.

죽음이, 속절없는 죽음이, 가차 없이, 어떤 저항도 허락하지 않고서 나를 채어 가는 느낌이 들었다.

분노와 슬픔마저도 사라져 가는 가운데—

마지막으로 매달리듯 알마 언니를 보았고.

나는, 확실히 보았다.

알마 언니의 입이…… 소리 없이, 이렇게 움직였다.

─『잘』─『가』─『안』─『녕』─.

그 순간, 내 안에서 뭔가가 부서졌다.

내 경추가 부서지는 소리와 함께, 결정적으로 뭔가가 부서져 버렸다.

나의 모든 것이 부서지는 절망 속에서.

마지막 순간에 매달릴 곳을 찾아.

『자⋯⋯ 어떡할래요?』

나는 그저─「목소리」를 들었다.

그 「목소리」를 받아들였다.

나는─ 검을 잡았다.

여태껏 줄곧 안쪽에 억눌러 뒀던 검을 마침내 꺼내서─힘을 해방했다.

"아, 아아, 아아아─!"

「전부 부서져 버려라」⋯⋯ 그런 커다란 저주를 담아, 힘껏 검을 휘둘렀다.

참으로⋯⋯ 허무했다.

내가 작정하고 힘을 담으면, 이 요정검의 힘을 봉인하는 방의 힘 따위, 간단히 부술 수 있었다.

　왜 더 빨리 이러지 않았을까, 하는 생각이 들 정도로.

　세계가— 어둠에 물들었다.

————.

　"그때 내가 궁지에 몰려 휘둘렀던 이 검은…… 에바에게 특상의 저주를 내렸고, 그 장소의 물질계와 요정계의 경계를 완전히 파괴했어. 그리고 나는 요정계의 최심부— 빙결계에 떨어져 버렸어."

　"……."

　"그 일로 나는 죽었다고 처리된 모양이지만…… 그런 건 어찌 되든 좋아. 그 후 몇 년간은 정말 지옥 같은 나날이었어. 빙결계는 요정계의 최심부— 돌아오려면 엄청난 시간이 걸려. 나는 제대로 된 장비도 없이, 어린 몸뚱이 하나만 가지고서 빙결계를 끝없이 방황했어. 매일 추위와 배고픔에 시달리고, 무섭고 끔찍한 요마를 겁내고, 매일 죽고 싶을 만큼 두렵고 괴로웠어. 이 요정검이 없었다면, 나는 진즉에 죽었을 거야. 하지만 나는 죽지 않았어. 죽는 게 더 나았는데도. 피를 토하고, 땅을 기어서, 이 물질계로 돌아왔어……. 왠지 알아……? 알마 언니."

엔데아가 극상의 분노와 증오에 찬 표정으로 앨빈을 노려보며, 특상의 저주를 내뱉었다.

"널 도저히 용서할 수 없었기 때문이야! 어때? 나를 모함해서 감쪽같이 죽이고 만족했어?! 너의 지위를 위협하는 자가 사라지고! 이상적인 기사를 독차지하고! 모두에게 인정받고! 나라를 손에 넣고! 그래서 만족했어?! 나는 인정 안 해! 엉망진창으로 만들어 줄 거야! 네가 지키고 싶어 하는 것, 소중히 여기는 것, 손에 넣은 것, 가꾼 것, 전부, 전부, 전부! 망가뜨려 줄 거야! 나는…… 그러려고 살아남아 지옥에서 돌아온 거야!!!"

"……"

"자, 검을 들어! 내가 방해되잖아?! 그렇지?! 모처럼 손에 넣은 나라와 동료들이 무용지물이 되는 건 너도 절대 사양이잖아?! 흥! 나랑 너는— 이제 서로를 죽일 수밖에 없어!"

그렇게 엔데아는 검을 들었고.

이 이상의 문답은 필요 없다는 듯 일촉즉발의 분위기를 풍기기 시작했지만.

……정작 앨빈은 그저 멍하니 있다가.

나직이 중얼거렸다.

"너는…… 대체 무슨 소릴 하는 거야? 무슨 얘기를 하는 거야?"

"……뭐?"

눈썹을 치켜세우는 엔데아에게 앨빈이 계속 말했다.

"내가 널 배신했다고? 【바자의 각인】으로 널 모함했다고? 에바 님을 부추겼다고? ……몰라. 그런 얘기, 나는 전혀 몰라……."

"흐응…… 끝까지 시치미를 뗄 셈이구나, 언니……. 딱히 상관없어. 죽을 때까지 모르는 척하지 그래?"

엔데아가 그런 앨빈을 경멸하며 코웃음 쳤다.

"뭐, 아무리 사실을 적시해도 너로서는 시치미를 뗄 수밖에 없겠지! 넌 깨끗하고 올바른 왕이라는 캐릭터로 선전할 생각이니까, 내 말을 인정할 수는 없을 거야!"

"나는 정말로 모르는 일이라니까! 내가 엘마한테 그런 짓을 할 리가 없잖아!"

앨빈이 고집스럽게 부정하자 엔데아가 일순 주춤했다.

"……!"

"한 명뿐인 동생이야! 가족이야! 그런 엘마에게 어째서 내가 그런 심한 짓을 해야 하는데?! 사실을 말해 줘, 엘마! 대체 너의 과거에 무슨 일이 있었던 거야?!"

"언니, 나를 얼마나 무시하려는 거야……! 진짜 너무 싫어!"

앨빈이 호소하고, 엔데아가 내치고.

각자 격정을 담아 서로에게 외치며, 서로를 노려보고 있으니.

"……그런 거였군. 대충 알겠어."

시드가 나직이 끼어들었다.

"시드 경?"

"흥! 당신이 뭘 알아? 이건 당신하고는 상관없는 얘기야. 외부인은 빠져 주지 않을래? 이건 나랑 언니의 문제……."

"확실히 외부인이지만, 그렇기에 알 수 있는 것도 있어."

시드가 어깨를 으쓱였다.

"결론을 말하지. 속은 사람은 너야, 엔데아."

"……뭐?"

"너는 타고나길 마왕의 계승자였어. 하지만 알마…… 앨 빈을 위해 그걸 거부했어. 평생 마왕의 힘을 자신 안에 봉 인해 둘 생각이었어. 그대로 우리 안에서 삶을 마칠 생각 이었어. 하지만 그건 네가 마왕으로 각성하길 기대하는 자 에게는 마음에 안 드는 상황이었지. 그래서 네가 스스로 원하여 마왕의 계승자가 되도록, 그 검의 힘을 받아들이도 록 꾸몄어. 그저 그게 다인 얘기야."

"무, 무슨 말도 안 되는 소리를……."

"애초에 너의 이야기에는 결정적인 모순이 있잖아."

"어?"

눈을 깜빡이는 엔데아에게 시드가 이어서 말했다.

"어둠의 금주 마법【바자의 각인】…… 그건 어둠^{다크 사이드} 측에 속 한 자만 쓸 수 있는 요정마법이야. ……빛^{라이트 사이드} 측인 앨빈이 어떻게 그걸 사용했지?"

"어……?"

엔데아가 허를 찔린 듯한 표정을 지었다.

"그, 그런 건…… 몰라! 으, 으음…… 아마, 다른 누군가를 시켜서 준비했다든가……?"

"상당히 궁색하네. 하지만 너도 눈치챘을 거야. 이야기의 부자연스러움을. 너를 모함했다는 앨빈은 100퍼센트 가짜야."

"그, 그럴 리가……."

눈을 굴리던 엔데아는 다시 사납게 시드를 노려보았다.

"그, 그럴 리가 없어! 총명한 에바가, 그때의 알마 언니와 그 말을 전혀 의심하지 않았다고! 그렇다면 알마 언니의 배신은 진실—."

"다들, 마음의 빈틈을 이용당한 거야."

시드가 탄식하며 담담히 말했다.

"【참과 거짓의 경계선】…… 사람의 마음을 교란하는 옛 마법에 다들 놀아난 거야. 엔데아는, 자신의 처지에 대한 불만과 앨빈에 대한 질투, 그리고 미약한 의심. 에바는, 아르드 왕에 대한 내밀한 마음인가? 그런 감정들을 과잉 증폭하여, 평소라면 바로 알아차릴 터인 자잘한 모순이나 위화감을 완전히 놓치게 한 거지."

"그런 일이…… 가능할 리가……."

말은 그렇게 하면서도, 엔데아 자신은 당황과 동요를 숨기지 못했다.

　그런 엔데아를 내버려 두고서, 시드는 위쪽을 올려다보았다.

　"정말로 변하질 않는구나, 너의 수법은."

　항상 온화한 시드가 보기 드물게도, 마디마디에 분노를 담아 말했다.

　"전설 시대에도, 지금도…… 그렇게 얼마나 많은 인간을 함정에 빠뜨려야 직성이 풀리는 거지? 얼마나 자기 생각대로 사람들을 굴려야겠어? 응? 플로라…… 아니, 플로렌스."

　그렇게 말하자.

　키득.

　정말 유쾌하다는 듯한 웃음소리가 작게 흘러나왔고…….

　"어머나, 어머나…… 대체 무슨 말씀을 하시는 건지 모르겠네요, 시드 경."

　그 자리에 어둠이 서리더니…… 그 어둠이 꿈틀거려 여성의 모습을 이루어서, 시드 앞에 사뿐히…… 강림했다.

　당연히 오푸스 암흑교단의 대마녀 플로라였다.

　"시치미 떼지 마. 네가 꾸민 거지? 네가 【바자의 각인】을 짜고, 네가 앨빈으로 위장하고, 네가 엔데아를 지옥에 떨어뜨렸어. 그렇지?"

"그, 그러고 보니……."

앨빈도 눈치챈 듯 말했다.

"플로라…… 너는 이전에도 【참과 거짓의 경계선】을 사용해서 우리 학급에 동료로 숨어든 적이……. 설마……?!"

"맞아. 이 여자는 그렇게 사람을 가지고 노는 번거로운 잔재주를 부리는 걸 아주 좋아해."

생글생글 웃는 플로라를, 시드가 날카롭게 노려보았다.

"애초에. 이 타이밍에 나타난 걸 보면, 이제 숨길 마음도 전혀 없는 거잖아. 슬슬 본성을 드러내는 게 어때? 촌극은 이제 지긋지긋해."

그러자.

갑자기 엔데아가 전부 우습다는 것처럼 떠들썩하게 웃기 시작했다.

"풉! 아하! 아하하하하! 아하하하하하하하하하하하하하하하하하하하하하하하하하하하하하하하하하하하—! 무슨 소릴 하는 거야?! 바보 아니야?! 바보 아니야?! 플로라가 나를 속였다고?! 그럴 리가 없어! 백 보 양보해서 그때 그 알마 언니가 가짜였더라도, 그게 플로라였다니, 절대 그럴 리가 없어!"

자신감과 확신에 찬 얼굴로 엔데아가 플로라를 옆에서 껴안았다.

"플로라는 말이지! 매정한 언니나 아버지와는 달라! 플로라만큼은 반드시 내 편이야! 그날, 요정계의 심층 구역에 떨어져서 모든 것에 절망했던 나를, 어디선가 나타난 플로라가 도와줬어! 이 요정검의 힘을 쓰는 법도 가르쳐 줬어! 그리고 플로라는 나에게 약속해 줬어! 날 진정한 왕으로 만들어 주겠다고! 밉디미운 알마 언니의 세계를 엉망진창으로 만드는 걸 도와주겠다고! 그 이후로 플로라는 줄곧, 줄~곧 나와 함께 있어 줬어! 언제나 곁에 있어 줬어! 내가 무슨 부탁을 해도, 투정을 부려도 다 들어줬어! 플로라는 알마 언니 이상으로 내 언니야! 그런 플로라가 나를 함정에 빠뜨렸다고?! 그럴 리가 없어!"

그리고 엔데아는 아무런 의심도 없이 활짝 웃으며 플로라에게 물었다.

"그렇지?! 플로라!"

하지만―.

"네? 평범하게 전부 제가 한 짓인데요? 귀여운 주인님."

플로라는 한없이 온화하게, 한없이 유쾌하다는 듯 싱긋 웃으며 간단히 자백했다.

"……어?"

"우후후…… 뭐, 우리 귀여운 주인님은 저를 완전히 믿고 계시니까, 대충 거짓말하면 분명 간단히 무마할 수 있겠지만. 슬슬 제 계획도 최종 단계이니 내막을 공개하려고요♪ 키득키득."

"거, 거짓말…… 거짓말이지……?"

엔데아가 떨리는 목소리로 말하며 플로라 곁을 벗어 나…… 한 걸음, 또 한 걸음, 물러났다.

"응? 거짓말이라고 해 줘……!"

그러자.

엔데아가 보는 앞에서 플로라의 모습이 환상처럼 와락 일그러졌다.

그리고 그 일렁거리는 환영은 이윽고 다른 모습을 만들었다.

그렇게 나타난 모습은…….

『거짓말이 아니야, 엘마. 내가 엘마와 에바 님을 속였어. 둘 다 마음이 빈틈투성이라서 아주 속이기 쉬웠어. ……미안.』

……엔데아의 기억 속에 있는, 어릴 적 알마의 바로 그 모습이었다.

"……."

엔데아는 새파래진 얼굴로 그것을 멍하니 바라보았다.

그리고 다시 원래 모습으로 돌아온 플로라가 그런 엔데아를 향해 웃었다.

"어째서……?"

"제게는 비원이 있었어요. 그걸 이루려면 당신께서 꼭

마왕으로 각성해야 했어요."

떨고 있는 엔데아에게 다가간 플로라가 손가락으로 그 턱을 들어 올리고 얼굴을 들여다보았다.

"캘바니아성과 왕도를 파괴했더니 마왕으로서의 힘이 당신께 완전히 돌아왔죠. 왠지 아시나요? 그 성과 도시는 일종의 봉인 장치…… 뚜껑이었어요. 강대하고 흉악한 어느 왕의 영혼을, 깊은 땅속, 요정의 이계에 봉인하기 위한 거대한 뚜껑이요. 그걸 파괴함으로써 마왕의 계승자인 당신께 힘이 돌아왔어요."

"……."

"지금 **그 사람**의 영혼은 이번 생의 마왕인 당신 안에 있어요. 이제…… 이 육체의 주도권을 바꾸기만 하면 돼요……. 그러면…… **사랑하는** 주인님은 진정한 의미에서 이 세계에 부활해요. 그래요— 저는 마침내 그분을 다시 볼 수 있는 거예요."

그렇게 말하고서, 플로라는 엔데아를 향해 극상의 요요한 웃음을 지었고…….

오싹, 무시무시한 오한을 느낀 엔데아가 플로라를 밀쳤다.

"아…… 으아아아아……?! 싫어…… 싫어……!"

그대로 체면이고 뭐고 내팽개치고서, 머리를 부여잡고 도망치려 했다.

하지만.

딱. 플로라가 손가락을 튕기자, 옥좌의 방 전역에 마법진이 전개되었다.

그 마법진에서 아주 짙은 어둠이 뿜어져 나와— 도망치려고 하는 엔데아를 결박했다.

"아아아아아아아아아아아아아아아아아아아아—?!"

그 순간, 엔데아가 날카롭게 비명을 질렀다.

"에, 엘마!"

앨빈이 저도 모르게 엔데아를 향해 달려가려고 했지만.

"안 돼, 가까이 가지 마. ……먹힐 거야."

험악한 표정의 시드가 앨빈을 손으로 제지했다.

전신의 월을 태워서 빛의 마나를 만들고 방패가 되어, 소용돌이치는 어둠으로부터 앨빈을 지켰다.

"최후의 준비를 하고 오겠다고 말씀드렸잖아요? 이미 준비는 끝난 상태였답니다, 귀여운 주인님……."

"아, 아아아아아! 싫어! 뭔가가 와! 내 안에서……?!"

어둠이. 어둠이. 어둠이.

솟구치는 어둠이, 순식간에 엔데아를 침식해 나갔다.

침식해 나갈 때마다 혼이 얼어붙는 듯한, 자아가 붕괴되는 듯한 느낌이 들어서, 엔데아는 그저 두려워하며 울부짖었다.

"싫어! 싫어싫어싫어! 나를 범하지 마! 나를 뺏지 마! 아아아아아아아아아아아아아아아아아아아아아—!"

"괜찮아요. 그저 받아들이세요. 원래부터 당신은 그걸 위해 제가 준비한 「그릇」이었으니까⋯⋯. 아아, 길었어요⋯⋯. 왕가에 쌍둥이가 태어나기까지⋯⋯ 정말 길었어⋯⋯."

"너무해! 너무해, 플로라! 믿었는데! 믿었는데! 내가 소중하다고 했던 거, 전부 거짓말이었구나?!"

"아뇨, 소중했어요. 당신은 정말로 제 동생 같은 존재여서⋯⋯ 이래 봬도 저는 당신을 진심으로 사랑했어요, **귀여운 주인님**⋯⋯. 하지만 제게는 더 사랑하는 분이 있었죠⋯⋯. 그저 그뿐인 얘기예요."

"아, 아아아⋯⋯ 아아아아아아아아⋯⋯!"

"괜찮아요, 괜찮아. 당신의 비원은 저와 제 **사랑하는** 주인님이 대신해서 반드시 이룰게요. 알마 님이 밉죠? 이 나라가, 이 세계가 밉죠? 네, 전부, 전부, 파괴해 드릴게요. 그러니까⋯⋯ 당신은 안심하고 그 「그릇」을 그분께 양보하세요. 영원한 잠에 빠져 주세요."

"아니야! 나는⋯⋯! 난, 사실은⋯⋯ 그런 짓 하고 싶지 않았어⋯⋯! 하지만, 나한테는 이제 그것밖에 없어서⋯⋯! 그래서⋯⋯!"

"물론 그것도 실은 알고 있어요. 귀여운 주인님. 당신은 정말로 조종하기 쉽고 귀여워서⋯⋯ 아주 좋아했어요."

"아, 아아, 아……."

"그럼 자장가라도 불러 드리죠. 안녕히 주무세요. 이 세계가 끝날 때까지. 끝난 후에도 영원히……."

"시, 싫어어—!"

옥좌의 방에 휘몰아치는 어둠 속에 엔데아의 비통한 외침이 메아리쳤다.

전부 배신당하고, 전부 잃고.

그리고 자기 자신조차 속수무책으로 빼앗기려고 하던 그때.

마지막으로 그녀가 매달릴 것은…… 매달린 것은…….

"알마 언니……! 시드 경……!"

엔데아는 흐느끼며 두 사람에게 손을 뻗었다.

자신에게 그럴 자격이 없다는 걸 알고 있어도, 손을 뻗지 않을 수 없었다.

"나를 도와줘…… 도와줘……!"

"엘마!"

"……."

그런 말을 남기고서.

왈칵! 마법진에서 올라온 어둠이— 완전히 세계를 덮었다.

제7장 섬광의─

휘오오오오오오오오오오오오오오오─!

어둠이 세계를 덮고 사방팔방으로 뻗어 나간 충격으로, 옥좌의 방 사방의 벽이 모조리 날아가면서─ 그곳은 뻥 뚫린 곳이 되었다.

지금 그곳에는 얼어붙는 바깥 공기와 맹렬한 눈보라가 폭력적으로 소용돌이치고 있었다.

다크네시아성 최상층. 가장 하늘과 가까운 곳에.

「왕」이 군림해 있었다.

외형과 육체 자체는 조금 전의 엔데아와 똑같았다.

하지만 그 내면이 완전히 달라져 있었다.

"……."

엔데아였던 자는 손을 쥐었다 폈다 하며 자신의 상태를 확인했다.

그러다 이윽고 시드를 힐끗 보고서 싱긋 웃으며 말했다.

"……오랜만이야, 시드 경."

그러자─.

"……아르슬."

시드가 험악한 표정으로, 엔데아였던 인물을 응시했다.

"어? 아르슬…… 선조님?"

앨빈은 눈을 깜빡일 수밖에 없었다.

"맞아. 여성의 몸으로 부활한 게 기묘하지만…… 나는 확실히 아르슬…… 너의 선조님이야. 이렇게 생을 얻은 건 정말 오랜만이야. 천 년 만이려나……. 너한테 배신당한 그날로부터 아주 긴 시간이 지나 버렸어……."

아르슬이라고 자신을 밝힌 인물은 시드에게 그렇게 말하고서.

옆에 감격한 모습으로 서 있는 플로라를 보고 상냥하게 말했다.

"네가 나를 봉인에서 해방해 줬구나, 플로렌스. 수고했어."

"아아, 아르슬 님…… 사랑하는 주인님…… 이날을…… 일일천추의 마음으로 기다렸어요……!"

그렇게 외치고서.

플로라가 아르슬을 자칭하는 인물에게 달라붙었다.

아르슬을 자칭하는 인물은 그걸 여유롭게 받아 주며 온화하게 웃었다.

"어? 어……? 뭐가…… 어떻게 된 거예요……?"

앨빈이 매달리는 눈으로 시드를 보았지만, 시드는 침묵하며 아무 대답도 하지 않았다.

그러자…….

『당신이 한 기사의 맹세는 소중하지만, 이제 숨길 수 있는 상황이 아니에요.』

시드의 허리에 있는 빛의 요정검에서 에클레르가 다시 모습을 드러냈다.

"어, 어떻게 된 거죠? 에클레르……."

『간단한 얘기예요. 전설 시대, 세계에 죽음의 겨울을 가져온 「마왕」은…… 성왕 아르슬이었어요.』

에클레르의 그 말을 듣고, 앨빈은 아연실색하여 말을 잇지 못했다.

『물론 처음에 아르슬은 사람들을 위해 싸우는 진정한 성왕이었어요. 하지만— 어느새 어둠에 홀리고 말았죠. 그리고 아르슬의 압도적인 어둠과 겨울 앞에 다들 굴복했어요. 세계가 아르슬에게 굴복했어요. 하지만 그런 마왕 아르슬에게 대항한 유일한 기사가—.』

"옛날이야기야."

시드가 온화하지만 강한 의지를 가지고서 아르슬에게 향했다.

척.

오른손에 흑요철검, 왼손에 빛의 요정검.

쌍검을 들고, 엄정한 의지로 아르슬을 향해 걸어갔다.

"다만 딱 하나 말할 수 있는 게 있어. 나는 마왕 아르슬을 쓰러뜨릴 거야. ……그걸 위해 일찍이 에클레르와 계약했고, 이렇게 이 시대에 부활한 거야."

"······?!"

"마침내. 마침내 너와의 약속을 완수할 때가 왔어, 아르슬."

그러자.

"그렇죠······ 대부분 제 생각대로 진행되는 가운데······ 당신의 존재만이 언제나 예상을 벗어났어요, 시드 블리체."

지금까지 환희와 여유에 차 있던 플로라가 살짝 불쾌하다는 듯 시드를 보았다.

"당신도 상당히 잔혹한 사명을 단 한 명의 기사에게 맡겼네요? 에클레르."

『······.』

대체 플로라와 에클레르 사이에 어떤 인과가 있는지.

두 사람은 그저 조용히, 치열하게 서로를 노려보았다.

그리고 에클레르는 말없이 빛의 입자가 되어······ 시드가든 빛의 요정검 안으로 돌아갔다.

그러자 그걸 본 플로라도 어째선지 어둠의 입자가 되었고······ 아르슬이 든 어둠의 요정검 안으로 빨려 들어갔다.

마왕과 기사가 마주했다.

격전이 시작될 것을 예감한 앨빈이 떨고 있으니.

"정말 미안해, 앨빈."

시드가 앨빈에게 등을 보인 채 불쑥 그런 말을 했다.

"전설 시대의 말썽에 이 시대를 끌어들이고 말았어. 하지만…… 다들 사실은 이런 짓을 하고 싶었던 게 아니야. 다들, 아주 작은 마음의 어둠…… 마음의 빈틈을 이용당한 거야. 그래, 다들…… 아주 조금 약했어. 사람에게는 도저히 없앨 수 없는 약함이 있어. 그래서 옛 기사의 원칙으로…… 자신을 단속하여 조금이라도 강하게 있으려고 했어."

"그 점에서 너는 이상했지만 말이지, 시드 경."

그때, 아르슬이 깊은 어둠이 서린 얼굴로 웃었다.

"다들 없앨 수 없는 어둠을 마음에 품고 있는 가운데…… 유일하게 너한테는 어둠이 없었어. 너는 그저— 공허했어. 그래서 플로렌스에게 홀리지 않았어."

"부정하지는 않겠어. 그렇기에 《야만인》이야. 그리고 그런 《야만인》이기에 할 수 있는 일이 있었어. 아무것도 없는 텅 빈 인생이었지만…… 내 인생은 나쁘지 않았어. 전생도, 이번 생도."

그렇게 말하고 시드가 검을 들었다.

쿵, 하고. 공간이 시드의 기백에 비명을 질렀다.

그리고 시드는 조용히 앨빈에게 말했다.

"……최후의 왕명을. 나의 주군."

"……!"

그 순간, 앨빈이 뭔가를 깨달은 것처럼 얼굴을 슬프게 일그러뜨렸다.

이제 거의 사라진 손등의 문장을 그저 물끄러미 바라보

았다.

앨빈은 맹렬한 「예감」을 느끼고 있었다.

아마도, 시드는 이 싸움으로…….

"네가 마음 쓸 필요는 없어."

그런 앨빈을 향해 시드가 온화하게 말했다.

"나는…… 이러려고 두 번째 삶을 받아 이곳에 서 있는 거야. 마음 쓸 필요는 전혀 없어. 너는 왕으로서 책무를 다하면 돼. 앨빈으로서 생각하는 것을 있는 그대로 말하면 돼. ……최후의 왕명을. 나의 주군."

그러자.

앨빈은 눈가를 벅벅 닦고서 의연한 태도로 말했다.

"나의 친애하는 기사, 시드 경이여. 이 나라를…… 이 세계를 해치는 마왕을…… 훌륭하게 무찔러라! 나의 사랑하는 동생인 엘마 공주를 구해 내라! 이것은— 왕명이다……!"

"존명. 나의 주군."

전부 각오한 것처럼.

시드가 아르슬을 향해 한 발짝 내디디려고 했을 때.

앨빈의 입이 다시 움직였다.

"그러나 나의 허가 없이 죽는 것은 허락하지 않는다. 마왕을 쓰러뜨려라. 그리고— 반드시 내 곁으로 개선하라."

"앨빈…… 그건…….”

생각지 못한 추가 명령에 시드는 말을 잇지 못했다.

「기사는 진실만을 말한다」…… 이전에 귀공은 나와 늘 함께 있을 거라고 말해 줬다. 기사의 맹세를 어기는 것인가? 원칙을 깨는 것인가?"

"……."

그러자 시드는 쓴웃음을 짓고서.

"……존명. 이번 생에 너와 만나게 돼서 정말 다행이야."

아주 후련한 얼굴로 아르슬을 향해 걸어갔다.

앨빈은 그런 시드의 뒷모습을 그저 계속 바라보았다.

─────.

한없이 깊어지는, 하늘 높은 겨울의 세계에서―.

기사와 마왕은 마침내 격돌했다.

"하아아아아아아아아아아아아앗―!"

"……흡!"

먼저 공격한 건 기사였다.

눈보라와 어둠을 날려 버릴 듯한 장절한 번개를 쌍검에 담고.

오른쪽 검을 상단^{퐁탁}에서 아래로, 왼쪽 검을 횡으로 휘둘러, 어둠에 빛의 십자를 새겼다.

이에 마왕은 카운터로 대응했다.

휘황한 번개조차 덮어 버릴 듯한 어둠과 냉기를 검에 휘감고.

왼쪽 옆구리에서 우측 상단으로 튕기듯 베어 올려, 쌍검 십자를 동시에 어둠으로 덮어씌웠다.

검압에 비명을 지르는 세계. 한없이 메아리치는 금속음. 터지는 불꽃은 폭죽 같았다.

찰나, 두 사람이 회오리처럼 그 자리에서 회전했다.

기사는 우회전.

마왕은 좌회전.

각자의 회전이 선풍을 일으켰고, 거기에 실어 다음 공격을 가했다.

서로가 물 흐르듯 빠르게 움직이며 격렬하게 펼치는 참격 난무.

그 옛날 기사와 마왕이 싸웠을 때의 초동을 완벽히 따르며.

두 사람의 장절한 싸움이 시작되었다.

무시무시한 위력의 참격을 찰나에 서로 몇 번이나 주고받으면서 빛과 어둠이 싸웠다.

"너무하네, 시드 경."

지근거리에서 무수히 검을 휘두르며 아르슬이 말했다.

"또 나를 배신하는 거야? 그때처럼."

"그래…… 나는 《야만인》이니까."

시드가 대담하게 웃으며 검을 되돌려 응수했다.

이렇게 말을 한두 마디 나누는 사이에 몇십 번, 몇백 번씩 검과 검을 맞부딪치고, 폭풍처럼 움직이며, 두 사람은 대화했다.

"어째서? 내가 왕이 되면 모든 것이 이상적인 세계가 찾아올 텐데."

"죽음과 정적의 세계가 너의 이상이라고? 겨울의 망령으로 화하여 영원히 이 세상을 헤매는 것이 올바른 인간의 모습이란 말이야?"

"……그래, 맞아."

아르슬이 싱긋 웃었다.

"죽음은 평등해. 그리고 평안이자 영원이야. 모처럼 구축한 평화와 안녕이 무너질 일도 없어. 누구도 전쟁이나 굶주림을 겁내지 않아. 아무도 고통받지 않아."

"……."

"그리고…… 그 세계에서 기사도는 영원해. 너도 알고 있잖아? 평화로운 세계에는 기사 따위 필요 없어져. 우리는 존재 가치를 잃어버려."

"……."

"하지만 마왕인 내가 세계를 통치하면 너희가 존재 가치를 잃는 일도 없어. 영원히 투쟁할 수도 있어. 투쟁해도 아무도 슬퍼하지 않아. 마음껏 싸울 수 있어. 이게 이상적인 세계가 아니면 뭐겠어?"

시드가 검을 횡으로 힘껏 휘둘러 아르슬의 압력을 밀어 냈다.

장절한 검압이 휘몰아치며 두 사람의 간격을 다시 벌렸다.

찰나, 두 사람은 순식간에 거리를 좁히고— 거듭 공격을 가했다. 거듭. 거듭.

"그런 게…… 네가 나에게 보여 주고 싶어 했던 세계야?"

"……!"

"아니잖아. 그런 걸 보여 줘도, 나는 전혀 기쁘지 않아. 네가 이루고자 했던 이상은, 세계는…… 더 존귀하고, 따뜻하고, 빛나는 것이었을 터. 그렇기에 《야만인》이었던 나조차 동경했어. 네가 그리는 이상을 보고 싶다고 생각했었어."

돌격, 돌격, 돌격. 충격, 충격, 충격. 금속음, 금속음, 금속음.

시드가 쌍검을 사납게 휘둘러 아르슬에게 공격을 퍼부었다.

"그래서 날 배신하는 거구나? 그때처럼."

"틀렸어. 바로잡았을 뿐이야."

시드가 맹공을 이어 갔다. 카운터 기술을 가했다.

"사람은 실수해. 왕도 사람이야. 때로 실수하지. 그렇다면 그걸 바로잡는 것도 기사의 책무야."

아르슬의 검을 쳐 내고, 거리를 벌렸다가, 다시 돌격했다.

"하물며 지금의 너는— 아르슬이면서 아르슬이 아니야."

"……!"

"이전의 텐코와 똑같아. 너는 아르슬의 마음속에 있던 「어둠」이야. 플로렌스에 의해 그게 증폭되고, 조종당하고, 지배당한 존재야. 리피스도, 로거스도, 루크도, 너를 섬겼던 다른 기사들도…… 그 시대를 필사적으로 살았던 모두가 그랬어. 지쳐 있었어. 그렇기에 마음속 「어둠」을 이용당하고 말았어."

아르슬이 검을 휘둘렀다. 무수한 참격이 순식간에 휘날렸다.

"……끝이 보이지 않는 긴 싸움 속에서 다들 지쳐 있었어."

전광석화. 시드가 그 모든 것을 쌍검으로 막았다.

"이해해. 다들 지쳐 가는 가운데, 전혀 변함없는 내가 이상했던 걸지도 몰라. 네 말대로…… 나한테는 아무것도 없었으니까. 그러니— 내가 끝내겠어. 《야만인》인 나만이 할 수 있는 역할을 완수하겠어. 너의 어둠을…… 정화하겠어. 그때처럼 말이야."

두 사람은 그렇게 온화하게 말을 나눴지만— 그것과는 반대로, 두 사람이 전개하고 있는 것은 보통 사람의 눈으로는 일격도 볼 수 없는 지옥의 초고속 전투 공간이었다.

옆에서 보고 있는 앨빈은 두 사람이 대체 뭘 하고 있는지도 알 수 없었다.

가세하자는 생각 같은 건 전혀 들지 않는, 차원이 다른 싸움이었다.

바로 그때.

『말해 두겠는데요, 시드 경…… 그때 썼던 방법은 통하지 않아요.』

아르슬을 뒤에서 껴안는 듯한 플로라의 이미지가 떠올랐다.

『당신이 에클레르와 계약하여 얻은【성자의 피】…… 아르슬의 검을 일부러 맞아서 그 피로 직접 정화하는…… 그런 잔꾀는 두 번 통하지 않아요.』

그러자.

『……사실이에요.』

이번에는 시드의 뒤에 에클레르의 모습이 떠올랐다.

『저 아이는 그때 당신이 썼던 기책을 경계하여 주술 방어를 견고히 구축하고 있어요.』

"그렇겠지."

『지금 이 아르슬을 쓰러뜨리려면, 빛의 요정검인 저로 직접 아르슬을 베고, 당신의 피를 상대에게 직접 주입할 수밖에 없어요……!』

시드가 손에 든 빛의 요정검을 힐끗 보았다.

지금 그 검은 시드의 피를 흡수하고 빛의 마나로 전환시켜 빛나고 있었다.

『하지만…… 그러면…….』

"아르슬의 영매체가 된 엔데아는 죽겠지."

"……!"

시드의 결론을 듣고, 후방에서 싸움을 지켜보는 앨빈의 표정이 일그러졌다.

하지만 그걸 신경 쓰지 않고, 시드는 다시 거리를 가늠하여 즉각 검을 휘둘렀다.

"어떡할까. 왠지 모르겠지만 나는 예전부터 아르슬한테만큼은 못 이긴단 말이지……. 지난번에 잔꾀를 부린 것도 그래서였고. 뭐, 될 대로 되겠지."

"될 대로 안 돼. 알고 있는 거야? 네게는 남은 시간이 없어."

아르슬이 검은색 섬광 같은 공격을 가했다.

시드는 즉시 좌우의 검을 교차시켜 머리 위에서 막았다.

받아친 뒤 물러났고— 이에 아르슬이 폭풍처럼 추격타를 가했다.

"이 【황혼의 겨울】은 세계를 죽음의 정적으로 몰아넣는 최후의 마법이야. 지금 이 세계는 죽음으로 향하고 있어. 그렇기에 네가 가진 빛의 요정검도 시시각각 죽어 가고 있어. ……힘을 잃고 있어."

"……!"

"즉…… 생명을 관장하는 에클레르와 계약하여 이 세상에 묶여 있는 너도 시시각각 죽어 가고 있어. 반대로 죽음의 겨울이 퍼질수록 내 어둠의 요정검이 가진 힘은 커져. 죽음은 이 검이 관장하는 힘이니까— 말이야!"

검이 교차하는 와중에, 아르슬이 한층 강하고 날카롭게 검을 휘둘렀다.

그걸 막은 시드가 뒤로 쭉 밀렸다.

그런 시드를 아르슬이 땅을 달리는 번개처럼 추격했다.

"그런 것 같네……."

시드가 거친 숨을 내뱉으며 아르슬의 공격에 대처하고, 대처하고, 대처했다.

시드의 안색은 좋지 않았다. 보이는 바와 같이 상태가 매우 나빴다.

"네가 할 수 있는 일은 이제 아무것도 없어. 이 세계가 겨울에 휩싸이는 것을 얌전히 지켜보면 돼. 나의 진정한 왕도가 이 세계를 이끄는 것을 지켜보면 돼."

"그렇게는 못 해. 그 녀석을 섬겼던 한 명의 기사로서. 그 녀석이 잘못된 왕도를 걷게 할 수는 없어."

시드가 윌 호흡으로 장절한 마나를 생성했다.

"설령 내가 《야만인》으로 후세에 영원히 오명을 남기게 되더라도— 성왕 아르슬의 이름만큼은…… 내 전부를 걸고서 지키겠어!"

그 마나를 좌우의 검에 완전히 보내고.

"오오오오오오오오오오오오오오오오오오오오—!"

벼락처럼 아르슬에게 돌진하여 베고자 했다.

하지만 그 혼신의 일격을……

"허술하네."

아르슬이 횡으로 검을 휘둘러 간단히 튕겨 냈다.

시드가 튕겨 날아가며— 싸움의 원이 갑자기 끊어졌다.

"……윽?!"

"전설 시대의 너라면 모를까, 지금의 네 검은 나에게 절대 안 닿아."

그리고 아르슬은 검을 내리고서 시드를 향해 여유롭게 걸어가기 시작했다.

싸움의 추세는 확연했다.

고작 이만큼 싸우고서, 시드는 극한까지 기력을 소모해 가쁜 숨을 내쉬고 있었고.

아르슬은 호흡도 흐트러지지 않았으며, 땀 한 방울 흘리고 있지 않다.

"이쯤 되면 알 수 있잖아? 넌 나를 못 이겨."

"……"

"맨 처음 나와 네가 만났을 때의 싸움도. 기사로서의 너와 마왕으로서의 내가 싸웠을 때도. 결국…… 내가 이겼고 너는 졌어."

"……."

"두 번째 싸움은 그저 너의 몸에 흐르는 【성자의 피】에 당했을 뿐이야. 승부 자체는 내가 이겼었어. 세 번째도 똑같아. 하물며 그렇게 약해진 상태여서야."

"정말 그럴까?"

시드가 대담하게 웃고서 쌍검을 축 늘어뜨렸다.

"확실히 너는 강해, 아르슬. 너는…… 언제나 내가 절대 가질 수 없는 강함을 가지고 있었어. 나는 너의 그런 점에 끌렸었어. 하지만 말이지. 나 자신도 잘 모르겠지만…… 이 시대에 전생하여, 나도 마침내 너 같은 강함을 얻게 된 것 같다는…… 그런 생각이 들어."

시드가 앨빈을 흘낏 보았다.

"전설 시대의 나는, 공허했어. 하지만 지금은 뭔가 소중한 것들이 내 안을 가득 채운 느낌이야. 캘바니아 왕립 요정기사 학교에서, 어울리지도 않는 교관 일을 해서 그런가. 이렇게 공허해도, 전에 없이 약해져 있어도, 이상하게도 조바심이 나진 않아. 만만히 보지 마, 아르슬. 지금 네 앞에 휘청거리며 서 있는 남자는 말이지…… 전에 없이 약한 《야만인》이지만, 전에 없이 강한 《섬광의 기사》야."

그렇게 의연히 말하고서.

시드는 재차 쌍검을 들었다.

윌 호흡으로 마나를 순환시켜 전투태세를 갖춰 나갔다.

싸움으로 소모된 몸에 다시 활력이 흘러넘쳤다.

그런 시드를 보고 아르슬의 눈이 살짝 커졌다.

"아직도 너한테 그런 힘이……? 아니……."

아르슬은 퍼뜩 깨닫고 시드의 후방에 있는 앨빈을 보았다.

앨빈은 오른손의 문장을 왼손으로 움켜쥐고서 기도하듯 윌 호흡을 반복하고 있었다.

"시드 경……!"

"그렇군……. 시드 경이 약해진 만큼 저 아이가 마나를 만들어서…… 문장을 통해 시드 경에게 보내고 있는 거구나. 이 냉기 속에서 자신을 보호하는 데 써야 할 마나를 전부 시드 경에게 보내고 있는 거야. 그래서 당장에라도 다 타 버릴 듯한 시드 경이 이렇게 간신히 싸울 수 있는 거지."

쩌적쩌적…… 하고. 앨빈의 다리가 밑에서부터 점점 얼어붙는 모습을 보고서, 아르슬은 납득한 듯 미소 지었다.

"아니…… 단순한 마나의 문제가 아니구나?"

"……."

"아래층에서 싸우고 있는 너의 학생들…… 동료들…… 네가 이번 생에 얻은 새로운 인연, 새로운 나라…… 그것들이 너의 근본적인 지주가 되어 있어……. 그렇지?"

"글쎄?"

"하하하…… 《야만인》이라니 당치도 않아. 역시 너는 이러니저러니 해도 타고난 기사였던 거야. 그래, 그렇다면 이대로 무예만으로 밀어붙이는 건 조금 귀찮겠네. 어쨌든 기사라는 인종은 지키는 게 있으면 이론을 초월한 믿을 수 없는 저력을 발휘하니까 말이야⋯⋯. 그건 나나 너나 잘 알고 있잖아?"

"그래. 그 시대에 우리 주변에 있던 녀석들은 전부 그런 놈들뿐이었어."

"그랬지. 그럼⋯⋯ 우선 그쪽부터 꺾기로 할까."

그렇게 말하고서.

아르슬이 앞으로 나와 어둠의 요정검을 들었다.

"그대는 빛과 함께 창세와 원초를 관장하며, 널리 생명의 죽음을 관장했던 황혼의 어둠―."

그 순간.

휘오오! 하고, 이 세계에 어둠의 냉기가 극한까지 서렸다.

안 그래도 강했던 눈보라가 더 폭발적으로 강해졌다.

지금까지도 대체로 차원이 달랐지만, 이건 한층 더 한계를 돌파한 차원이 다른 냉기였다.

세계에 얼마 안 남은 열기마저 폭력적으로 빼앗아 기온이 단숨에 내려갔다.

아니― 정지를 강제했다.

절대 영도를 넘어설 듯한 기세로―.

"이, 이건…… 아르슬 님의…… 마왕의…… 대기도……?!"

"물러나 있어, 앨빈."

제아무리 시드라도 지금 아르슬을 건드릴 수는 없었다.

아르슬을 중심으로 무시무시한 빙결 지옥이 소용돌이치고 있었다.

다가가면 모든 마나가 정체되고 모든 것이 얼어붙을 것이다.

"그대는 밉다. 이 세계가 밉다. 잡을 수 없는 빛이 밉다. 그렇다면 나는 사랑하는 그대의 바람에 응하여 닿지 못할 봄을 죽이고―."

세계에 대한 마왕의 칙명은 계속되었다.

그에 호응하여 절망적인 한기가 거세졌다.

이 상황을 겪는다면 모두가 본능적으로 깨달을 것이다. 저 기도문 끝에 있는 것은 세계를 끝낼 온전한 파멸임을.

지금 세계 종언의 초읽기가 시작되었음을.

시드와 앨빈은 그저 말없이 그것을 바라볼 수밖에 없었고―.

"함께 이 삼천 세계에 무궁한 겨울을 불러와, 정적과 안녕의 영원을 펼칠 자라—!"

그리고— 마침내 마왕의 기도문이 완성됨과 동시에.

머리 위로 치켜든 검에서 한층 맹렬한 어둠과 눈보라가 일어나 사방팔방으로 단숨에 확산, 세계의 끝까지 충격과 격진을 동반하여 단숨에 퍼졌다.

"—윽?!"

엄청난 한기였다.

폭발적인 어둠의 한파가 아르슬을 중심으로 발생했다.

어둠이, 어둠이, 모든 생명을 얼리는 압도적인 어둠의 파동이.

세계 전체를 덮어 나갔다. 뒤덮어 나갔다. 덮어씌워 나갔다.

생명이 생명임을 단죄하는 것처럼 부정해 나갔다.

그야말로 천재지변의 대이변.

세계가 변혁하는 때.

대기도— 성취.

지독한 겨울 세기의 도래— 빙결 지옥의 구현이었다.

"시, 시드 경?!"

"앨빈!"

시드가 전신의 월을 태우고 순간적으로 몸을 날려 앨빈

을 감쌌다.

　언다.

　언다.

　모든 것이— 얼어붙는다.

　대지에 쌓이는 눈은 결정화하여 거대한 얼음덩어리가 되었다.

　세계가. 세계가.

　깊어지는 겨울에.

　빙결 지옥으로 바뀌어 갔다…….

“하하하하하하! 아하하하하하하하하하하하하하하!”

　휘몰아치는 눈보라 속에 아르슬의 목소리가 떠들썩하게 울려 퍼졌다.

　그리고…….

“……헉?!”

　문득 앨빈이 정신을 차렸다.

　충격 때문에 일순 의식이 날아갔던 모양이다.

　머리를 흔들고 주위를 둘러보았다.

　그곳에 펼쳐져 있던 것은—.

"뭐, 뭐야, 이거……?!"

앨빈도 지금껏 적의 대기도가 일으키는 무시무시한 기적의 현상을 여러 번 보았지만…… 이번 현상은 한층 더 격이 달랐다. 차원이 너무 달랐다.

같은 대기도라는 말로 묶는 것이 저어될 정도였다.

세계 자체가, 모습이 완전히 바뀌어 있었다.

그건 그야말로— 지옥의 광경이었다.

지평선 끝까지 모든 것이 두꺼운 얼음 속에 갇힌, 완전한 죽음의 세계였다.

아래쪽 건물이, 멀리 있는 산들이, 얼음 그 자체인 바닷속에 완전히 가라앉아 있었다.

다크네시아성도 최상층인 옥좌의 방을 남기고서 절반 이상의 층이 완전히 얼음의 바다에 잠겨 버린 상태였다.

이래서는, 지금 최하층 현관홀에서 싸우고 있을 동료들은 분명—

"다들 죽었겠지."

앨빈의 불안을 후벼 파듯 아르슬이 의기양양하게 말했다.

"이로써 너희 동료들은 내 부하가 됐어. 영원히 얼어붙은 망자가 되어서."

"……!"

아르슬의 말에 앨빈이 아연실색했다.

"그들뿐만이 아니야. 지금 이 세계 전체가 겨울에 갇혔어. 이 세계의 모든 생명이 눈과 얼음에 갇혀서 내게 부복하고 충성을 맹세했어. 이 세계는 방금 죽은 거야."

"그, 그럴 수가……."

"그 증거로……."

찌적!

앨빈을 감싼 시드의 손에 있는— 빛의 요정검에 성대하게 금이 갔다.

"아……."

"에클레르는 이 세계 자체의 화신이라고 해도 돼. 그렇다면 세계가 죽을 때 그녀도 죽지. 당연히 그 요정검도."

"……."

"어때? 시드 경. 지금 그 검에서 그녀의 말이…… 들려?"

시드는 침묵을 관철했다.

그건 더할 나위 없이 확실한 긍정의 침묵이었다.

그러는 동안에도 시드의 오른손에 들린 검은 파편을 후드득 떨어뜨리며 천천히 붕괴되고 있었다.

"그 검 없이는 나를 쓰러뜨릴 수 없어. 그리고 이번에는

【성자의 피】라는 편법은 안 통해. 처음부터 승부는 정해져 있었어. 그리고 에클레르가 죽는다면 당연히……."

아르슬이 다시금 시드에게 시선을 주자.

"……!"

시드의 몸에서도 마나 입자가 부슬부슬 떨어지고 있었다.

시드의 존재 소멸까지의 초읽기도 마침내 시작되어 버린 것이다.

"아, 아아아…… 시드 경…… 시드 경……!"

앨빈은 절망한 표정으로 그것을 바라볼 수밖에 없었다.

"어때? 더 싸울 거야?"

"……."

"슬슬 포기하는 게 어때? 너에게는 이제 시간도, 검도, 남은 힘도 없어. 너의 기사도도 여기서 끝나는 거야."

"……."

"이제 충분하잖아. 너는 잘했어. ……지금도, 전설 시대에도. 예전에 내가 내세웠던 존재하지도 않는 이상적인 세계를 만들려고, 너는 정말로 노력했어. 하지만 그런 건 툭 치면 바로 무너져 버릴 사상누각이야. 그런 것을 목숨 걸고 지키고, 울면서 쌓아 올려 봤자…… 대체 뭐가 되겠어?"

"……."

"하지만 세계가 겨울에 갇힌다면 영원해. 우리가 그토록 갈망했던 영원한 평안의 세계를 이렇게 간단히 만들 수 있어."

"……."

"……나와 함께 가자, 시드 경. 우리 전설 시대의 주민들이 만드는 영원한 신세계에서, 모든 것이 평등하게 얼어붙는 불사의 망령들이 사는 영원한 낙원에서, 만고불멸할 기사의 영광을 함께 누리자. 응?"

그렇게 아르슬이 권유하자.

시드는 천천히…… 빛의 요정검을 검집에 넣었고…….

"거절하겠어."

이 지경에 이르러서도 엄정히 단언했다.

"역시 너는 성왕 아르슬이 아니야. 그저 마왕이야. 기사인 내가 무찔러야 할 적이야."

"시드 경?"

"네가 만드는 겨울의 세계에서는 확실히 모든 생명이 평등하겠지. 더는 누구도 굶주리지 않고. 슬퍼하지도 않고. 죽음이 모두를 평등하게 끌어안는 영원한 평안의 세계. 하지만…… 그 영원에는 빛이 없어. 온기가 없어. 희망이 없어, 아르슬."

"……!"

"그때 너를 따라 엿본 세계는…… 모두가 온화하게 웃을 수 있는 세계였어. 더 따뜻했어. 그야말로 봄처럼. 그것이야말로 일찍이 아무것도 없었던 공허한 야만인이 본 「빛」
이야. 내가 난생처음 꾼 「꿈」이야. 그런 꿈과 빛을 좇아 어
린아이처럼 말하는 네가 좋았어. 나는 절대 할 수 없을 일
을 해내는 너의 기사가 되자고, 검이 되자고 생각했어. 그
걸 위해서라면 이 목숨 따위— 아깝지 않았어. 설령 기사
로서의 명예를 모두 잃고 후세에 악명만을 떨치게 되더라
도, 그런 건 어찌 되든 좋았어. 어찌 되든 좋았다고!"

척…… 시드가 오른손에 든 흑요철검을 역수로 잡았다.

"그런 내 희망을, 빛을 부정하는 너는— 역시 아르슬이
아니야. 그저 마왕이야. 나는 마왕에게 절대 부복하지 않
아. 나는 기사. 늘 올바른 빛을 내세우는 왕에게 부복하며,
그자의 검이 되리."

그리고—.

"앨빈!"

"……!"

시드가 멍하니 서 있는 앨빈을 돌아보며 외쳤다.

"너는 어느 쪽이지?!"

"……읏?!"

"네가 목표하는 왕도는 어느 쪽이지?! 이 마왕이 만들고
자 하는, 죽음과 안녕이 지배하는 영원한 겨울의 세계인
가?! 아니면…… 아픔도 고통도 있는 데다가 영원과는 거
리가 먼…… 한순간의 봄 같은 세계인가?! 늘 앞을 보며,

아픔을 짊어지고, 눈물 흘리며 지켜야만 하는, 사상누각 같은 봄인가?! 어느 쪽이지?!"

그렇게 물으면.

앨빈의 답은 당연히— 정해져 있었다.

"봄이요!"

앨빈은 울먹이며 외쳤다.

"이 세계는 확실히 아픔과 고통이 가득해요! 하지만 저는…… 영원이란 안이한 말로 도망치고 싶지 않아요! 아픔도 슬픔도 짊어지고서, 우리는 살아갈 거예요! 저는 그런 백성들을 선도하고 지키며 살아갈 거예요! 새로이 태어나는 생명에게로…… 다음 세대로 이어 나갈 거예요! 그것이…… 제가 생각하는 왕도이자 영원이에요!"

"잘 말했어! 그렇다면 봐라! 나의 마지막 싸움을! 나의 검과 혼은 언제나 성왕 앨빈과 함께 있으리!"

시드가 윌을…… 아니, 자신의 존재를 무너뜨려 마나로 바꿔 나갔다.

어둠 속에서 빛나는 찬란한 번개를 흑요철검에 담아 나갔다.

"너란 녀석은……."

아르슬은 그런 시드를 보고 눈부시다는 듯 눈을 가늘게 떴다.

"하하하, 이전의 나는 대단한 인물이었나 봐. 너 같은 남자의 충성과 검을 얻었으니 말이지."

"……간다, 아르슬. 이 일전으로 내 전부를 태워 주겠어.
시드 블리체의 기사도가 이 일전에 집대성되어 있는 거야."

그렇게 말하고서.

시드가— 달려 나갔다.

전신에 번개를 휘감고, 그야말로 벼락같이 달려 나갔다.

"……와라."

아르슬도 시드를 향해 달려 나갔다.

찰나, 두 사람의 검이 정면으로 부딪쳤다.

충격이 땅끝까지 울려 퍼졌다.

"오오오오오오오오오오오오오오오오오—!"

"하아아아아아아아아아아아아아아아아아아아아—!"

두 사람이 검으로 서로를 쳤다.

격렬하게. 더 격렬하게.

더. 더. 더.

연이어 받아치는 초절 기교의 응수.

검과 검이 서로를 잡아먹을 때마다, 번개와 어둠의 냉기
가 터져 주위에 휘몰아쳤다.

"아아아아아아아아아아아아아아아아아아아아—!"

"하아아아아아아아아아아아아아아아아아아아아아아—!"

전신전령을 다해 검을 휘둘러 서로를 죽이려 드는 기사
와 마왕.

그건 그야말로 전설 시대의 재현. 되살아난 신화였다.

"시드 경……! 시드 경……!"

당연히 앨빈이 끼어들 수 있는 영역의 싸움은 아니었다.

앨빈은 그저 묵묵히 두 사람의 싸움을 지켜볼 수밖에 없
었다.

세계에서 가장 높은 장소를 무대로, 섬광과 어둠이 접전
을 벌였다.

이제 이념도 이상도 아무것도 없었다.

그저 오기와 오기의 충돌이었다.

서로 옳다고 생각하는 양보할 수 없는 것을 위해 검을
휘둘렀다.

미래에 찾아올 것은 죽음과 안녕의 겨울 세기인가?

아니면 아픔과 탄식에 저항하는 희망의 봄 시대인가?

마침내 그것이 결정될 때가 온 것이다.

—하지만.

오기와 오기의 대립에도 한도가 있었다.

물리적으로 뒤집을 수 없는 벽이, 그곳에 존재했다.

"……시간 됐어!"

"—큭?!"

마침내 아르슬의 검이 시드를 잡기 시작했다.

시드의 몸이 얼어붙기 시작했다.

"너는 이미 한계야! 이제 그 존재가 무너져서 사라질 일만 남았어! 이미 결판은 났어! 세 번, 나의 승리야!"

"아직 안 끝났어! 나는 여기 있어! 내 심장은, 혼은 살아 있어! 그렇다면 아직 검은 휘두를 수 있어!"

"그것도— 언제까지 버틸 수 있을까……?!"

아르슬이 검을 휘둘렀다.

찰나에 휘둘리는 천의 칼부림.

그것이 시드의 전신을 난도질해 나갔다.

시드의 붕괴가 가속도적으로 상승해 나갔다…….

"시드 경……!"

앨빈은 전신전령을 다해 필사적으로 윌을 태웠다.

그렇게 만들어 낸 마나를, 오른손의 문장을 통해 시드에게 계속 보냈다.

하지만— 부족했다.

압도적으로 부족했다.

앨빈이 시드에게 보내는 마나의 양보다도, 시드가 존재

붕괴로 잃는 마나의 양이 압도적으로 더 많았다.

이대로 가면— 시드가 소멸되는 것은 시간문제였다.

"이제 끝이야, 시드 경!"

"……윽!"

아르슬이 검의 회전수를 더 높여서 시드를 공격하고 벴다.

이제 시드는 완전히 방어 일변도였다.

시드의 전신에서 마나가 빠르게 흘러나오며— 시드의 존재가 빠르게 희박해졌다.

누가 보더라도.

이 싸움의 추세는 이미 완전히 결정되어 있었다.

『이겼어요……!』

그것을 확신했을 때, 검을 휘두르는 아르슬 뒤에 플로라의 모습이 나타났다.

『저는 마침내 에클레르를…… **언니**를 이긴 거예요……!』

감격한 듯 플로라가 그렇게 외쳤다.

그러자 시드의 뒤에도 에클레르가 나타나 외쳤다.

『오푸스……! 그렇게나 제가 미운가요?!』

『……미워!』

지금까지 늘 여유로운 웃음을 잃지 않았던 플로라……
오푸스가 분노를 드러내며 외쳤다.

『우리는 이 세계에 최초로 태어난 요정이자, 이 세계에
서 태어난 신! 하지만……! 빛에 속한 것은 전부 언니가 맡
고…… 어둠에 속한 것은 전부 제가 맡게 됐어요……! 그렇
게 역할을 나눠 받았어요! 언니와 언니의 가호를 받은 생
명들은 늘 눈부시고 따뜻한 빛을 누리며, 언니는 생명들에
게 사랑받았고…… 저는 언제나 어둡고 춥고 외로운 어둠
속으로 쫓겨나고 밀려났어요! 생명들에게 기피당하고, 소
외당하고, 미움받았어요! 저랑 언니는 어째서 이렇게나 다
른 거죠?! 빛이 부러워요! 애정이 부러워요! 온기가 부러
워요! 샘이 나요! 그래서…… 미워요! 미워! 줄곧 미웠어!』

"……?!"

『그래서 저는 인간으로 화신하여 암약했어요! 당신들만
빛과 온기를 누리다니 용서 못 해! 세계에 어둠을! 아픔과
탄식을 뿌려 주겠어! 다들 나처럼 만들어 주겠어! 그리고—
이 세계를 언니한테서 빼앗아 내가 지배해 주겠어! 다들,
다들, 나와 똑같이 만들어 주겠어! 그러면— 아무것도 부
럽지 않고, 샘나지도 않아! 다들 평등하니까!』

『오푸스…… 너……!』

『어때?! 사랑하여 가호했던 왕을 나한테 빼긴 기분이?!
자신이 택한 기사가 나한테 타도당하는 기분이?! 말해 두

는데, 내가 어둡고 차가운 어둠 밑바닥에서 계속 맛보았던 절망은…… 이것보다 더 컸어!』

『……읏!』

『하지만 그것도 끝! 이제 끝나! 나랑 내가 사랑하는 마왕 아르슬이 이 세계를 석권하여 전부 끝나! 나의 이상적인 세계가, 새 시대가 앞으로 시작될 거니까!』

에클레르는 반론할 수 없었다.

왜냐하면 오푸스의 말이 이제 의심할 여지가 없는 사실이 되어 가고 있었기 때문이다.

아르슬과 시드는 아직 격렬하게 검을 맞부딪치고 있다.

하지만— 이미 시드는 완전히 열세였다.

지금 당장에라도 소멸해 버릴 것 같았다.

그런 시드에게 마나를 계속 보내고 있는 앨빈도 슬슬 한계가 가까웠다.

자신을 지킬 마나까지 보내고 있기에, 앨빈은 발밑부터 점점 얼어 가고 있었다. 얼음덩어리 속에 갇혀 가고 있었다.

『희망은…… 없는 건가요……? 이 세계는 이대로 어둠에 갇혀 버리는 건가요……? 희망이 없는 정체의 죽음이야말로 마땅한 생명의 형태인 건가요……?』

푹 고개를 떨구며.

에클레르의 모습이 사라져 갔다.

그런 에클레르를 본 오푸스의 웃음소리가, 사나운 눈보라 속에서 묘하게 또렷이 울렸다.

그리고…….

챙가아아아아아아아아아앙!

한층 더한 절망을 알리는 금속음이 울려 퍼졌다.

"……?!"

시드의 흑요철검이─ 아르슬의 장절한 공격 난무를 버티지 못하고 마침내 부서져 버린 것이다.

"시드 경─!"

앨빈의 비통한 외침이 메아리쳤다.

"─칫."

시드도 이 전개에는 눈을 부릅뜨며 혀를 찰 수밖에 없었다.

"그때와 똑같네……!"

아르슬은 흡족하게 웃었다.

시드의 검을 부순 기세를 몰아 우아하게 회전하여─.

그대로 최후의 일격으로 연결하려고 했다.

"……큭."

검을 모두 잃은 시드에게 그것을 막을 수단은 당연히 없었고.

"시드 겨어어어어어어어어어어어어어어어어엉—!"
앨빈은 울부짖을 수밖에 없었고.

『아하하하하하하하하하하하! 아하하하하하하하하하하하하하하—!』

눈보라에 메아리치는 오푸스의 웃음소리.
그리고—.

"이걸로— 끝이다! 시드 경!"

회전하는 기세에 전신전령의 마나와 냉기를 실어서—.
아르슬이 시드를 향해 사납게 참격을 가했다.

그 순간, 세계가 어둠에 물들었다.
참격에서 용솟음친 장절하고 농밀하며 압도적인 어둠이
순식간에 세계를 뒤덮은 것이다.

정적. 암흑. 고요— 세계는 끝났다.

————.

————.

————.

————.

끝났을 터였다.

—하지만.

모든 것이 어둠과 정적에 갇힌 세계의 한 점에서.

팟! 하고. 아주 희미하지만 확실하게.

빛이 켜졌다.

번쩍!

그리고— 그것은 별안간 폭발적으로 확산하여—.

세계를 가둔 어둠을 단숨에 몰아냈다.

"뭐, 뭐야?!"

『—윽?!』

자신의 승리를 확신했던 아르슬과 오푸스가 눈을 크게
떴다.

살펴보니—.

아르슬의 검을, 시드가 막고 있었다. ……오른손의 손날로.

그 손날에서는 연약하지만 힘찬 마나의 빛이 확실하게 반짝이고 있었다.

그 빛이, 세계를 뒤덮은 압도적인 어둠을 몰아내고 물리쳤다는 사실에 아르슬과 오푸스는 경악할 수밖에 없었다.

"말도 안 돼! 너한테 아직 이런 마나가 남아 있었다니! 대체 어떻게?!"

『있을 수 없어요……! 시드 경은 이미 존재가 붕괴되고 있었을 터……. 이 지경에 이르러서 어떻게 이 정도의 마나를……?!』

그때.

아르슬과 오푸스는 깨달았다.

앨빈이, 문장이 거의 사라진 오른손을 높이 들고 있었다.

그 손에…… 똑같이 손을 포갠 자들이 있었다.

그건—.

"느, 늦지 않았어요……!"

"텐코……?! 다들……?!"

텐코, 크리스토퍼, 일레인, 리네트, 세오도르, 유노, 루이제, 요한, 올리비아…… 시드에게 가르침을 받은 학생들이었다.

다들 전신전령을 다해 윌을 태워서 마나를 연성하고 있

었다.

"시드 경! 우리의 마나도 받아 줘!"

"당신은 전설 시대 최강의 기사잖아요?!"

"이런 데서 당신이 질 리가 없잖아?! 똑바로 해!"

"히, 힘내 주세요, 교관님! 저희도 함께 싸울 테니까요!"

"너희……."

늠름해진 학생들의 모습을 보고 시드가 온화하게 미소 지었다.

그리고 이번에 경악하는 쪽은 아르슬과 오푸스였다.

"말도 안 돼……. 거짓말이지? 설마…… 로거스와 루크가, 너희 같은 아이들에게 졌다는 거야……?! 그럴 리가……."

"그럴 리가 있든 없든! 이곳에 저희가 있다는 건 그런 뜻이에요!"

텐코가 의기양양하게 외쳤지만.

"흥……. 뭐…… 조금 마음에 안 드는 결말이긴 했지만 말이지……."

루이제는 그 승리를 순순히 기뻐할 수 없는지 언짢아 보였다.

"하지만 이긴 건 이긴 거야. 그리고 후회나 회한도 내일이 있기에 가능한 거지……! 어렵게 건진 목숨, 이용해 주겠어……!"

————.

한편 그 무렵.

성의 아래층— 완전히 갇힌 얼음 바다 밑바닥에서.

등을 맞대고 앉은 로거스와 루크의 존재가 부슬부슬 무너지고 있었다.

원래 암흑기사인 그들은 주군의 빙결 지옥에 대미지를 입지 않는다.

지금 그들이 스러지는 것은 단순히 싸움에서 패배했기 때문이었다.

"꼴사납네요, 사자."

"피차일반이잖아, 일각수."

두 사람이 자조적으로 그런 말을 나눴다.

"너는 왜 졌지?"

"그거야말로 피차일반이겠죠."

루크가 어깨를 으쓱였다.

"확실히 이 시대의 기사들도…… 못 쓸 정도는 아니었어요. 저희의 젊은 시절이 떠오르더군요."

"그렇지. 하지만…… 그래도 우리와 녀석들의 전력은 하늘과 땅만큼 차이가 났을 텐데……. 상성 차이, 일 대 다

수, 시드 경과의 싸움으로 인한 소모, 《호반의 여인》들의 원호를 감안하더라도 말이야. 그런데 왜⋯⋯ 우리는 이런 꼴사나운 모습을 보이고 있는 거지?"

"그런 건⋯⋯ 이미 서로 알고 있잖아요."

"⋯⋯."

"⋯⋯."

한동안 두 사람은 침묵하며.

조금 전까지 싸웠던 젊은이들을 떠올렸고.

절망 속에서도 올곧게 빛나던 눈동자를 떠올렸고.

이윽고 로거스가 홀가분해진 듯한 음성으로 말했다.

"그렇지. 그런 젊은이들이 있는 세계를⋯⋯ 겨울에 가둘 수 있을 리가 없어."

"저희의 시대는⋯⋯ 진즉에 끝났던 거군요⋯⋯."

루크가 쓴웃음을 지었다.

"그걸 깨닫는 데 상당히 시간이 걸리고 말았지만요⋯⋯."

"하하하, 얄궂은 일이야. 영혼이 어둠에 완전히 타락해도⋯⋯ 기사로서의 마지막 긍지는 버리지 못한 모양이야."

"⋯⋯이러니저러니 해도 저희는 천생 기사였다는 거겠죠."

"뭔가⋯⋯ 오랫동안 악몽을 꾼 것 같아."

"그러니까 말이에요. 성왕 아르슬과 시드 경⋯⋯ 그 두 사람이 선도하여 달려가는 길은⋯⋯ 한없이 멀고 아주 눈부셨어요. 우상이었어요. 영원히⋯⋯ 쫓아가고 싶었어요."

"그리고 우리는 그 빛나는 길 끝에서 기사의 시대가 끝날 것을 두려워했어. 그래서 하찮은 영원에 매달려 버렸어. 그 여자의 감언^{오푸스}에 귀를 기울이고 말았어."

"이 얼마나 미숙한지……. 쥐구멍에라도 들어가고 싶네요."

그런 말을 나누며.

두 사람은 점점 소멸되었다.

"그럼…… 갈까."

"그래요."

"노병은 그저 사라질 뿐…… 어느 시대에나 진리지."

"그러게요."

"당연한 일이지만…… 새로운 시대는 새로운 젊은이들에게 맡기기로 하지."

"네, 맞아요……. 그 당연한 것을 깨닫는 데도 상당히 오래 걸리고 말았어요…… 정말로……."

그리고.

로거스와 루크는 조용히 사라졌다.

────.

"로거스. 루크. 역시 너희는 기사 중의 기사였어. 고맙다."

뭔가를 깨달았는지.

시드는 그렇게 전부 납득한 듯 말했다.

"뭐라고……? 무슨 일이 벌어지고 있는 거야……?"

『신경 쓸 필요 없어요! 아르슬! 나의 사랑하는 주인님!』

오푸스가 짜증스레 외쳤다.

『뭉쳐 봤자 별거 아닌 저런 약한 기사들이 열 명이 오든, 백 명이 오든, 추세에 영향은 없어요! 어서 시드 경을 끝장 내요!』

"……그렇지. ……미안하지만!"

아르슬이— 뭐에 치인 것처럼 움직였다.

신속(神速)을 넘은 마속(魔速)으로 시드와 거리를 좁히고— 검을 내리쳤다.

"—이걸로!"

그러나—.

챙!

"—끝나지 않아, 아르슬."

놀랍게도, 또다시 시드가 손날로 아르슬의 참격을 막았다.

심지어, 아까보다도 강하게.

"아, 니……?!"

아르슬이 즉시 검을 되돌려 다시 벴다. 전광석화.

아래로 긋고, 횡으로 휘두르고, 베고, 치고, 휘감았다.

그 일격 하나하나에 장절한 위력과 냉기가 실린, 모든

공격이 필살의 일격이었다.

　하지만 그것을…….

　"오, 오, 오오오오오오오오오오오오오오오—!"

　시드가 손날과 주먹으로 쳐 내고 막았다.

　일격을 맞을 때마다 비틀거리며 몸이 후방으로 밀렸지만—
그래도 간신히 대처해 나갔다.

　"뭐, 뭐야……. 왜 갑자기……?!"

　시드를 바싹 따라잡아 격렬한 참격을 퍼붓는데도, 완벽
히 밀어낼 수가 없었다.

　아르슬이 희미하게 초조함을 드러내며 그렇게 물었다.

　"내 제자들이 이렇게까지 내게 맡겨 줬어……. 부응하지
못한다면 그야말로 교관 실격…… 기사 실격이야!"

　심지어는— 시드가 마침내 주먹을 휘둘러 반격했다.

　"—윽?!"

　아르슬은 검의 넓적한 부분으로 그것을 막았다.

　지금까지 일방적이었던 싸움의 흐름이 바뀌었다.

　여전히 아르슬이 우세한 것은 변함없지만— 시드의 반격
이 점점 늘었다.

　폭풍처럼 무수히 공격을 퍼붓는 아르슬의 검 속에서, 바
늘구멍에 실을 넣는 듯한 정확한 타이밍에 시드의 공격이
때때로 휘날리게 되었다.

　"각각의 월은 미숙해도…… 모두 하나로 모으면…… 시

드 경이 이렇게나 싸울 수 있다는 건가……?!"

"나 자신도 놀라고 있어……!"

아르슬의 참격을 피한 시드가 손날로 날카롭게 카운터를 날렸다.

"이 나이 때 청년들의 성장은 우리의 상상을 뛰어넘는다는 거지……!"

"그딴 건……! 그렇다면……!"

시드와 공방을 주고받으며, 아르슬이 수법을 바꿨다.

"너의 그 힘의 원천을…… 끊으면 그만이야!"

싸우면서, 아르슬은 재차 검의 힘을 해방했다.

한층 더 한계를 뛰어넘어, 검에서 어둠과 냉기가 일었고―
세계의 온도를 또 단숨에 내렸다.

극한을 초월한 세찬 블리자드가 주변을 폭력적으로 뒤엎었다.

숨만 쉬어도 폐까지 얼어붙을 죽음의 세계였다.

"어때?! 너희는 이 빙결 지옥을 버틸 수 없어! 시드 경에게 윌을 그만 보내거나! 아니면 여기서 도망칠 수밖에 없어……!"

하지만―.

"누가, 물러날 것 같아아아아아아아아아아아아아아아아―?!"

텐코가 외쳤다.

"스승님! 저희는 도망치지 않아요! 마음껏 싸워 주세요!"

"친애하는 가신을 버리고서 어떻게 왕이라고 하겠어! 시드 경! 저는…… 끝까지 당신의 싸움을 지켜보겠어요! 설령…… 여기서 죽더라도!"

앨빈도 외쳤다.

다른 학생들도 같은 마음인 것 같았다.

서로 고개를 끄덕이며 그 자리에서 한 발짝도 물러나지 않았다.

온몸의 피가 점점 얼어붙는데도, 얼음덩어리가 몸을 삼키는데도 윌을 다듬고, 그렇게 생성한 마나를 시드에게 보내는 것을 그만두지 않았다.

"말도 안 돼……. 왜 그렇게까지 해서……?! 힘들 텐데! 고통스러울 텐데! 무엇이 너희를 그렇게 몰아붙이는 거지……?!"

아르슬이 아연해하며 그렇게 묻자.

학생들은 입을 모아 외쳤다.

「기사는 진실만을 말한다」!"

「그 마음에 용기의 불을 밝히어」!"

「그 검은 약자를 지키고」!"

「그 힘은 선을 지지하며」!"

"「그 분노는— 악을 멸한다」!"

학생들의 그 외침을 듣고 아르슬이 눈을 크게 떴다.

"그건…… 시대의 흐름과 함께 사라지며 잊힌 옛 기사의 원칙……."

"틀렸어."

시드가 아르슬을 향해 사납게 손날을 휘두르며 말했다.

"옛 원칙은, 새로운 원칙이 돼."

"……!"

"이미 끝난 구시대의 인간이 괜히 걱정하지 않아도…… 세계는 영원해. 말로 전하고, 계승하고, 다음 세대로 이어서…… 그것은 영원이 돼. 아픔도 고통도 한탄도, 행복도 평안도 희망도, 다 같이 전부 짊어져서 말이야. 우리가 괜히 걱정할 필요는…… 처음부터 전혀 없었어."

시드가 가한 혼신의 일격이 섬광을 그리며— 아르슬을 밀어냈다.

"……윽!"

이전과는 확연히 다른 그 위력을 보고 아르슬의 얼굴에 초조함이 떠올랐다.

점차…… 시드가 아르슬의 공격을 받아쳤다.

『그런 어불성설을…… 인정할 것 같아요……?!』

그때, 아르슬의 검에서 오푸스가 모습을 드러내며 현현

했고.

『저를 방해하도록…… 비원을 방해하도록 두지 않겠어
요……!』

학생들을 향해 뭔가 마법을 쓰려고 했지만.

"그건 이쪽이 할 말이에요!"

성스러운 호랑가시나무의 잎이 갑자기 무수히 소용돌이
치며 발생하여, 허공에 있는 오푸스에게 쇄도했다.

호랑가시나무의 뾰족한 잎이 오푸스의 전신을 찔렀고—
그 잎이 타올랐다.

『꺄아아아아아아아아아아아아아악—?!』

어둠 측에 속한 존재인 오푸스는 역시 성스러운 힘에 몸
이 탔다.

죽일 수는 없지만, 견디기 힘든 고통을 주어 행동을 저
해했다.

그 성스러운 호랑가시나무 마법을 쓴 사람은—.

"이자벨라."

"네, 지금 막 왔습니다! 학생들에게는 손가락 하나 건드
리지 못할 겁니다! 《호반의 여인》의 위신을 걸고서! 오푸
스에게 대항하기 위해 전해져 내려오는 옛 비전…… 여기
서 전부 쓰겠어요!"

그렇게 말하고서 지팡이를 든 이자벨라는 주문을 외우기 시작했다.

그런 믿음직한 모습을 보고 시드가 미소 지었다.

"그렇다면 이제 후환은 없어. 결판을 내자, 아르슬."

"시드 경……."

아르슬 앞에서…… 시드가 검을 뽑았다.

지금껏 검집에 넣어 뒀던 빛의 요정검이었다.

여전히 부슬부슬 허물어지고 있지만…… 시드는 최후의 월을 태우고, 자신의 존재를 태우고, 학생들에게 받은 마나를 태워서, 그 전부를 검에 담아 나갔다.

『……신경 쓰지 마세요. 시드 경.』

에클레르의 모습이 시드 옆에 떠올랐다.

『마음껏 싸워 주세요.』

"그래, 그럴게."

그리고 시드는 검을 역수로 잡고 자세를 깊이 낮췄다.

"시드 경……."

그런 시드를 정면으로 응시하며, 아르슬이 검을 중단^{플루크} 자세로 들었다.

서로 예감을 느꼈을 것이다.

다음번이 최후의 1합이 될 것이라고.

"지금까지 나는 너한테 두 번 졌어."

"……."

"세 번째는 제대로야. ……간다."

그리하여.

"하아아아아아아아아아아아아아아아아아아아아아아아—!"

시드가 달렸다.

전신에 번개를 휘감고— 한 줄기 섬광이 되어 아르슬을 향해 달렸다.

지금까지 보였던 것 중에서 최고로 빠른 돌격이었다.

뇌속을 뛰어넘은 신속, 신속을 뛰어넘은 마속, 그것을 한층 더 뛰어넘은 절속(絶速)이었다.

"오오오오오오오오오오오오오오오오오오오오오오오오—!"

날카로운 기백과 함께 아르슬에게 육박했고…….

"시드 경…… 나는……!"

요격하는 아르슬이 검을 중단에서 대상단으로 올려서—

"나느으으으으으으으으으으으으으으으으으은—!"

그대로 전신전령을 다해 단숨에 내려쳤다.

그 참격에서 압도적인 어둠의 냉기가 용솟음쳤다.

그것은 다시 세계를 뒤덮을 것처럼 폭력적으로 포효했고— 실제로 모든 것을 다시 새롭게 뒤덮어 나갔다.

검게. 검게. 검게. 차갑게. 차갑게. 차갑게.

세계를 심연의 밑바닥에 가라앉히고자 모든 것을 어둠으로 뒤덮어 나갔다.

모든 것을 어둡게 얼려 나갔다.

—하지만.

그 어둠을, 한 줄기 섬광이 가르며 나아갔다.

전신에서 대량의 마나를 흘리며, 그 존재를 희박하게 만들어 나가며, 그 육체를 붕괴시키며— 시드가 어둠 속을 돌진했다.

나아가고.

나아가고.

돌진하여— 꿰뚫었다.

"아르슬!"

"시드 경—!"

그리고— 두 사람이 격돌.

장절한 검압과 충격이 소용돌이쳤다.

유리창이 깨지는 듯한 소리가 세계의 끝까지 울려 퍼졌다.

시드가 휘두른 빛의 요정검.

아르슬의 휘두른 어둠의 요정검.

그것들이 정면으로 맞부딪쳐서― 한순간 길항했고.

다음 순간, 어둠의 요정검이 산산이 부서졌다.

『아아아아아아아아아아아아아아아아아아아아아아아
아아아아아아아아아아아아아아아아아아아아아아아―?!』

그 순간, 오푸스의 처절한 절규가 세계의 끝까지 전달되
었다.

그리고……

―――――.

오푸스의 절규가 메아리를 남기며 사라지는 것에 호응
하듯.

이 세계에 폭력적으로 휘몰아치던 눈보라가 잠잠해지더
니…….

이윽고 완전히 멎었다.

한동안 정적이 세계를 지배했다.

그리고 그런 정적을 축복하듯이.

어둠에 갇혀 있던 다크네시아성에, 아득한 하늘에서 빛

이 쏟아지기 시작했다.

하늘 높이 떠 있던 두꺼운 암운을 가르고, 희미한 빛줄기가 내린 것이다.

그 빛은 순식간에 강해지고— 강해져서—

어느 한 시점을 기준으로 세계의 끝까지 폭발적으로 확산됐다.

다크네시아성을 중심으로, 찬란한 빛이 세계를 뒤덮은 어둠을 한없이 정화해 나갔다.

그와 동시에 따뜻한 바람이 불어와 땅끝까지 달려갔다. 전달했다.

마치 새벽처럼. 서둘러 찾아온 봄처럼.

순식간에 하늘이 개고, 얼음이 물러가고, 눈이 사라져 갔다.

————。

——。

정신 차리고 보니.

영구한 눈과 얼음에 갇혔을 터인 다크네시아의 모습은— 이제 없었다.

이제는 아무도 모르는 옛날처럼, 풍부한 자연에 둘러싸인 대지가 그곳에 있었다.

세계를 뒤덮었던 겨울이, 지금, 단숨에 종결된 것이다.

"여, 여기는……?"

"우리는…… 대체……?"

다크네시아성 아래층의 현관홀에서, 번즈, 아이기스, 카임, 가트 등 캘바니아의 기사들이 차례차례 깨어나 몸을 일으켰다.

"나, 살아 있는 건가……?"

자신들은 아까 마왕이 가져온 최후의 겨울에, 세계를 뒤덮은 얼음 바다에 속수무책으로 먹혀서 갇혔을 텐데…… 살아 있었다.

그들은 여우에게 홀린 듯한 기분으로 서로 얼굴을 마주보았다.

━━━━.

어느새 따뜻한 바람이 부드럽게 불고 있었다.

뻥 뚫린 다크네시아성의 최상층에서 멀리 내다보이는 지평선에…… 여명이 밝아 오고 있었다. 저도 모르게 눈물이 날 만큼 환상적이고 아름다운 광경이었다.

한 명의 기사와 한 명의 마왕.

그들의 싸움이 종결됨과 동시에 기나긴 밤이 지나고 날이 밝은 것이다.

"……그러고 보니."

하고, 시드가 불쑥 말했다.

"**그때**는…… 낙조에 불타는 황혼이었는데…… 지금은 여명이군."

"그러게. 나의…… 패배려나."

"그래, 내가 이겼어."

왕과 기사가 등을 마주하고서 그런 말을 나눴다.

"……정말 아슬아슬했어. 역시 너는 강해. 역시 내가 점찍은 왕이야."

시드가 손에 든 검을 보았다.

빛의 요정검이…… 말없이 부슬부슬 허물어져 소멸되고 있었다.

'작별 인사를 할 새도 없었지만…… 고마워, **파트너.**'

깨끗하게 사라지는 검을 지켜보고서, 시드는 말을 이었다.

"방금 그 일격으로…… 엔데아의 몸에서 너를 완전히 분리하고, 오푸스를 물리쳤어."

"그런 것 같네……."

그 순간, 마치 끈이 떨어진 것처럼 엔데아의 몸이 털썩 무릎 꿇고 쓰러졌다.

뒤에는— 반투명한 아르슬이 서 있었다.

뺏었던 엔데아의 모습이 아니라, 전설 시대의 성왕이었을 때의 모습으로.

마치 악령에게서 벗어난 것처럼, 아르슬은 온화한 표정

을 짓고 있었다.

"폐를…… 끼쳤네."

"피차일반이야."

시드가 쓴웃음을 지었다.

"너에게는…… 정말로 폐만 끼쳤어. 예전에 네가 이렇게 마왕으로 전락한 나를 다시 일깨워 준 후…… 내가 당장 해야 했던 일은 멸망할 뻔한 세계를 왕으로서 재건하는 거였어. 네가 해 준 일을 생각하면 죽음으로 사죄하는 건 할 수 없었어. 그리고 그 상황에서 세계를 재건하려면…… **내가 마왕을 쓰러뜨린 것으로 할 수밖에 없었어.**"

"맞아. 내가 마왕을 쓰러뜨렸다는 얘기는 후세에 전해선 안 돼. 그런 얘기는 방해만 될 뿐이야. 전설 시대에 너보다 더 훌륭한 영웅이 있어선 안 돼."

시드는 역시 한없이 온화하게 웃으며 말했다.

"더구나 내가 에클레르에게 부탁해서, 아르슬한테 그렇게 전달해 달라고 했거든."

"시드…… 너는……."

"너라면 분명 나를 나쁜 놈으로 만들어 줄 거라고…… 내 기사도를 지켜 줄 거라고 믿었어."

"나는…… 나는……! 너한테 얼마나……!"

고개를 숙이고서 떠는 아르슬에게 시드가 계속 말했다.

"신경 쓰지 마. 전부 내 어중간함이 초래한 일이니까. 그때 나는⋯⋯ 마왕이 된 너를 【성자의 피】로 정화하려고 했어. 하지만⋯⋯ 너의 혼을 절반만 정화할 수 있었어. 마왕으로서의 반쪽이 네 안에 남아 버렸어."

"그 반쪽은 말이지⋯⋯ 나중에 《호반의 여인》들이 분리해서 캘바니아성의 지하 깊숙한 곳에 봉인했어. 그래도 내가 마왕이 되어 오푸스의 저주를 받았다는 사실은 변하지 않아. 그 저주는 오푸스가 살아 있는 한, 영원히 풀 수 없어. 언젠가— 마왕으로서의 나를 계승하는 자가 반드시 나타나. 특히 쌍둥이⋯⋯ 하나의 혼을 둘로 나눠 가진 존재가 나타날 때⋯⋯ 그중 한쪽이 마왕이 될 가능성이 매우 컸지."

"⋯⋯."

"그때를 대비해서⋯⋯ 나는 에클레르의 계시를 따라 너의 혼을 내 핏줄에 묶는 계약을 멋대로 맺었어. 너의 사후를 멋대로 받아 버렸어."

"사과하지 마."

한결같이 미안해하며 시선을 내리는 아르슬에게, 역시 시드는 한없이 온화했다.

"덕분에⋯⋯ 아주 멋진 꿈을 꿀 수 있었어. 멋진 만남이 있었어. 난 고마워하고 있어. 너는 약속대로⋯⋯ 내게 멋진 것을 보여 줬어."

"시드 경⋯⋯ 아아, 역시 너는⋯⋯."

「나의 최고의 기사였어…….」

그 말을 남기고서.
아르슬의 모습은 눈부신 여명 속에 녹아들어 사라졌다.

────.

"……자, 그럼."
둘도 없는 친우와 작별을 마친 시드가 몸을 휙 돌렸다.
"……정말이지, 너희 표정이 그게 뭐야."
시드는 학생들을 보며 웃었다.
"이겼잖아. 너희의 기사도가 전설 시대의 마왕을 무찔렀어. 좀 더 기뻐해. 자랑스러워해. 그런 얼굴은 안 어울려."
"저희는 아무것도 안 했어요……. 시드 경에게 전부 맡겼을 뿐이에요……!"
앨빈이 흐느끼며 그렇게 쥐어짜듯 말했다.
시선을 떨어뜨려 자신의 손등을 보니…… 시드와 앨빈을 잇는 유대의 문장은…… 이제 깨끗하게 사라져 있었다.
그 사실을 나타내듯이…… 시드가 사라져 갔다.
전신에서 마나 입자를 흘리며…… 시드가 사라져 갔다.
서서히. 서서히.
"정말로…… 이제 작별인가요?"

"언젠가 먼 미래에 오푸스를 물리칠 때까지…… 원래부터 그런 계약이었어."

시드가 앨빈의 머리를 쓰다듬으며 상냥하게 말했다.

"그리고…… 이제 이 세계는 빛과 어둠의 요정신의 손에서 벗어났어. 진정한 너희의 시대가 앞으로 시작되는 거야."

"그런 건……."

"스승님…… 저, 저는…… 아직 스승님에게 배우고 싶은 게 많아요……! 이렇게 헤어진다니…… 싫어요!"

텐코가 훌쩍거리며 울부짖었다.

"교관, 나도 그래……. 아직 배우지 않은 게 많잖아……."

크리스토퍼가 눈가를 닦으며 잠긴 목소리로 말했다.

"맞아요……. 무책임……해요……."

일레인도 흐르는 눈물이 멈추지 않았다.

"멋대로 찾아와서 멋대로 떠나고…… 당신은 진짜 제멋대로인 사람이야……."

세오도르도.

"으아아아아아아아앙! 가지 말아 주세요오오오오오!"

리네트도.

"나, 나는! 당신을 쓰러뜨리겠다고 결심했어! 도전받지 않고 달아나는 건 용납 못 해!"

루이제도.

그 자리에 모인 학생들은 다들 눈물을 흘리고 있었다.

시드는 그런 학생들의 얼굴을 한 명씩 바라보며…… 그저 상냥하게 미소 지을 뿐이었다.

그리고.

"시드 경!"

앨빈이 시드 앞으로 나왔다.

"가지 말아요……. 가지 말아 주세요!"

왕으로서의 긍지도, 체면도, 체통도 아랑곳없이.

이때만큼은 그저 한 명의 소녀로서 울부짖었다.

"당신이 없으면 불안해요! 아직 저희에게는 당신이 필요해요! 대체…… 앞으로 저희는 무엇을 목표 삼아 기사로서 걸어가면 되는 건가요?!"

"……."

"더 곁에 있어 주세요! 좀 더 저희를 가르쳐 주세요! 이끌어 주세요! 네? 시드 경! 제발…… 부탁드려요……!"

그런 앨빈에게.

시드는 웃으며 대답했다.

"이제 가르칠 건 아무것도 없어. 졸업이야."

그렇게 마지막 말을 남기고서.

그 미소를 모두의 눈에 새기고서.

시드의 모습은 여명의 햇빛 속으로 녹아들듯이 사라졌

다……

마치 처음부터 그곳에 아무것도 없었던 것처럼.

"아……."

앨빈은 한동안 그 아무도 없는 허공을 멍하니 바라보았고.

이윽고.

"아아아아아아아아아아아아아아아아아아아아아아—!"

슬픈 통곡이, 눈부신 새벽에 메아리쳤다.

한없이, 한없이…….

종장 기사는—

"……."

눈부신 빛 속을…… 나는 걷고 있었다.

천천히.

……천천히.

나는…… 새하얀 세계를 걷고 있었다.

불안은 없었다.

그저 혼이 이끌리는 대로…… 나는 한없이 걸어갔다.

……아무런 후회도 없었다.

나는…… 전부 완수했다.

미련이 전혀 없다고 한다면 거짓말이지만…….

……걱정은 되지 않았다.

안심하고 이 빛 속을 걸어갈 수 있었다. 빛 너머의 종착
점으로 향할 수 있었다.

나는 걷고.

걷고.

걷고…… 계속 걸었고…… 그리고…….

불현듯 건전한 바람이 뺨에 느껴졌다.

나풀나풀, 하고. 풀잎과 꽃잎이 바람에 떠올라 한없이 먼 푸른 하늘을 향해 날아갔다.

따뜻한 햇빛이 쏟아지는 봄 냄새.

그립게 느껴지는 끝없는 푸른 초원에— 나는 서 있었다.

그곳에서…….

"시드 경."

아르슬이 기다리고 있었다.

"훗…… 드디어 왔나."

로거스가 기다리고 있었다.

"기다리다 지쳤어요."

루크가 기다리고 있었다.

"흥, 변함없이 시간관념이 느슨한 녀석이야."

리피스가 불퉁한 얼굴로 기다리고 있었다.

그 외에도…….

"시드 경…… 오랜만입니다……!"

"라키아의 전장에서 본 이후로 처음이군요! 저는 거기서 아쉽게 죽었습니다만……."

"보고 싶었습니다, 시드 경!"

"시드 경……!"

……옛 전설 시대에 나와 함께 수많은 전장을 달렸던 무

수한 기사들이.

　그 약속의 장소에서 나를 기다리고 있었다.

　일찍이 아무것도 없는 공허한 《야만인》이었던 내가 동경하던 모습 그대로.

　다시 내 앞에 나타나 줬다.

　나를 맞이하러 와 줬다.

　"나도…… 보고 싶었어, 벗이여."

　나답지 않게 무심코 눈시울이 뜨거워져서…… 하늘을 올려다보았다.

　그런 내 곁으로 모두가 모여들었다.

　"전부 귀공이 짊어지게 해서…… 정말 미안하오……."

　"우리의 마음이 약한 탓에……."

　"미안해, 시드 경. 그때는…… 나도 정상이 아니었어……."

　"왜 우리는 그런 말도 안 되는 허구의 영원 따위에 이끌려서……."

　"저 자신이 한심해요……."

　다들 내게 사과했다.

　"……그러지 마. 우린 동료잖아."

　나는 벅찬 심정으로 말을 자아냈다.

　"이렇게 다시 모두 만날 수 있었어……. 그것만으로도 후회는 전혀 없어."

그래.

이 녀석들을 위해서라면 아무것도 아깝지 않았다. 무섭지 않았다.

힘들고 괴로운 것 따위…… 전혀 문제 되지 않았다.

그렇게 우리가 옛정을 다지고 있으니.

"……시드 경."

내 앞에 한 소녀가 나타났다.

그 소녀는…… 에클레르였다.

그녀는 누군가를 안고 있었다.

오푸스였다. 죽은 듯이 자고 있었다.

"당신이 오푸스를 쓰러뜨려서…… 이 아이의 어둠에 영혼이 사로잡혀 있었던 그 시대의 기사들은…… 전부 해방되었어요."

"……그런가."

"그리고 이제…… 캘바니아 왕가의 피에서 마왕의 계승자가 태어날 일도 없겠죠. 모든 어둠의 저주가 풀린 거예요. 당신도 해방되었어요."

"그거 잘됐네."

픽 웃고서.

나는 에클레르에게 물었다.

"그래서? 너는 앞으로 어쩔 거야? 에클레르."

"저는…… 이 아이와 함께, 이 세계를 떠날 생각이에요."

에클레르는 자신의 품속에서 잠든 오푸스에게 시선을 내렸다.

"저와 이 아이…… 빛과 어둠을 관장하는 요정신…… 이 세계 자체의 화신. 저희는 이 세계에 태어나는 생명의 바람에 응하여 일찍이 태어났고, 이후 줄곧 이 세계를 함께 가호했어요. 빛과 어둠은 불가분. 제가 빛의 축복으로 생명을 지키면, 이 아이는 어둠의 포옹을 생명에게 줘야만 해요. 그러지 않으면 제 가호는 힘을 잃어요. 하지만…… 이 아이에게만 너무 힘든 역할을 떠맡기고 말았어요."

"……역할, 인가. 원래부터 그런 존재라고는 하지만, 너희도 고생하네."

"그러니까 말이에요. 하지만…… 이제 이 세계는 저희의 손을 떠났어요. 저희의 가호가 없어도…… 생명이 흘러넘치고, 요정이 태어나고, 그리고 손을 맞잡고서 강하게 살아갈 거예요. 앞으로도 줄곧, 영원히."

"……."

"저희는 이 세계가 걸어갈 그 미래를…… 이 세계의 바깥에서 지켜보겠어요……. 이번에는 이 아이와 함께."

"……그러도록 해. 이러니저러니 해도, 그 아이도 언니를 아주 좋아하니까 말이야."

그런 내 말에 쓴웃음을 짓고서.

에클레르는 오푸스를 안은 채 우리의 눈앞에서 사라졌다.

새로운 여행을 떠나는 에클레르와 오푸스를 배웅한 후.

나는…… 걷기 시작했다.

"자, 갈까, 아르슬."

아득한 지평선 너머에— 빛이 있었다.

그곳을 향해…… 우리는 걷기 시작했다.

"이번에야말로 끝이야. 우리의…… 멀고도 그리운 기사 모험담이 끝날 때야. 자, 함께 가자……. 나머지는 전부 새로운 시대의 젊은이들에게 맡기고 말이지."

하지만.

"……아르슬?"

나는 발을 멈췄다.

어째선지 아르슬이 내 앞으로 와서 정면에 섰기 때문이다.

"……왜 그래?"

아르슬은 한동안 내 눈을 바라보다가…….

이윽고 아주 살짝 멋쩍어하며 말했다.

"아하하하, 실은 말이지, 시드 경. 마지막으로 딱 하나, 너에게 부탁이 있어."

"……부탁? 이봐, 어떻게 된 거야? 또 이 패턴이야?"

"정말로 이게 마지막! 마지막이니까!"

나는 한숨을 푹 쉬며 어깨를 으쓱였다.

"이제 와서 뭔데?"

"그게 말이지……."

아르슬이 장난스럽게 웃고서.

나를 향해 손을 내밀고…… 손가락을 폈다.

그 손에 있던 것은…… 완전히 소멸했다고 생각했던 에클레르의 파편이었다…….

———.

"알마! 알마도 참! 뭐 하고 있는 거예요?! 다들 기다리고 있어요!"

방 밖에서 분주하게 뛰어오는 소리와 외치는 소리가 들려왔다.

거칠게 방문이 열리며 수선스레 들어온 사람은— 텐코였다.

"안녕, 텐코."

"역시 여기 있었나요! 정말이지 알마는 맨날 엘마 옆에 붙어 있다니까요!"

이곳은— 캘바니아 왕성의 일실.

엔데아— 엘마에게 주어진 **평범한** 방이었다.

나는 침대 옆 의자에 앉아 있었고…… 캐노피가 달린 침대 위에서는 엘마가 몸을 일으키고 있었다.

텐코의 모습을 본 엘마는 활짝 웃으며 양팔을 벌렸다.

"아! 텐코 언니! 나 있지! 알마 언니랑 시드 경 얘기를 하고 있었어!"

"그, 그런가요……."

"시드 경의 전설은 몇 번을 들어도 굉장해! 나도 몸이 건강해지면 기사가 될 거야! 이자벨라가 곧 좋아질 거라고 했어! 그러면 나도 학교에 가서, 알마 언니나 텐코 언니처럼 기사가 될 거야! 그리고 텐코 언니처럼 알마 언니의 힘이 될 거야!"

"네?! 그, 그런가요? 그건 쑥스럽네요, 아하하하……."

그 싸움 이후로 엘마는— 보다시피 기억을 잃었다.

더 정확히 말하자면, 어릴 적, 어둠의 요정신에게 틈을 내준 이후의 기억이 몽땅 사라져 버렸다.

원래부터 엘마는 특수한 환경에서 자란지라 정신적 성장이 더뎠다.

그 탓에 정신 연령은 기억이 끊긴 어릴 때 수준으로 떨어져 버린 상태였다.

신체는 나와 비슷한 소녀인데, 정신은 어린아이인 채였다.

"뭔가…… 기분이 복잡하네요."

그런 천진난만한 엘마를 보고, 텐코가 내게 속삭였다.

"언젠가…… 전부 떠올릴 때가 올까요?"

"글쎄, 모르겠어. 하지만…… 지금은 이걸로 좋지 않을까……."

분명 이것이 구원의 한 가지 형태이리라.

그 싸움 이후로 왕국이 확보한 엘마의 취급에 관해서는 한바탕 말썽이 있었다.

하지만 결과적으로…… 엘마는 극형을 면했다.

마법을 사용해 검사해도, 엘마 자신에게 마왕이었던 기억이 전혀 없고. 정신 연령이 너무나도 어리고. 당연히 플로라에 관해서도 전혀 기억하지 못했다.

그것들이 마법으로 증명되어서…… 결국 『엘마는 그저 대마녀에게 일방적으로 이용당하고 조종당했을 뿐인 불쌍한 희생자였다』라고 결론지을 수밖에 없었다.

어떻게 이런 기적이 일어났는지 모르겠지만…….

'분명 당신 덕분이겠죠? 시드 경…….'

이제는 없는 기사를 향해, 나는 그렇게 마음속으로 중얼거렸다.

그리고 오른쪽 손등으로 시선을 떨어뜨렸다.

그곳에는…… 이제 아무것도 없었다.

"아 참! 그보다 알마! 서둘러야 한다니까요! 우리의 졸업식과 기사 서훈식이 있잖아요! 크리스토퍼도, 일레인도, 세오도르도, 리네트도, 루이제도, 이자벨라도…… 다들 모두 알마를 기다리고 있어요! 유노와 후배들도 앨빈과 선배들의 멋진 모습을 눈에 새기겠다며 난리예요!"

"아아, 그랬지, 참."

"그게 끝나면 알마의 대관식이에요! 캘바니아 왕국 첫 **여왕**의 탄생이라고요! 다들 알마에게 기대하고 있어요! 제대로 해 주세요!"

"아하하…… 뭔가…… 꿈만 같아."

"현실이에요! 하지만 걱정하지 마세요! 알마의 왕도는 바로 저, 알마의 **둘째** 기사 텐코 아마츠키가 평생 지킬 거니까요!"

"우와~ 텐코 언니, 멋있어! 응, 나도 금방 기사가 될 거야! 알마 언니의 힘이 될 거야!"

"둘 다 고마워. 그럼 일단 멋지게 해치울까."

"네! 가요!"

"힘내, 언니들!"

그렇게.

나는 엘마를 남기고서 텐코와 함께 방을 나갔다.

———.

그 후 며칠간은 아주 분주했다.

새로운 왕의 대관과 함께 찾아올 새 시대에 들끓는 국민들.

재편되는 강건한 신생 기사단과 거기에 거는 큰 기대.

그리고 새 시대의 개막을 축하하는 국가적 축제와 퍼레이드.

다양한 고난을 극복한 캘바니아 왕국은 지금 봄의 도래를 구가하고 있었다.

그리고…….

———.

그런 분주한 나날 중에.

어느 날, 나는 불현듯 성을 떠나…… 어떤 장소를 찾아와 있었다.

왕도의 활황이 거짓말처럼 느껴지는 고요함에 잠긴 그 성역은— 샤르토스 숲이었다.

울창하게 나무가 우거졌지만, 주위를 채우는 공기는 한없이 맑아서, 변함없이 신성불가침의 차분한 공간을 연출하고 있었다.

"또 혼자서 멋대로 돌아다닌다며 텐코는 화내겠지만⋯⋯."

나는 그런 숲속을 혼자서 천천히 산책하고 있었다.

오늘은 왠지.

왠지 그냥⋯⋯ 그러고 싶은 기분이었다.

"⋯⋯."

한동안 숲을 나아가니.

이윽고⋯⋯ 탁 트인 곳에 다다랐다.

따뜻한 햇빛이 쏟아지는 높직한 언덕이 있었고.

그 언덕 위에는 조각조각 부서지고 타 버린 돌 조각이 굴러다니고 있었다.

그것은―《섬광의 기사》 시드 블리체의 묘비, 였던 것.

내가 맨 처음 그와 만났을 때의 모습 그대로⋯⋯ 그것은 거기에 있었다.

"시드 경⋯⋯."

나는 천천히 언덕을 올랐다.

그리고 돌 조각들을 향해 말했다.

"오늘은⋯⋯ 이것저것 보고하러 왔어요. 더 빨리 와야 했다고 생각은 하지만요⋯⋯."

한동안.

나는 최근 1년간 있었던 다양한 일을 보고했다.

마침내 우리가 기사 서훈을 받았고, 그리고 내가 왕이 됐다는 것도.

나는 끊임없이 이야기해 나갔다.

벌써 그립게 느껴지는 일들을 되돌아보며 이야기해 나갔다.

이윽고…….

"……."

해야 할 이야기를 다 하여 침묵이 찾아왔다.

봄바람이…… 온화하게 찾아들었다.

햇빛이…… 부드럽게 쏟아졌다.

정신 차리고 보니.

"거짓말쟁이……."

내 입에서 불쑥 그런 말이 흘러나와서, 나 자신도 깜짝 놀랐다.

하지만 한번 입 밖으로 말이 튀어나오니 더는 멈출 수가 없었다.

"줄곧…… 줄곧 내 곁에 있어 줄 거라고 했으면서……! 거짓말쟁이……. 너무해요, 시드 경……! 나는…… 나는……!"

아무런 대답도 돌아오지 않았다.

당연했다.

돌은 결국 돌. 스스로 뭔가를 말할 리도 없다.

새겨진 말 외에는 하지 않는다.

첫 만남 때는 기적이 있었지만…… 이제는 뭔가가 있을 리도 없었다.

"아하, 아하하하…… 죄송해요……. 이런 한심한 모습을 보이고 말아서……. 이럴 생각은 아니었는데……."

나는 손등으로 눈가를 닦고 돌아섰다.

뭔가와 결별하듯이, 각오를 다지듯이, 등을 돌렸다.

"저는 괜찮아요……. 앞으로 여러 가지로 힘들겠지만…… 여러모로 어려움이 있겠지만…… 저희는 괜찮아요. 이 나라는…… 백성은, 제가…… 저희가 쭉 지키겠어요. 계속 지켜 내겠어요. 그러니까 부디…… 저의 왕도를…… 지켜봐 주세요……."

그 말을 남기고서.

나는 발길을 돌려…… 언덕을 내려갔다.

그 자리를 떠났다.

하지만—.

그때였다.

「하지만 그걸 옆에서 지켜봐도 딱히 상관없지?」

별안간 그런 말이 내 머릿속에 직접 울리는가 싶더니.

"……윽?! 뜨거워?!"

돌연 오른쪽 손등이 타는 듯한 느낌이 들어서, 나는 무심코 손등을 누르며 웅크렸고—.

휘오오오오오오오오!

등 뒤에서 소용돌이치듯 갑자기 세찬 바람이 일며— 숲속의 탁 트인 공간을 채웠다.

이윽고 바람이 잠잠해졌을 때.

나는…… 문득 깨달았다.

"어……?"

오른쪽 손등에…… **그 문장이 있었다.**

사라져 버렸을 터인 그리운 문장이—.

"어, 어째서……?"

그것을 바라보며 얼떨떨해하는 내 뒤에서.

"하여간, 딸바보 아르슬 같으니라고…… 아니지, 자손바보인가?"

그런 목소리가…… 들렸다.

더는 들을 수 없을 터인 목소리가.

너무나도 듣고 싶었지만, 다시는 듣지 못할 터였던 목소리가.

"아, 아…… 아아아……."

나는 떨며 일어났다.

"뭐, 좋아. 한 번쯤 더 인생을 즐기는 것도 좋겠지. 약속도 했고."

내 눈에서 끊임없이 눈물이 흘렀다.

꿈이지 않을까. 그저 환청인 게 아닐까.

두려워하면서도…… 나는 천천히 돌아보았다.

돌아보지 않을 수 없었다.

그리고 역시나 꿈도 환상도 아니어서.

그리운 언덕 위에.

너무나도 보고 싶었던, 그리운 그 사람의 모습이 있었다.

봄 햇살의 역광을 받아서 잘 안 보이지만…… 그 사람은 확실히 그곳에 있었다.

그 사람이 내게 손등을 보여 줬다.

그곳에는…… 나와 똑같은 문장이 있었다.

"안녕, 나의 주군. 이런 데서 다 만나네. 잘 지냈어?"

어째서?

말문이 막힌 나는 말을 이루지 못하는 물음을 그 사람에게 던졌다.

그러자.

그 사람은 기억 속 그 모습 그대로, 당당히, 대담하게 웃으며 말했다.

"말했잖아?「기사는— 진실만을 말한다」."

그 순간.

내 몸이 뭔가에 치인 것처럼 움직였다.

숨을 헐떡이며 언덕을 뛰어 올라갔다.

역광을 몰아내며, 그 사람 곁으로 곧장…….

그리고.

나는 사랑하는 그 사람의 이름을 외쳤다.

————.

후세에 『봄의 시대』라고 불리는, 캘바니아 왕국의 영광과 번영의 나날이 시작되었다.

강하고 현명한 여왕과 강건한 기사단이 지키는 평화. 행복한 시대.

그 시대를 늘 앞장서서 주도하는 여왕 알마 1세의 치세는 지금부터 시작된다.

여전히 겨울의 잔재가 남은 세계에 이따금 암운이 낄 때도, 인자하며 긍지 높은 여왕은 스스로 선두에 서서 암운을 몰아내고 사람들의 희망이 되어 더더욱 눈부시게 빛났다.

그리고.

그런 숭고한 왕 옆에는 늘 기사 한 명이 있었다고 한다.

그자의 이름은……

■ 작가 후기

안녕하세요, 히츠지 타로입니다.

이번에 『옛 원칙의 마법기사』 5권이 무사히 간행되었습니다! 편집 및 출판 관계자분들, 독자님들, 정말로 감사합니다!

이번 5권으로 『옛 원칙의 마법기사』라는 이야기는 완결입니다.

전설 시대의 진실과 인연. 그리고 시간이 흐르면서 잊혀버린 기사도, 옛 기사의 원칙. 시드가 천 년의 시간을 뛰어넘어 부활하면서, 잃어버린 그 모든 것이 되살아나고, 옛 원칙은 새로운 원칙이 되어, 앞으로 빛나는 시대를 만들어 나간다…… 이 작품에서 쓰고 싶었던 것을 전부 썼습니다!

작금의 출판 불황 속에서 이렇게 쓰고 싶은 것을 끝까지 쓸 수 있는 것은 정말로 행복한 일입니다. 이것도 다 히츠지 타로라는 작가를 지지해 주시는 독자님들 덕분입니다!

항상 읽어 주셔서 정말로 무척이나 감사드립니다!

그나저나 아직도 쓰고 싶은 이야깃거리는 여러 가지로 많이 있습니다.

이렇게 후기를 쓰면서도 신작을 이것저것 구상하고 있습니다.

머릿속 망상을 사회에 작품으로 출력할 수 있는 작가라는 직업을 가지게 된 것은 정말 행복한 일이라고 절실히 느낍니다.

다음에는 어떤 이야기가 좋을까요? 저는 주인공의 직업 방식을 주제로 하는 이야기가 특기인 모양이라, 지금까지는 『마술사』, 『왕』, 『기사』를 썼으니, 다음은 『해적』이라든가 『닌자』 같은 것도 의외로 괜찮을 것 같습니다(웃음). 그리고 주인공이 어떤 학교의 학생인 이야기가 비교적 적으니까, 다음번에야말로 학생을 주인공으로 해 봐도 좋을 것 같습니다.

어쨌든 차기작을 위한 망상은 커질 뿐입니다.

그럼 언젠가 또 신작의 후기에서 만나기로 해요. 『변마금』을 읽어 주시는 분은 거기서 뵐 수 있겠지만요(웃음). 수고하셨습니다!

또한 저는 근황과 생존 보고 등을 twitter에 올리고 있습니다. 응원 메시지나 작품 감상 등을 보내 주시면 단순한 히츠지는 크게 기뻐하며 힘낼 겁니다. 유저명은 『@Taro_hituji』입니다.

그런고로 아무쪼록 앞으로도 잘 부탁드립니다!

히츠지 타로

옛 원칙의 마법기사 5

초판 1쇄 발행 2024년 3월 10일

지은이_ Taro Hitsuji
일러스트_ Asagi Tohsaka
옮긴이_ 송재희

발행인_ 최원영
편집장_ 김승신
편집진행_ 권세라 · 최혁수 · 김경민 · 최정민
편집디자인_ 양우연
관리 · 영업_ 김민원

펴낸곳_ (주)디앤씨미디어
등록_ 2002년 4월 25일 제20-260호
주소_ 서울시 구로구 디지털로 26길 111 JnK디지털타워 503호
전화_ 02-333-2513(대표)
팩시밀리_ 02-333-2514
이메일_ lnovellove@naver.com
ㄴ노벨 공식 카페_ http://cafe.naver.com/lnovel11

FURUKI OKITE NO MAHO KISHI Vol.V
©Taro Hitsuji, Asagi Tohsaka 2022
First published in Japan in 2022 by KADOKAWA CORPORATION, Tokyo.
Korean translation rights arranged with KADOKAWA CORPORATION, Tokyo.

ISBN 979-11-278-7471-1 04830
ISBN 979-11-278-6372-2 (세트)

값 8,500원

*잘못된 책은 구매처에 문의하십시오.